Tu craqueras pour moi…
et mes poignées d'amour !

AVERY FLYNN

TU CRAQUERAS POUR MOI…
ET MES POIGNÉES D'AMOUR !

ROMAN

Traduit de l'anglais (États-Unis) par
MORELLI

Titre original :
MUFFIN TOP (THE HARTIGANS 2)

Publié avec l'aimable autorisation de Entangled Publishing

HARPERCOLLINS FRANCE
83-85, boulevard Vincent-Auriol, 75646 PARIS CEDEX 13.

www.harlequin.fr

ISBN 978-2-2804-2986-3 — ISSN 2271-0256

Chapitre 1

Cela n'augurait jamais rien de bon lorsque le capitaine convoquait Frankie Hartigan dans son bureau encombré au fond de la caserne et refermait la porte derrière lui.

Frankie se repassa mentalement les derniers appels. Ça concernait sûrement le connard à la Jaguar. Un entrepôt sur les quais avait pris feu et cet abruti s'était garé juste devant la bouche à incendie. Ils n'avaient pas eu d'autre choix que de fracasser une des vitres de sa voiture pour y faire passer la lance. Cet enculé de nanti en avait fait toute une histoire jusqu'à ce que Frankie se pointe et, en le toisant du haut de son mètre quatre-vingt-dix-huit, lui demande s'il y avait un problème. Apparemment, non. Quelle surprise.

— Assieds-toi, Hartigan, ordonna le capitaine en s'installant derrière son bureau, qui disparaissait sous la paperasse, les manuels et – d'après la rumeur – un ordinateur sur lequel aucune main humaine ne s'était jamais posée.

Frankie jeta un coup d'œil autour de lui. Le bureau du capitaine O'Neil était toujours en désordre mais ce jour-là, c'était pire que d'habitude. Il y avait de tout partout. Les deux chaises face au bureau étaient envahies de cartons à moitié vides, des vieux dossiers étaient entassés sur plus d'un mètre contre un mur et le trophée chéri remporté l'année précédente lors du match de hockey caritatif contre les flics trônait dessus, bien en vue. Frankie n'aurait pas pu s'asseoir, même s'il l'avait voulu. Il fit donc ce qu'il faisait toujours quand il s'apprêtait à se faire remonter les bretelles : il resta debout.

— Je suis bien comme ça.

Le capitaine prit place dans son fauteuil et considéra Frankie sous ses sourcils gris tellement broussailleux qu'ils semblaient sur le point de s'envoler.

— Y a-t-il quelque chose dont tu voudrais me parler avant que je commence, Hartigan ?

Frankie se remémora de nouveau les derniers appels et ne trouva qu'une chose à répondre : il s'était comporté comme un ange ces derniers temps. Il avait trente-trois ans et s'adoucissait avec l'âge.

— C'est à cause du connard et de sa Jaguar ?

— Oh ! celui qui joue au golf avec le maire ? Celui qui a besoin de deux vitres de voiture neuves et d'un bon nettoyage ?

O'Neil lui lança un regard noir qui dura trente secondes.

— Ce petit con n'a eu que ce qu'il méritait, et c'est ce que j'ai répondu au préfet quand il m'a engueulé au téléphone.

— Je ne vois rien d'autre.

Et s'il ne s'agissait pas de ça, alors pourquoi diable avait-il été convoqué dans le bureau du chef de la caserne n° 6 de Waterbury ?

— Bien, gloussa O'Neil. Quand on commence comme ça, on ne sait jamais quels aveux on va récolter.

— Vous êtes impayable, capitaine.

— J'ai beau être un vieux fossile, je suis toujours là et j'entends bien rester, même si on m'oblige à archiver ou jeter la plupart de ces trucs.

Il agita une main énorme en direction du bazar.

Frankie regarda autour de lui.

— J'ai bien remarqué que c'était pire que d'habitude.

— Tu ne verras plus ce bordel.

Frankie reporta son attention sur son chef, toujours assis derrière le bureau.

— Vous partez quelque part ?

— Non.

Le visage du capitaine se rembrunit.

— Mais toi, oui.

Pendant une fraction de seconde, Frankie regretta de ne pas avoir accepté le siège que le capitaine lui avait proposé. Puis le grésillement familier du tempérament irlandais obstiné des Hartigan crépita en lui.

Il croisa les bras et lança un regard dur au capitaine.

— Vous vous foutez de moi ?

— Pas du tout. Grâce à mon ménage de printemps, je me suis rendu compte que tu n'avais pas pris de congé depuis une éternité – ce qui est contraire au règlement. Je ne comprends pas comment les RH ne sont pas encore tombées sur ton large dos d'Irlandais. Le département est au taquet en ce qui concerne le bien-être des troupes, ce qui veut dire que tu dois prendre tes congés pour te ressourcer.

Frankie leva les bras au ciel, furieux. Il aurait bien aimé que le bureau du capitaine soit plus grand afin de pouvoir faire les cent pas. L'idée de « se ressourcer » lui faisait l'effet d'un pet dans un magasin de fleurs.

— C'est des conneries, tout ça.

— Je suis d'accord, mais tu as trois semaines à prendre et tu vas les prendre tout de suite.

Le capitaine fouilla sur son bureau et finit par lui tendre une feuille.

— Voici l'ordre d'en haut.

Frankie considéra la lettre comme si c'était une bière tiède et éventée pendant une chaude journée du mois d'août. Ou une condamnation à mort.

— Ça craint.

Il allait mourir d'ennui à rester assis sur son cul pendant trois semaines. Il en était déjà au point où il préférait faire des heures sup pour éviter de passer trop de temps dans la baraque qu'il partageait avec son frère jumeau, Finian, et de faire les mêmes trucs depuis qu'ils avaient acheté cette maison dix ans plus tôt. Il n'avait pas besoin d'argent – même si, comme tout le monde, il avait trop de factures à payer –, mais la caserne était tout pour lui. L'adrénaline. La camaraderie. Sauver des vies. Il était taillé pour ça.

— Qu'est-ce que je suis censé foutre pendant trois semaines ?

Le capitaine haussa les épaules.

— Bourre-toi la gueule. Baise. Trouve-toi un hobby. Je n'en ai rien à cirer. Je te demande juste de dégager de mon bureau et de m'épargner la vision de ta gueule pleine de taches de rousseur pendant trois semaines, Hartigan.

Pour une fois dans sa vie, Frankie était sans voix. Il se contenta de hausser les sourcils, abasourdi. Il ne pouvait penser à rien d'autre qu'aux terribles semaines qui l'attendaient et pendant lesquelles il allait devoir apprendre l'origami, la confection sous-marine de paniers ou une connerie du genre juste pour éviter de devenir dingue.

Hors de question.

Marino's n'était ni un rade minable, ni un bar de bikers hors la loi, ni le genre d'endroit où, en voyant entrer Frankie, tous les clients miteux cessaient ce qu'ils étaient en train de faire pour imaginer la meilleure manière de disposer de son corps. Des cafés de ce genre auraient été plus accueillants. Parce que *Marino's* était un bar de flics.

Et qu'irait faire un pompier qui se respecte dans un lieu aussi mal famé ? Voir son pauvre petit frère perdu. Ford était l'un des meilleurs policiers de Waterbury et il possédait une plaque d'inspecteur ainsi que la détestable habitude de suivre les ordres à la lettre. Mais il était libre ce soir-là et il était tout disposé à accompagner Frankie qui avait décidé de cocher les cases de la liste du capitaine – en commençant par la partie alcoolisée.

— Non mais tu te rends compte ? demanda Frankie en buvant une gorgée de sa première pression. Trois semaines.

Ford détourna le regard du jeu de fléchettes fixé au fond du bar assez longtemps pour lever les yeux au ciel.

— Si tu avais pris tes congés tous les ans comme tu es censé le faire, ça ne serait pas arrivé.

Frankie brandit son majeur dans sa direction.

— Non seulement je suis obligé de noyer mon chagrin dans ce putain de bar, mais en plus tu vas me la jouer « je te l'avais dit » ?

— À quoi servent les petits frères, sinon ?

— J'aurais mieux fait d'appeler Finn.

Son jumeau, plus jeune de six minutes et quarante-deux secondes, comme leur mère aimait à le rappeler tous les ans, aurait compati comme il se devait et dans un vrai bar.

— Finn est à Las Vegas parce que – Ford lui adressa un sourire moqueur qui lui donnait l'air espiègle de tous les Hartigan –, attends.

Il s'interrompit, leva l'index et avala une gorgée de bière, ravi de son petit effet.

— Parce qu'il a pris ses congés, lui.

— Je suis certain qu'on t'a échangé à la naissance, maugréa Frankie. Il y a un vrai Hartigan quelque part qui ne bande pas en suivant une procédure.

— Tu as déjà un frère et quatre sœurs qui font n'importe quoi. Je restaure l'équilibre dans la Force.

C'était probablement vrai. Ils étaient sept frères et sœurs – tous sous la férule de Frank senior et de Katie. Frankie et son frère jumeau, Finn, avaient suivi les traces de leur père en embrassant la carrière de pompier. Les triplés, Fiona, Ford et Faith avaient emprunté d'autres chemins : ses sœurs étaient enseignantes et Ford avait basculé du côté obscur en entrant dans la police de Waterbury. Comment une chouette fille comme Gina avait pu lui pardonner cette erreur fatale et tomber amoureuse de lui dépassait l'entendement. Venait ensuite Fallon, infirmière casse-couilles qui mettait à profit les talents de soigneuse et de bagarreuse acquis en grandissant dans une famille de classe moyenne turbulente pour ne pas se laisser marcher sur les pieds par les voyous qui franchissaient la porte des urgences où elle travaillait. Et enfin, il y avait la petite dernière, Felicia, un tout petit modèle de Hartigan – enfin, presque de Carlyle à présent – qui vivait de l'autre côté du fleuve avec son fiancé millionnaire et étudiait les fourmis. La blague familiale prétendait que les Hartigan appartenaient aux trois catégories d'Irlandais : les roux, les bruns et ceux-dont-les-ancêtres-à-tête-de-cochon-avaient-été-virés-d'Irlande-parce-qu'ils-étaient-des-rebelles. Cette plaisanterie était d'autant plus drôle qu'elle était vraie.

— Et si au lieu de te lamenter d'être payé à ne rien faire pendant trois semaines, tu te rendais utile ? Tu pourrais trouver quoi offrir aux parents pour leur anniversaire de mariage, par exemple. On est tous d'accord pour se cotiser et mettre le paquet.

L'idée de départ était de leur payer une semaine à Paris jusqu'à ce que leur père déclare que si leur mère l'obligeait encore à bouffer des escargots et du foie gras dans un restaurant français guindé, il préférait se laisser mourir de faim. Les Hartigan étaient connus pour leur côté *drama queen*.

— Avec ces trois semaines devant toi, tu es l'homme idéal

pour ce job, Junior, poursuivit Ford en utilisant le surnom que Frankie détestait.

— Eh, Hartigan, c'est ton tour, brailla quelqu'un à côté du jeu de fléchettes, ce qui épargna à Frankie de devoir frapper son frère sur le crâne pour l'avoir appelé ainsi.

Sachant qu'il l'avait échappé belle, Ford brandit son verre avant de se diriger tranquillement vers le fond en abandonnant Frankie en territoire ennemi. Les flics et les pompiers de Waterbury n'étaient pas vraiment à couteaux tirés, mais il y avait une saine rivalité de longue date entre eux et ils avaient tendance à ne pas se mélanger – sauf lors du match amical annuel de hockey pendant lequel ils se foutaient des raclées avec enthousiasme entre deux buts.

Le bar était devenu beaucoup plus sympa quand Bobby Marino, qui avait déjà soixante-seize ans, avait donné les rênes du service à Shannon Kominsky. Elle était grande, elle avait un corps de rêve et le genre de peau brune qui, il le savait d'expérience, était douce comme tout, et surtout, elle illuminait le comptoir.

Frankie connaissait Shannon depuis des années ; ils avaient couché ensemble une fois et s'étaient séparés détendus et heureux. S'il s'y prenait correctement, ils pourraient réitérer la chose le soir même, avec à la clé des orgasmes et les cookies au chocolat post-sexe de Shannon. Après l'amour, certaines femmes aiment les câlins. D'autres, la conversation. Shannon, elle, pâtissait.

— Salut, Shannon, dit-il en lui adressant ce sourire mi-paresseux mi-arrogant qui lui avait valu bien des conquêtes dès le lycée.

Ça aurait marché si elle l'avait vu. Mais elle s'empara de sa bière en évitant de croiser son regard, et glissa un dessous-de-verre sur le bar avant de la reposer dessus.

— Pas ce soir, Frankie.

Merde. Elle l'avait repoussé bien vite.

— Qu'est-ce que j'ai fait ?

Elle leva soudain les yeux vers lui, juste pour lui adresser un regard signifiant « qu'est-ce que tu peux être con ».

— C'est plutôt ce que tu n'as *pas* fait.

L'expression de Frankie devint aussi vide que son cerveau. Elle secoua la tête et un sourire chagrin étira ses lèvres.

— Me téléphoner, Frankie, ajouta-t-elle. Tu ne m'as jamais rappelée.

Merde. Il s'agita sur son tabouret.

— Je suis désolé, j'ai eu beaucoup de boulot, mais je suis en vacances. On pourrait peut-être…

— Chéri, ça fait six mois.

Elle brandit la main gauche et agita les doigts : l'enseigne publicitaire au néon pour de la Budweiser suspendue au-dessus du comptoir fit briller le diamant.

— Je ne suis plus sur le marché.

— Merde.

Ce genre de choses se produisait de plus en plus fréquemment ces derniers temps. Pourquoi est-ce que tout le monde se mariait tout à coup ?

— On dirait que j'arrive trop tard.

— Oh ! chéri, tu n'as jamais concouru.

Shannon s'accouda au bar et baissa la voix comme si elle s'apprêtait à lui révéler un grand secret.

— Frankie, tu es l'un des meilleurs coups de Waterbury, on est toutes d'accord là-dessus.

Son ego eut le temps d'enfler de deux tailles avant que la deuxième partie de sa déclaration atteigne son cerveau.

— Vous parlez de moi ? Toutes les filles ? Ensemble ?

Elles comparent ? Les nanas font ça ? Putain. Les autres mecs étaient-ils au courant ? C'était dangereux.

— On vit à Waterbury. C'est une petite ville, ça facilite les commérages, répondit Shannon. Je t'explique. Tu es respectueux. Tu ne fais aucune promesse que tu ne peux tenir. Tu es drôle. Tu es un bon gars, sincèrement, mais pas le genre qu'on épouse.

Elle lui lança un regard à mi-chemin entre la sympathie et la pitié.

— Et quand on arrive à un certain âge, les plans cul perdent de leur attrait et on veut plus, on veut quelque chose qui dure toujours. Tu comprends ce que je veux dire ?

L'amour. C'était de ça qu'elle parlait. Ce truc qui-n'arrive-qu'une-fois et estime-toi-heureux-de-le-trouver que vivaient ses parents, Felicia et Hudson, Gina et Ford, et Tyler et Everly. Mais à lui, ça avait autant de chances de lui arriver que de trouver une licorne, parce qu'il savait que Shannon avait raison. Il l'avait toujours su. Il n'était pas livreur chez heureuxàjamais.com, ce qui voulait dire qu'il avait plus de chances de tomber sur…

— Une putain de licorne, marmonna-t-il.

Shannon haussa les sourcils, perplexe.

— Quoi ?

— Rien, répondit-il en soupirant.

Comment expliquer ce concept à une femme qui vient de vous annoncer que vous n'y aurez jamais droit ?

Shannon secoua la tête et s'éloigna pour prendre la commande d'un jeune type tout droit sorti de l'école de police. Agacé d'avoir été piqué au vif, Frankie pivota pour scruter la foule qui encombrait le bar. De gauche à droite, il vit d'abord un flic et une nana qui aimait l'uniforme, puis plusieurs flics et une nana ultra-canon qui aimait l'uniforme, un groupe de pauvres flics que personne ne draguait et un débile en costume qui n'était manifestement pas à sa place du tout, et Lucy Kavanagh, qui avait l'air d'être sur le point de le frapper.

Voilà qui pouvait être intéressant.

Frankie se leva et se dirigea vers la meilleure amie ronde et pétillante de la copine de Ford pour lui venir en aide.

Si une personne de plus disait à Lucy qu'elle serait très jolie si elle perdait du poids, elle l'immolerait par le feu.

Tout ce qu'elle voulait, c'était manger tranquillement son cheeseburger au piment accompagné de frites épicées et d'un Schweppes – oui, exactement, un Schweppes plein de calories, va te faire foutre M. Je Juge Tout Le Monde – pour se remettre d'une semaine infernale. Elle avait prévu de la raconter par le menu à sa meilleure amie, Gina. Le fiancé de cette dernière était policier, d'où le rendez-vous dans un bar de flics, mais Gina avait dû annuler à la dernière minute à cause d'une mariée qui avait pété les plombs.

En tant que spécialiste de la gestion de crise de Harbor City, sortir Zach Blackburn, joueur de hockey de l'équipe des Ice Knights et Homme Le Plus Haï de la ville, d'un autre *bad buzz*, allait la faire blanchir avant trente ans. Tout ce qu'elle voulait ce soir, c'était profiter de son dîner et ne plus se soucier de rien.

Au lieu de ça, le troll dans son costume merdique s'était invité à sa table pour lui dire que si elle avait commandé une salade, elle aurait pu quitter le bar au bras d'un mec et pas avec quelques kilos supplémentaires.

— En quoi ce que je mange vous regarde ?

Elle ponctua sa question en trempant rageusement une frite dans sa sauce épicée avant de la gober.

— Pas la peine de monter sur vos grands chevaux, j'essaie juste de vous aider, rétorqua l'autre, qui n'avait même pas pris la peine de se présenter – ou, attends, de la saluer – avant de se lancer dans un monologue déplacé sur ses habitudes alimentaires *à elle*. Allons, aucune femme n'entre seule dans un bar à moins de chercher de la compagnie masculine. Il s'agit de s'asseoir et d'être décorative.

Quelle connerie sexiste. Qui oserait dire ce genre de choses à un mec ? Réponse : personne.

— Vraiment ?

Elle éloigna son couteau de l'assiette afin de ne pas être tentée de le poignarder.

— Ça ne vous vient pas à l'idée que je suis peut-être juste là pour manger un burger ?

L'autre poursuivit comme si elle n'avait rien dit :

— Je suis sérieux. Vous avez un très joli visage. Si vous mangiez davantage de légumes et moins de glucides, de protéines et de sucres, vous seriez un bon 8/10 au lieu d'un 5.

Elle lança un regard noir à ce mec qui déblatérait sur des trucs qui ne le concernaient *en rien*. Il se dégarnissait et portait un costume mal taillé qui soulignait son ventre rond de buveur de bière – et il voulait lui donner des leçons sur son physique ? Le pire, c'est que ce n'était même pas étonnant.

Le menton de Lucy se mit à trembler et elle serra les dents. Ce connard ne la ferait *pas* pleurer. Ce que les gens pensaient d'elle ne la blessait pas, tant qu'elle réussissait à ne pas le montrer.

C'est ça, continue à te mentir, Muffin.

Lucy était en bonne santé. Elle était très ronde mais en bonne santé. Et, plus important, elle était enfin en paix avec son corps. Mais dans ces moments-là, quand elle tombait sur ce genre de connard, son assurance durement acquise s'effilochait. Pourquoi était-il socialement inacceptable d'humilier les gens *sauf au sujet de leur poids* ? Malheureusement, la chasse était toujours ouverte pour ceux qui n'étaient pas considérés comme minces.

Elle avait l'habitude d'être ignorée quand elle entrait dans un grand magasin. D'être dépassée par une personne plus mince quand elle faisait la queue quelque part. Que ses opinions soient ignorées en réunion parce qu'elles émanaient d'une grosse. Mais que quelqu'un lui attribue une note à son physique en public ? C'était nouveau. Et affreux.

Elle se demanda brièvement ce que serait son « score » dans une combinaison orange.

— Et, continua-t-il, sans se douter une seconde qu'il était près de mourir, je vous attribue un 5 uniquement parce que vous avez une jolie tête et des nichons du tonnerre.

C'était la goutte d'eau. Elle allait devoir assassiner un homme au beau milieu d'un bar de flics un vendredi soir. Elle espérait qu'ils avaient du gâteau au chocolat en prison, mais même si ce n'était pas le cas, le jeu en valait probablement la chandelle.

— Te voilà, ma chérie, intervint alors une voix grave qu'elle reconnut immédiatement au moment où l'ombre d'une large silhouette était projetée sur la table.

Elle leva les yeux – très haut – sur le visage canon de Frankie Hartigan, qui était bâti comme un séquoia et qui, si on en croyait la rumeur, en avait un entre les jambes.

— Excuse mon retard, poursuivit-il avant de lancer un coup d'œil en direction du connard qui voulait la pousser à manger des légumes. Est-ce que ce mec est en train de t'emmerder, chérie ?

Chapitre 2

La tentation de répondre : « Oui, Frankie, écrase-le sous mes yeux comme un insecte, s'il te plaît » était très très forte – aussi forte qu'un mec capable de tracter un semi-remorque avec les dents. Mais elle se contenta de rentrer dans le jeu du frère du fiancé de sa meilleure amie – ouh là là, c'était le nouveau nom de son groupe de ska imaginaire entièrement composé de femmes – et lui adressa un sourire tendre.

— Figure-toi qu'il était ennuyé par mon dîner, chéri.

— Vraiment ?

Frankie baissa les yeux sur son assiette, puis sur le connard, et les plongea dans les siens. Impossible de rater l'éclat malicieux qui y brilla avant qu'il ne reporte son attention sur l'autre.

— Quel est le problème avec le repas de ma copine ?

M. Je Me Mêle De Ce Qui Ne Me Regarde Pas blêmit littéralement. La couleur déserta son visage si vite qu'il ressemblait à l'une de ces photos « avant-après » qu'on trouve sur les blogs de relooking. Lucy ne sut comment elle fit pour se retenir d'exploser de rire.

— R-r-rien, bafouilla-t-il.

Non. Il ne s'en tirerait pas aussi facilement.

Elle leva les yeux vers Frankie, toujours debout à ses côtés, sa grande main posée sur le dossier de sa chaise, et ajouta d'une voix innocente que n'importe qui d'un peu malin aurait crainte :

— D'après lui, j'aurais dû commander une salade pour avoir une chance de passer de 5 à 8 sur 10. Je suis un 5 parce que j'ai des seins du tonnerre.

Dire que l'expression de pure vengeance qui traversa le regard de Frankie était terrifiante serait en deçà de la réalité. Même les taches de rousseur qui parsemaient son nez devinrent effrayantes. M. Connarsky émit un petit couinement qui rappela à Lucy le son d'un ballon en train de se dégonfler. Frankie fit un pas en avant, exsudant la menace. L'autre type ne prit pas la peine de dire quoi que ce soit ; il s'éloigna en se frayant rapidement un chemin dans la foule et quitta le bar bondé. Lucy se plut à imaginer qu'il en avait pissé dans son pantalon.

— Merci, Frankie, dit-elle à l'homme qui considérait toujours la silhouette de M. J'ai Pissé Dans Mon Froc. Je t'en dois une.

Son chevalier roux en jean moulant et en T-shirt fit un petit bruit qui était peut-être une réponse affirmative. Ça ressemblait à « de rien ». Bref. Elle était habituée à ce genre de réaction de la part des hommes. Elle n'était intéressante que jusqu'à l'arrivée d'une femme plus sexy, plus mince ou plus jolie. C'était le fameux manteau d'invisibilité des femmes grosses.

Résolue à ne pas se laisser agacer comme d'habitude, elle reporta son attention sur son cheeseburger, ses frites épicées et son soda. Elle pouvait enfin dîner tranquillement.

Hélas, l'Univers avait d'autres plans pour elle. Frankie posa brutalement une chope de bière remplie aux trois quarts en face d'elle, tira la chaise et s'assit. Avant qu'elle ait pu lui demander ce qu'il fabriquait, il héla la serveuse et commanda la même chose qu'elle avec un supplément de frites et une autre bière. Une fois la jeune femme disparue, il se tourna vers Lucy et lui adressa ce qu'elle ne pouvait décrire autrement que comme son sourire vibro. Elle l'avait baptisé comme ça mentalement – heureusement qu'elle ne l'avait pas dit à haute voix – parce qu'elle avait un besoin urgent de son vibro et peut-être de nouvelles piles.

— Tu ne vas pas m'obliger à dîner seul alors qu'on a un rencard, pas vrai ? demanda-t-il en lui volant une frite.

Elle détestait les clichés, mais il était super canon et les gens beaux n'étaient pas réputés pour être intelligents. Et comme, en plus, ses muscles avaient des muscles, elle jugea préférable d'articuler un peu plus lentement que d'habitude.

— On ne sort pas ensemble.

Il inclina la tête sur le côté, battit des cils sur ses yeux bleus et lui fit un clin d'œil. Il la taquinait.

— Mais c'est ce que j'ai affirmé à l'autre enculé.

Ses interactions avec l'aîné des Hartigan s'étaient limitées aux larges fêtes impliquant Gina et Ford, l'un des frères de Frankie. Ils ne s'étaient jamais vraiment parlé. Il était sexy et donc généralement entouré par un essaim de célibataires. Et elle était sûre qu'il était attendu quelque part.

— J'apprécie ce que tu as fait. Je chérirai ce souvenir la prochaine fois qu'un ou une abruti(e) se croira en devoir de me donner des conseils non sollicités sur mon corps, mais tu n'as pas besoin de dîner avec moi. Je suis une grande fille. Ça se voit, d'ailleurs.

Faire des blagues sur sa taille avant qu'un autre ne s'en charge était une habitude qu'elle avait prise à l'école primaire, lorsque Jimmy Evans lui avait demandé si elle s'agiterait comme le bonhomme Michelin s'il lui touchait le ventre. C'était elle qui lui avait donné un coup de poing dans le ventre. Tout s'était déroulé aussi bien qu'on pouvait s'y attendre.

— Non, sincèrement, est-ce que je peux dîner avec toi ?

demanda-t-il en se penchant vers elle comme s'il était sur le point de lui révéler un noir et lourd secret. Cet endroit me fait flipper.

— Qu'est-ce que tu fais là alors ?

— C'est une longue histoire qui durera le temps qu'il nous faut pour venir à bout de nos burgers.

Comment refuser ?

Frankie marqua une pause théâtrale à la fin de son histoire sur la bagarre flics contre pompiers qui avait clôturé le dernier match de hockey – bagarre que ses paroles avaient déclenchée et son crochet du droit achevée.

— Et c'est comme ça que j'ai été banni de chez Marino. Je n'ai le droit d'y mettre les pieds que si mon frère m'accompagne.

Lucy haussa un sourcil et secoua la tête.

— C'est à cause de clients comme toi que je mange épicé ce soir.

— Tu veux dire des clients charmants et particulièrement séduisants ?

De l'ego ? Lui ? Et comment.

Elle éclata de rire. C'était un son riche qui emplit tout l'espace autour d'eux.

— Quelques-uns. Les autres sont juste ultra-puissants et riches.

Il était dévoré par la curiosité mais il avait envie de prolonger le jeu pour provoquer de nouveau son rire.

— Ne me dis rien, je vais deviner ce que tu fais dans la vie.

Elle trempa une frite dans la sauce qui enflammait son palais et la pointa dans sa direction.

— Tu as droit à trois essais.

Elle ne cédait rien. Il aimait ça.

Il la dévisagea lentement tandis qu'elle mangeait ses frites. Sa banale veste noire était posée sur le dossier de sa chaise. Elle portait un simple chemisier blanc dont seul le premier bouton était défait – rien de tape-à-l'œil – mais le connard avait raison, elle avait des seins magnifiques qu'il était difficile de ne pas voir même à travers son vêtement. Son maquillage était subtil, à l'exception du rouge à lèvres rouge vif, comme si elle n'avait pas pu s'empêcher de souligner cette bouche qu'elle agitait sans cesse. Elle ne parlait pas trop mais avait toujours, lors des rares fois où il l'avait rencontrée, de la repartie. Ses cheveux auburn étaient ramassés en une queue-de-cheval basse qui lui donnait envie de passer les doigts dedans.

En pensant à la façon dont elle avait géré le débile en début de soirée, il l'imagina en train de jouer les super-héroïnes.

— Assassin secret ?

— D'une certaine manière, répondit-elle, mystérieuse. Je suis payée pour tuer des choses.

— Femme de main ?

— Oui. Certains jours. Je m'assure que les gens obéissent.

Elle souligna sa réponse en faisant glisser un doigt laqué de rouge sur la table.

— Cheffe de bande ?

— Uniquement les jours qui se terminent en *i*.

Elle s'interrompit un instant.

— Je suis attachée de presse spécialisée dans la gestion de crise.

Ça lui paraissait évident. Il valait mieux ne pas chercher Lucy Kavanagh. Elle savait se défendre.

— On fait la même chose, alors, déclara-t-il en levant son verre, un grand sourire aux lèvres. On éteint les incendies.

Elle entrechoqua son verre de soda contre sa chope.

— C'est ça.

Ils terminèrent leurs burgers en discutant de la bouffe de Marino – la meilleure dans son genre –, du temps – bon débarras l'hiver – et des gens qui mettaient des fruits dans la bière – des aberrations de la nature.

— Quel genre de feu tu es en train d'éteindre ? demanda-t-il soudain, curieux de récolter quelques ragots.

Elle se mit à jouer avec sa paille ; les glaçons cliquetèrent dans son verre.

— Je suis officiellement en pause.

— Ton patron t'a obligée à prendre des vacances toi aussi ?

Elle gloussa.

— Comme je suis free-lance et très demandée, je peux prendre des congés quand je veux.

— Qu'y a-t-il dans ton agenda, alors ?

Si c'était quelque chose même de vaguement intéressant, il trouverait un moyen de s'incruster. S'il se retrouvait livré à lui-même pendant trois semaines, il péterait un plomb.

— Pas ce que j'avais prévu.

Sa façon de répondre déclencha toutes les alarmes à potins de Frankie. Les gens pensaient peut-être que c'était un truc de nanas, mais ils ignoraient ce qui se passait dans une caserne quand il n'y avait rien d'autre pour s'occuper que les entraînements et les commérages. Il tendit la main vers l'assiette de Lucy et lui vola trois piments tombés de son burger.

— Si tu me racontes, je mange un piment d'un seul coup.

Elle haussa les épaules.

— C'est rien du tout.

S'il avait le palais en amiante, ce qui n'était pas son cas. Tout ce qui était plus épicé que la salsa douce enflammait ses papilles.

— Je suis sensible.

— Mais bien sûr. Tout le monde à Waterbury ne parle que de la fragilité de Frankie Hartigan.

Il se redressa un peu sur son siège. Il voulait seulement plaisanter – il détestait vraiment la nourriture épicée –, mais maintenant ? Il n'eut que le temps de penser *oh merde* avant que son ego masculin ne prenne le dessus, et il engloutit les piments démoniaques. Lorsqu'il commença à mâcher, Lucy écarquilla les yeux et un sourire étira ses lèvres pulpeuses, ce qui valait le coup. Puis le goût atroce se répandit sur sa langue et il dut se retenir pour ne pas tout cracher. Il s'empara du verre d'eau que la serveuse avait apporté en même temps que sa bière et l'avala d'un trait. Très viril.

Lorsqu'il reposa son verre, Lucy n'essayait même plus de dissimuler son sourire. Elle était juste amusée, elle ne cherchait pas du tout à le draguer. Ce n'était pas la réaction habituelle qu'il suscitait chez les femmes, même quand il se comportait comme un con.

— Aie pitié de moi. J'ai failli mourir. Raconte-moi la vérité.

Elle inclina la tête et lui adressa un regard songeur.

— J'ai failli me rendre à la réunion des anciens élèves de mon lycée, mais j'ai retrouvé la raison à temps.

— De quoi tu parles ? Je suis allé aux miennes. C'était génial, affirma-t-il en essayant de comprendre son point de vue. Et tu peux brandir ton super job et tes clients célèbres à la figure de tout le monde.

Elle renifla et le regarda comme s'il était débile.

— Je suis sûre que c'était sympa pour toi.

— Et pas pour toi ?

— Passer une semaine avec tous les abrutis qui m'ont insultée à cause de mon poids pendant tout le lycée alors que je pourrais me faire faire une manucure ? Non, merci.

Elle cessa de tripoter sa paille et posa les yeux sur lui comme si elle le mettait au défi de la contredire. Il en était incapable. Lucy Kavanagh était grosse. Personne n'atteignait l'âge adulte sans être moqué pour quelque chose – on avait rempli son casier de cookies au gingembre quand il était en cinquième –, cependant, c'était bien pire pour ceux qui étaient hors normes. Mais ça, c'était quand ils avaient encore leurs cerveaux reptiliens adolescents. Il devait y avoir une autre raison, et son intuition la lui soufflait.

— N'importe quoi.

— Pardon ? s'indigna-t-elle en haussant un sourcil.

La petite tache de couleur à la base de son cou lui confirma qu'il avait raison.

— Tu as peur.

— Non.

Elle joua encore avec sa paille, comme si l'alternative était de s'asseoir sur ses mains.

— OK. Tout le monde est en couple et je n'ai aucune envie de passer une semaine à être la cinquième roue du carrosse ou à faire tapisserie pendant les activités – il y a même un faux bal de promo à la fin du séjour. Ce serait gênant, mais je n'ai pas peur.

— Vraiment ?

Il marqua un silence et baissa délibérément les yeux sur ses doigts avant de la regarder de nouveau dans les yeux.

— Prouve-le en y allant.

Elle lâcha la paille et posa les mains sur ses genoux.

— Contrairement à d'autres, répliqua-t-elle en lui adressant un regard qui prouvait clairement qu'elle parlait de lui, je ne suis pas du genre à relever un défi idiot.

— D'accord. Et si tu relevais un défi amusant ?

Elle sourit.

— Tu es terrible, tu le sais, ça ?

— Tu n'es pas la première à me le dire.

Il lui fit un clin d'œil et trinqua en cognant sa chope contre son verre.

— Je veux bien le croire, affirma-t-elle avant de gober un piment comme si ce n'était rien du tout.

Frankie avait grandi dans une maison qui contenait suffisamment d'œstrogènes pour savoir que les femmes n'étaient pas des créatures mystérieuses et délicates. Elles ressemblaient aux hommes, avec plus de courbes, et elles se montraient en général plus méchantes quand on les provoquait. Cette observation n'avait en rien été modifiée par ses interactions avec les femmes de Waterbury. À cause des nanas avec qui il était sorti, il avait même ajouté trois lignes à son manuel de connaissance des femmes : Ne fais pas n'importe quoi avec elles. Ne leur mens pas. Ne jouis pas avant elles.

Il savait quand s'arrêter, aussi fit-il glisser la conversation sur des histoires drôles concernant le dernier arrivé à la caserne. Elle le fit hurler de rire avec certains de ses clients (dont elle ne divulgua pas les noms, bien sûr) qui agissaient encore plus bêtement que le bleu. Il n'aurait jamais imaginé qu'on puisse dresser un singe pour attaquer les paparazzis ; il apprit quelque chose ce soir-là.

Lorsque la serveuse leur apporta l'addition avec son numéro de portable griffonné au dos, il était détendu. Il avait passé une excellente soirée, parce qu'il n'avait pas cherché à impressionner Lucy pour l'attirer dans son lit. Il ne se souvenait plus à quand remontait la dernière fois qu'il avait passé un dîner aussi sympa avec une femme. Ses relations avec les femmes n'étaient pas vraiment cool. Plutôt nues et orgasmiques. Et il n'avait jamais le temps de discuter avec elles.

Merde. Et si Shannon avait vraiment raison ? Était-il juste un mec avec qui on avait envie de s'amuser ? N'était-il pas capable de donner plus que des orgasmes ? Il avala une gorgée de bière qui lui parut soudain amère.

Lucy était en train de fouiller dans son immense sac rouge – elle avait manifestement une passion pour cette couleur – à la recherche du montant exact pour payer l'addition : elle sortait vingt-cinq cents, fourrageait de nouveau dans son sac, en extirpait dix cents et recommençait. C'était hilarant.

— Tu sais, ils peuvent te rendre la monnaie.

Elle s'interrompit juste assez longtemps pour brandir son majeur.

Il explosa de rire et déposa quelques billets sur sa note. Il ne se rappelait pas quand une femme qui ne portait pas le même nom que lui s'était montrée aussi peu impressionnée par lui. Depuis la puberté, les filles lui tombaient dans les bras. Ce n'était pas de la vantardise, mais la vérité pure et simple. Il avait réagi comme n'importe quel homme et accepté cette situation comme un dû. Il n'y avait jamais vraiment réfléchi – jusqu'à ce que les remarques de Shannon lui fassent l'effet d'un coup de poutre sur le crâne qu'il avait pourtant épais.

Il avait trente-trois ans, était célibataire et vivait avec son frère jumeau. Tous ses amis étaient mariés, certains plusieurs fois, et il courait toujours les bars à la recherche de plans cul, comme s'il avait vingt-cinq ans et pas de cerveau. Qu'est-ce qu'il attendait ? Qu'est-ce qu'il ratait ? Était-il uniquement destiné à être l'amant de toutes les femmes de Waterbury ? Il n'avait aucune réponse, mais la dernière question laissait un sale goût dans sa bouche.

Il était plus que temps qu'il mette de l'ordre dans tout ça. Il devait changer de priorités. Il allait cesser de draguer pendant quelques semaines et essayer de comprendre ce qui lui donnait le sentiment désagréable que les choses n'allaient plus, qu'il ratait quelque chose d'important. Voilà. Une mise en veille temporaire de son petit cerveau pour faire fonctionner le gros. C'était pour ça que les joueurs ne baisaient pas la veille d'un match important. Les femmes les perturbaient. Il allait faire une petite cure de désintox pendant quelques semaines et se contenter de sa main droite.

Mais il n'aimait pas passer du temps seul. Peut-être parce qu'il avait un jumeau ou parce qu'il était sociable, mais l'idée de ne pas avoir de compagnie pendant trois semaines lui donnait des sueurs froides.

La serveuse choisit ce moment pour s'arrêter devant leur table et il faillit lui arracher l'addition pour récupérer son numéro de téléphone.

Ressaisis-toi, Hartigan.

Il s'interrompit à temps, mais il s'en était fallu de peu.

— Merci, dit Lucy en tendant la somme exacte et le pourboire.

La foudre le frappa pour la deuxième fois en cinq minutes : il pouvait accompagner Lucy à ses retrouvailles de lycée. C'était un plan parfait parce que, pour géniale qu'elle soit, elle n'était absolument pas son genre. Elle ne le draguait pas. Elle était franche, culottée et pas le genre à céder le contrôle ne serait-ce qu'une seconde. Mais elle était hyper drôle, et c'était exactement ce dont il avait besoin pour s'occuper et se tenir éloigné des emmerdes. Et le fait qu'il ne lui plaisait pas était un bonus.

Lucy se leva, posa son sac à main sur sa chaise et commença à enfiler sa veste. L'adrénaline le jeta à bas de son siège.

— Tu ne peux pas rater ces retrouvailles, dit-il, d'un ton plus fort que voulu. Tu te dois d'aller leur montrer que leurs insultes ne t'ont pas empêchée de réussir. Tu as un job fabuleux et j'ai la solution idéale pour leur rendre la monnaie de leur pièce.

— Ah bon ? répliqua-t-elle sans cesser de mettre sa veste. Comment ça ?

— Je serai ton cavalier.

Il se redressa de tout son mètre quatre-vingt-dix-huit.

— Personne n'emmerde les gens qui m'accompagnent.

Lucy éclata de rire – suffisamment fort pour faire tourner les têtes – et abattit la main sur la table.

Merde. Son ego était aussi gros que lui, mais il avait assez encaissé pour la soirée.

— Très drôle, commenta-t-elle en essuyant une larme de rire et en reprenant son souffle. Mais il est hors de question que j'aille en voiture jusque dans le Missouri avec toi pour la réunion de retrouvailles de mon lycée.

Ça faisait un sacré voyage.

— Pourquoi tu ne prends pas l'avion ?

Cette question effaça instantanément le sourire de Lucy.

— Sais-tu comment les gens de ma corpulence sont traités dans les avions ?

Elle le considéra de haut en bas.

— Toi, entre tous, tu devrais comprendre que ces petits sièges sont très inconfortables, à moins d'être un Schtroumpf.

Elle n'avait pas tort. Chaque fois qu'il prenait l'avion, il devait se contorsionner et le connard devant lui essayait toujours d'abaisser son siège jusqu'à ce qu'il remarque le géant furieux qui se tenait derrière. Ne pas prendre l'avion était somme toute logique.

— Eh bien, on prendra la voiture.

Il haussa les épaules.

— Il faut combien de temps ?

— Un jour et demi.

Elle s'empara de son sac et glissa la bandoulière sur son épaule. Ça pouvait marcher.

— Heureusement que je suis en vacances forcées.

— Tu es suspendu ?

— Non.

Il aurait préféré. Ça lui aurait donné une bonne raison de ne pas bosser au lieu de se retrouver confronté à une règle à la con.

— Je n'ai pas pris tous mes congés et les RH ont flippé. Ne m'oblige pas à me faire chier chez moi. Je ne déconne pas. Les vacances ne me valent rien. La dernière fois, j'ai construit une terrasse.

— C'est plutôt pas mal.

Elle le considérait de nouveau comme s'il était idiot. Il ne l'était pas, mais il ne fallait pas le laisser seul avec un marteau et des clous.

— J'ai dû payer une somme exorbitante pour que quelqu'un vienne démolir ce que j'avais fait et construire une terrasse qui ne défie pas les lois de la physique.

Il s'abandonna au sentiment d'urgence qui s'était emparé de lui.

— Allez, aie pitié de moi. Laisse-moi t'accompagner.

Lucy lui adressa un regard qui le transperça au plus profond de lui. Il n'était pas du genre à se tortiller, mais il ne put s'en empêcher. Si elle regardait ses clients de cette façon, il ne comprenait pas pourquoi ils ne la fermaient pas et ne changeaient pas d'attitude immédiatement.

— Pourquoi tu veux faire ça ? demanda-t-elle, soupçonneuse.

Parce qu'il fuyait les fantômes des femmes de son passé. Il avait besoin de s'éclaircir les idées et l'abstinence était plus facile quand on n'était pas tenté. Lucy était une nana géniale, mais elle ne l'excitait pas du tout. Elle était, sans l'ombre d'un doute, une casse-couilles absolue et il avait envie de garder intacts ses bijoux de famille.

— Tu m'as sauvé d'une soirée ennuyeuse chez Marino et j'ai envie de te remercier.

Elle plissa ses grands yeux marron et pinça sa bouche pulpeuse. Il retint son souffle sans vraiment comprendre pourquoi et ne recommença à respirer que lorsque Lucy lui adressa un sourire incrédule.

— D'accord, glousse-t-elle en secouant la tête. Frankie Hartigan, veux-tu m'accompagner à la réunion des anciens élèves de mon lycée ?

Chapitre 3

Lucy ajouta une touche de peinture verte sur la toile posée devant elle, prit une gorgée de vin blanc dans un gobelet en plastique et fit de son mieux pour garder le silence. C'était une bataille perdue d'avance. À en juger par les regards soupçonneux que Tess, sa meilleure amie, qui était assise à côté d'elle pour la soirée Peinture et Picole, ne cessait de lui lancer, cette dernière l'avait compris aussi. Discrètement, Lucy jeta un coup d'œil sur sa gauche d'où ses deux autres meilleures amies, Gina et Fallon, la dévisageaient d'un air intrigué. Elle pinça les lèvres et reporta de nouveau son attention sur la toile. Son œuvre était censée représenter un ruisseau paisible serpentant à travers des collines sous un ciel chargé de brouillard – Larry, l'organisateur de la soirée hebdomadaire Peinture et Picole, était un drôle de type, pour dire les choses gentiment.

— Qu'est-ce qui t'arrive ? chuchota Tess. Pourquoi ne dis-tu rien ?

Gina et Fallon se rapprochèrent de l'autre côté. Deux possibilités s'offraient à Lucy. Elle pouvait simuler une soudaine surdité. Ou essayer de mener ses amies en bateau. Les deux pouvaient marcher. Ses copines la connaissaient trop bien. Elles savaient qu'elle ne tenait sa langue que lorsqu'il était question de ses clients et que pour le reste, elle n'avait aucun secret pour elles.

Un psychologue qu'elle avait consulté quand elle était à la fac lui avait déclaré que son goût du secret était un mécanisme de défense. Elle l'avait envoyé se faire foutre. Mais il n'avait peut-être pas tort au final.

Elle plongea le pinceau dans le gobelet en plastique plein d'eau qu'on lui avait dit un million de fois de ne pas confondre avec son gobelet de vin.

— J'ai décidé d'aller à la réunion des anciens élèves du lycée.

— En temps normal, tu nous expliquerais tout en long, en large et en travers, assorti d'un discours pour te motiver, répondit Gina, suspicieuse. Mais là, tu n'as pas fait un seul commentaire sur les oiseaux morts qui tombent du ciel dans le tableau de Larry.

— Je n'y vais pas seule.

Voilà, c'était dit. Cet aveu devrait mettre fin aux questions… dans un univers parallèle.

Gina, Tess et Fallon cessèrent de peindre et pivotèrent vers elle comme un seul homme, stupéfaites. Puis elles se mirent à parler toutes en même temps.

— Qui t'accompagne ? demanda Fallon.

— Espèce de cachottière ! s'exclama Tess.

— On veut tout savoir, ordonna Gina en battant des mains avec enthousiasme.

Comme cette dernière n'avait pas pensé à poser son pinceau, leurs tabliers furent tous éclaboussés de gouttelettes grises.

Lucy ne pouvait pas leur en vouloir de réagir comme ça. Elle-même était encore sous le choc. Pendant des années, Tess, Gina et elle avaient considéré qu'elles n'étaient pas désirables – elles s'étaient même fait faire des T-shirts pour le proclamer. Lucy était grosse. Tess était tellement introvertie qu'elle était incapable de prononcer six mots d'affilée à un membre du sexe opposé à moins de dire « Je suis Groot » deux fois. Gina ne correspondait pas aux canons de beauté en vigueur. Alors elles s'étaient alliées. Mais à présent, Gina portait un gros diamant à l'annulaire de la main gauche. Quant à Fallon, elle passait ses journées aux urgences dans un uniforme d'infirmière et ses soirées en jogging informe et arborait vingt-quatre heures sur vingt-quatre une expression qui signifiait clairement qu'il ne fallait pas lui en conter.

Comme elle avait besoin de trouver du courage avant de révéler la suite, Lucy descendit d'un coup ce qui restait de son vin bon marché.

— J'y vais avec Frankie.

Il y eut un bref silence, puis les questions fusèrent dans tous les sens.

— Frankie qui ? demanda Tess qui, à l'exception des femmes présentes ce soir-là, préférait nettement la compagnie de ses plantes à celle des gens.

Elle poussa un petit cri avant de s'exclamer :

— Pas Frankie *Hartigan*, quand même ?

Fallon gémit.

— Oh ! non.

— Comment c'est arrivé ? demanda Gina d'un ton mi-interrogatif mi-couinant.

Larry toussota et leur lança un regard leur ordonnant clairement de la boucler. Il était comme ça. Il appréciait le fait qu'elles soient des habituées mais, en même temps, ça l'ennuyait. Pendant les soirées Peinture et Picole, il aimait que son atelier soit une oasis de créativité silencieuse. Lucy et ses copines – comme 99 % des autres clients – venaient pour échanger des potins, boire et glousser.

Lucy baissa la voix à un niveau qu'elle n'atteignait jamais habituellement et résuma à ses amies ce qui s'était passé chez *Marino's* l'autre soir. Laissant de côté leurs peintures, elles l'écoutèrent attentivement, têtes rapprochées, et marmonnèrent quelques remarques bien senties à l'encontre du connard et de sa salade, et Fallon convint qu'il fallait laisser des outils entre les mains de son frère uniquement si on voulait qu'il désincarcère quelqu'un d'une voiture accidentée et surtout pas dans l'espoir qu'il construise quelque chose.

— Tu es certaine que c'est une bonne idée ? demanda Tess une fois que Lucy eut terminé son récit.

Non. Pas le moins du monde. En réalité, à en croire la nuée de papillons qui dansait le twist dans son estomac, elle commençait à trouver que c'était une très mauvaise idée.

— Ça ira. C'est mon faux *date* chargé de repousser les abrutis.

Gina tapota l'extrémité de son pinceau sur son nez proéminent. Heureusement, c'était la partie non couverte de peinture.

— Tu vas te retrouver toute seule en voiture avec Frankie pendant deux jours ?

— Un jour et demi.

Coincée dans sa Toyota Prius avec un homme dont le sourire était réputé pour faire fondre les petites culottes. Il ne risquait évidemment pas de consumer les siennes, qui étaient plus grandes que ses cibles habituelles – soyons honnête, beaucoup plus grandes – et en acier, ce qui finissait immanquablement par arriver quand on s'était amourachée du mauvais mec et qu'on avait été brûlée, blessée ou ignorée tant de fois qu'on était bien décidée à ne plus jamais recommencer.

— Dix-huit heures, pour être exacte.

— Oh ! ça change tout, déclara Fallon en levant les yeux au ciel. Écoute, j'aime mon frère, mais sois prudente.

— Il est chou, affirma Gina, qui était du genre à défendre les perdants.

Fallon ricana si fort qu'elle s'attira de nouveau les foudres de Larry.

— Non, c'est un coureur de jupons. Je l'adore, mais ça ne change rien à sa personnalité. Il est incapable de s'engager.

— Peut-être qu'il changera pour Lucy, suggéra Gina d'un ton doux et un peu rêveur. Un *road trip*, c'est tellement romantique.

C'était ce qui se passait quand une femme tombait amoureuse, elle se mettait à penser que ça pouvait arriver à tout le monde. Mais ce n'était *pas* ce que Frankie avait en tête. Ils s'étaient bien marrés mais Lucy savait reconnaître le désir chez un homme et Frankie ne manifestait aucun des indices habituels. Elle faisait une taille 50 dans un monde de taille 36. Elle était intelligente, en bonne santé, motivée et ambitieuse, pourtant ça ne modifiait en rien le regard que les autres posaient sur elle et les suppositions qu'ils formulaient à son sujet à cause de son poids. Il était temps de ramener Gina sur terre.

— On a mille neuf cents kilomètres à parcourir en deux jours. On va manger des frites dans la voiture, passer la nuit dans un motel bas de gamme et probablement se prendre une ou deux prunes pour excès de vitesse, répondit Lucy. Ce voyage sera tout sauf romantique.

Et elle ne pouvait s'empêcher de se demander à quoi il allait ressembler.

Les soirées poker dans la maison de Frankie et de son frère jumeau, Finn, n'étaient pas prises à la légère – enfin, uniquement en matière de bière et de fanfaronnades. Les paris étaient limités à la petite monnaie et on pouvait utiliser les jokers. Finn, Ford et Frankie avaient déjà joué deux manches lorsque Fallon débarqua après sa longue garde aux urgences, toujours chaussée de ses horribles sabots. Son visage, non maquillé, comme d'habitude, était sombre.

— Tu es dingue ou quoi ? demanda-t-elle sans prendre la peine de saluer ses frères. Tu ne peux pas accompagner Lucy Kavanagh à la réunion des anciens élèves de son lycée.

Frankie tressaillit. La conversation avec ses frères cessa immédiatement.

Putain de merde.

Il espérait pouvoir quitter la ville avant que le clan Hartigan ait eu vent de ce qu'il manigançait, histoire d'éviter un voyage à Je-te-juge City, ville dont le maire était sa chieuse de sœur, Fallon. Avec une famille aussi envahissante que la leur, il aurait dû se douter que la probabilité de se barrer sans problème oscillait entre nulle et impossible.

Frankie laissa tomber ses cartes sur la table, découvertes – de toute façon, il avait un jeu de merde. Finn abattit ses cartes à son tour et Ford les ramassa pour les battre. Ses deux frères considéraient tour à tour Fallon et lui, un sourire jusqu'aux oreilles, prêts à profiter du spectacle – leur silence soudain prouvait qu'il ne leur manquait que du pop-corn. Ils faisaient bien les fiérots, pour une fois.

Inutile de nier.

— Ft pourquoi pas ?

— Parce que c'est mon amie.

Fallon attira brusquement une chaise à elle, posa son bocal plein de monnaie sur la table et s'assit.

Alerte passage du coq à l'âne.

— Je ne vois pas le rapport.

— Frankie, je t'aime, dit-elle alors que Ford distribuait. Mais tu ne peux pas faire de Lucy un membre de ton harem tournant. Elle ne ressemble pas aux femmes que tu as l'habitude de fréquenter. Elle le prendra personnellement. Tu ne t'en rends peut-être pas compte mais sous son allure de femme qui mange des clous au petit déjeuner, c'est un cœur tendre.

Agacé, il se mit à agiter le genou sous la table.

— Je ne possède pas de harem.

Des ricanements sceptiques s'élevèrent autour de la table. *Bande de cons.* Sa famille n'était composée que d'abrutis.

— Ben, non.

Il aimait les femmes, c'est tout. Il sortait avec les femmes qui lui plaisaient, et même s'il atteignait rarement le troisième rendez-vous parce qu'une autre femme attirait toujours son regard entre-temps, aucune ne s'éloignait sans avoir eu d'orgasme et elles n'avaient jamais le cœur brisé. Elles étaient toutes prévenues dès le début. Il était honnête et franc. Et que lui avaient valu ces qualités ? La réputation d'être un homme bon à une seule chose. Il commençait à en avoir sérieusement assez.

— Et puis de toute façon, si j'avais un harem, Lucy n'y aurait pas sa place.

— Et pourquoi ça ? demanda Finn en ramassant ses cartes.

Il baissa les yeux sur son jeu, aussi pourri que le précédent.

— Ce n'est pas mon genre.

Fallon ricana et balança deux cartes face cachée sur la table, geste qui signifiait qu'elle voulait les échanger.

— Tu veux dire que ce n'est pas une meuf à gros nichons, gros cul et taille de guêpe qui pèse cinquante kilos.

— Ce n'est pas ce que je veux dire, rétorqua-t-il sans prendre la peine de dissimuler son énervement.

Sa sœur aurait dû savoir qu'il n'était pas comme ça. Il était con, certes, mais pas ce genre de con. La vérité, c'était que Lucy le dévorerait tout cru. Les gens pensaient souvent que les pompiers étaient des drogués à l'adrénaline qui se précipitaient vers le danger quand les autres fuyaient, mais ils possédaient tous un instinct de survie très développé. Frankie savait très bien où étaient ses limites et Lucy Kavanagh déclenchait toutes ses sonnettes d'alarme. Ça ne l'empêchait pas de penser à elle de manière inopportune – comme lorsqu'il se branlait dans la douche le matin – mais ça ne faisait que renforcer l'idée qu'il ne pouvait pas faire confiance à sa bite en ce moment.

— Vraiment ? demanda Fallon. Explique-toi.

— Je suis sur le banc de touche, aucune femme n'est mon genre.

Ford posa ses cartes à l'envers sur la table et adressa à Frankie son regard de flic qu'il mettait au point depuis sa naissance.

— C'est-à-dire ?

— Je me suis mis moi-même sur la touche.

Finn, Ford et Fallon le dévisagèrent comme s'il venait de lui pousser une autre tête. Il allait devoir être plus clair. Cette situation n'était ni bizarre, ni embarrassante franchement…

— J'ai décidé de faire abstinence.

— Tu as chopé une saloperie ? demanda Finn.

Ils avaient beau être jumeaux, ils ne se ressemblaient pas. Frankie était incapable de résister au moindre risque alors que Finn n'en prenait jamais. Il croyait donc que Frankie avait oublié d'enfiler un préservatif, ce qui ne lui était jamais arrivé. Jamais.

— Non, je n'ai pas attrapé de MST, répliqua-t-il sèchement.

Fallon le jaugea.

— Tu t'es cassé la bite en tombant ?

Frankie brandit le majeur dans la direction de sa sœur. Et dire que cette question avait été posée par l'infirmière professionnelle de la famille, qui savait bien que c'était impossible. Du moins, c'était ce qu'il croyait. Merde. Hors de question de poser la question à Google. Un homme n'avait pas besoin de savoir certaines choses.

— Pourquoi tu fais ça, alors ? demanda Ford.

— Disons juste que j'étends mes horizons et que cette pause de trois semaines loin du boulot est peut-être le moment idéal pour mettre tout le reste sur pause.

Un silence pénible s'installa pendant cinq bonnes secondes avant que Fallon ne renifle, dégoûtée.

— Franklin Delano Hartigan, espèce d'enflure.

— Qu'est-ce que j'ai fait encore ?

Il voulait bien admettre qu'il méritait d'être traité d'enflure mais il voulait au moins savoir pourquoi.

— C'est pour ça que tu as accepté d'accompagner Lucy, poursuivit Fallon en secouant la tête. J'essaie de comprendre tes raisons depuis qu'elle m'a annoncé la nouvelle. T'es vraiment qu'un connard superficiel qui croit qu'en passant une semaine en compagnie d'une femme très ronde tu évites « toute tentation ».

Elle mima les guillemets avec les doigts.

— Tu racontes des conneries, répliqua-t-il avant de se rendre compte qu'il aurait mieux fait de ne pas nier.

S'il n'était pas attiré par Lucy, c'était uniquement parce qu'ils n'étaient absolument pas compatibles, et non parce qu'elle ne lui plaisait pas physiquement.

— Tu dis n'importe quoi, ajouta-t-il.

Tout le monde le dévisagea, le jeu oublié. Pourquoi avait-il ouvert sa grande gueule ? Il aurait dû laisser croire à sa famille qu'il était le même genre de connard que le mec qui avait fait chier Lucy à cause de son cheeseburger chez *Marino's*. Ça aurait été beaucoup moins embarrassant.

— Tu la trouves séduisante, alors ? demanda Finn d'un ton très semblable à celui de leur jeune scientifique de sœur, Felicia, quand elle relevait des données pour ses études – sauf qu'au lieu de chercher à obtenir des informations sur les fourmis, Finn s'était focalisé sur son jumeau.

Fallon le fusilla du regard.

— Si tu dis qu'elle a un joli visage pour une femme grosse, je te poignarde avec l'objet pointu le plus proche.

— Écoute, je n'ai aucun contrôle sur ce qui m'attire chez une femme. Je suis sorti avec des femmes très différentes, répondit-il, sur la défensive malgré lui. Je n'exclus personne, mais je suis attiré par qui je suis attiré.

Et les femmes qui ne tombaient pas dans son jeu n'en faisaient pas partie. Il n'avait aucune envie qu'on lui coupe les couilles, merci beaucoup.

— C'est des foutaises tout ça, lança Fallon en se rencognant dans son siège les bras croisés. Tu rayes des femmes de ta liste sans leur donner de chance.

— Tu veux que je saute Lucy Kavanagh ?

Cette conversation n'avait ni queue ni tête.

— Non ! s'exclama Fallon. Je l'aime beaucoup, elle.

Il balança ses cartes sur la table d'un geste agacé.

— Et tu n'apprécies pas les femmes que je baise ?

— Si c'était le cas, rétorqua Fallon en haussant le ton, je détesterais presque toutes les femmes de Waterbury.

Si Frankie avait besoin de la confirmation qu'il était temps de se mettre au vert loin des femmes – de toutes les femmes – c'en était une. Même sa sœur ne voyait rien d'autre en lui qu'un coureur de jupons. Il reporta son attention sur ses frères qui affichaient tous les deux une expression complètement neutre qui lui apprit tout ce qu'il voulait savoir.

— Et si on se calmait ? suggéra Finn, qui était toujours celui qui arrangeait les choses. Quand vous avez raison, vous avez tendance à vous énerver tous les deux.

Frankie et Fallon cessèrent de se fusiller du regard et reportèrent leur colère sur Finn.

— Quoi ? s'écrièrent-ils à l'unisson.

— L'attraction sexuelle est ce qu'elle est. On ne peut pas la contrôler, expliqua Finn lentement.

Il était clair qu'il choisissait ses mots avec soin.

— Mais nous autres, humains, avons tendance à séparer le monde entre eux et nous, ce qui peut altérer notre point de vue sur nos possibles partenaires sexuels. La recherche sur le sujet est fascinante.

Il regarda tour à tour Frankie, Fallon et Ford, qui avaient le même air sidéré.

— Quoi ? rétorqua Finn en brandissant le majeur. Je sais lire.

Il y eut un silence, puis ils éclatèrent de rire en chœur. La tension quitta Frankie qui s'affala contre sa chaise. Il croisa le regard de Fallon. Ils se ressemblaient beaucoup ; ils étaient soupe au lait, impulsifs, ils aimaient le bordel et – oui – ils étaient accros à l'adrénaline. Mais ils étaient aussi du genre à défendre le gamin sur qui les autres s'acharnaient. Frankie était comme ça parce qu'il était l'aîné de la fratrie et que c'était le rôle qui lui avait été assigné depuis toujours.

Mais Fallon ? Le monde n'était pas toujours facile pour une femme qui ne se conformait pas à ce qu'on attendait d'elle. On lui reprochait tellement depuis toujours d'être effrontée et garçon manqué qu'elle était tout le temps sur la défensive. Et quand il était question de ses amis, elle se transformait en mère ourse. Frankie la comprenait.

— Écoute, je sais que Lucy est ton amie, dit-il. Je l'aime bien mais pas de cette manière. Je l'accompagne parce que ce voyage me permettra de faire une pause dans ma routine habituelle et de m'éclaircir les idées. Et elle a besoin de balancer sa vie géniale à la gueule des connards qu'elle a fréquentés au lycée. On est gagnants tous les deux.

Fallon pinça les lèvres mais ne l'insulta pas, ce qui était un progrès.

— Tu es sûr que tout va bien ?

— Oui, répondit-il en souriant. Et ma bite fonctionne toujours.

— Non, je veux dire par là que c'est un gros changement par rapport à ta façon d'agir habituelle, répliqua-t-elle sans même sourire à sa blague. Tu es un chieur mais tu es le nôtre et on est là si quelque chose ne va pas.

Comme s'il en avait jamais douté. Il leur arrivait de se disputer. De s'insulter. De crier, d'être odieux et de trop se mêler de la vie des uns et des autres, mais ils formaient une famille et c'était comme ça qu'ils fonctionnaient – en se serrant les coudes.

— J'ai trente-trois ans, fit-il en ramassant toutes les cartes pour les mélanger. Il est temps que certaines choses changent dans ma vie, et je suis prêt.

Finn gloussa et avala une gorgée de bière.

— Frankie va dans le Missouri pour découvrir qui il est.

Ils éclatèrent de rire et la table de poker retrouva son calme habituel. Comme il aurait été incapable de supporter davantage de conversation à cœur ouvert, Frankie annonça à Ford que c'était son tour d'aller chercher des bières au frigo et de distribuer les cartes. Il pourrait utiliser ses gains à venir pour payer les péages sur le trajet.

Ce fut ça qui le fit sourire, et non l'idée de passer un jour et demi sur la route avec Lucy Kavanagh. Bien sûr.

Chapitre 4

Il était 6 heures du matin quand Lucy se gara dans l'allée devant le pavillon que Frankie partageait avec son frère. Bien trop tôt pour être debout. Heureusement que le Red Bull existait, beaucoup, beaucoup de Red Bull. Elle coupa le moteur de sa Prius, avala une gorgée de son deuxième soda de la journée, puis descendit de la voiture pour pousser sa valise afin de faire de la place dans le coffre pour les bagages de Frankie. Elle n'avait même pas eu le temps de refermer sa portière lorsque la voix de Frankie l'arrêta net.

— Je ne vais pas pouvoir entrer dans cette bagnole minuscule.

Elle pivota brusquement. Frankie se tenait sous son porche, dans un jean qu'il remplissait trop bien, un T-shirt aux couleurs de la caserne de Waterbury qui lui donnait l'air encore plus baraqué et une casquette de l'équipe de hockey des Ice Knights qui attirait l'attention sur son expression incrédule.

— Elle est spacieuse à l'intérieur.

Pas de beaucoup, certes, mais Lucy ne l'admettrait pour rien au monde.

— Tu te moques de moi ? demanda-t-il en secouant la tête.

Il descendit les marches du perron et se dirigea vers elle.

— Ce n'est *pas* un Tardis.

Elle ne s'attendait pas à ce genre de comparaison de sa part et ne put s'empêcher de lui attribuer des points supplémentaires pour la référence à *Doctor Who.*

— J'y suis très à l'aise, et je suis sûre que tu le seras toi aussi.

L'heure de la franchise avait sonné. Elle n'avait jamais été plus loin qu'au travail avec sa voiture, mais elle avait dressé la liste de tous les endroits où elle pouvait la recharger sur la route vers Antioch.

— Au cas où tu ne l'aurais pas remarqué, je ne suis pas particulièrement menu.

Elle posa une main sur sa hanche.

— Au cas où tu ne l'aurais pas remarqué, moi non plus.

Il détourna son attention de la voiture pour la reporter sur elle. Son incrédulité quant à la taille de la voiture se mua en curiosité lorsqu'il la regarda et qu'elle crut lire – même si ce n'était probablement pas ça – une certaine approbation dans ses yeux quand ils glissèrent sur son corps avant de se poser sur l'endroit où sa main rencontrait sa hanche. Ce n'était évidemment pas ce genre de regard. Et même si ça avait été le cas, c'était juste parce qu'il ne pouvait pas s'en empêcher. Frankie flirtait comme il respirait.

En temps normal, ce genre de type – les dragueurs – la dégoûtait. Qui avait envie de sortir avec un homme qui avait couché avec plus de femmes que le Père Noël n'en avait sur sa liste ? C'était dégueulasse.

Mais elle ne put s'empêcher de gigoter tout en priant pour que ses joues n'aient pas pris la couleur de son T-shirt rouge à col en V.

T'es vraiment une hypocrite, Lucy.

— Si on prend ma voiture, je paierai l'essence, déclara-t-il en la regardant droit dans les yeux.

Non. Hors de question.

— Je t'ai invité. C'est moi qui paie.

— Je suis ravi que tu aies accepté qu'on prenne ma bagnole.

Comment diable parvenait-il à rendre son sourire triomphant sexy ? Mystère.

— Tu peux garer ta voiturette de golf dans le garage, comme ça les gamins de maternelle du quartier ne la déplaceront pas.

Attends. Quoi ? Elle avait vraiment accepté ? Merde. Il était déjà en train de taper le code d'accès du garage, dont la porte s'ouvrit sur une Chevrolet Impala rouge vif qui était tellement bien lustrée qu'elle brillait même à l'intérieur du garage. Et merde. Il fallait qu'elle soit rouge. Elle aimait absolument tout ce qui était rouge, sauf le fard à paupières.

Elle devrait se rebeller, mais… une Impala rouge, quoi.

— Tu as beaucoup trop l'habitude de parvenir à tes fins.

— C'est parce que je suis le charme incarné, répondit-il en croisant les bras, faisant ainsi tendre son pauvre T-shirt sur ses biceps.

À cette vue, quelque chose éclata et pétilla dans la tête de Lucy. Pas juste à cause de ses biceps mais aussi de ses avant-bras épais. Plus elle les contemplait, plus son besoin de récupérer son Red Bull dans sa Prius se faisait urgent, car elle avait beaucoup trop chaud et un picotement délicieux parcourait toutes les parties sensibles de son anatomie.

— Je prends ton silence pour un consentement, dit Frankie.

Elle leva les yeux au ciel et ordonna à son corps de se calmer illico.

— Tu obtiens ce que tu veux parce que tu es un bulldozer.

— Aussi, admit-il en haussant ses épaules larges. Ouvre le coffre pour que je puisse récupérer tes bagages.

Lucy soupira. Cet homme allait parcourir la moitié du pays en voiture pour l'accompagner à sa réunion d'anciens élèves. Elle pouvait bien le laisser gagner la bataille des voitures.

Elle déverrouilla le coffre de sa Prius à distance.

Il se dirigea vers la voiture et jeta un coup d'œil à l'intérieur.

— Deux valises ? On ne part qu'une semaine.

— Exact, et j'ai donc dû faire des choix drastiques pour n'en prendre que deux.

Les hommes n'avaient pas idée de ce que les femmes étaient obligées d'emporter pour une semaine.

— Qu'est-ce que tu as mis dans celle-là ? Des briques ? demanda-t-il en soulevant la plus petite et la plus lourde des deux valises rouges assorties.

— Très drôle.

C'était ses chaussures – des tas et des tas de chaussures. Elle était accro à la boutique DSW – Designer Shoe Warehouse. Ils l'adoraient là-bas – normal, étant donné qu'elle leur refilait une grande partie de son salaire.

Frankie transporta ses valises, sous le poids desquelles elle avait trébuché en chargeant le coffre, comme si elles étaient vides. Puis il les rangea dans son coffre beaucoup plus grand, avant de sortir l'Impala du garage en manœuvrant aisément pour éviter sa Prius que Lucy gara ensuite dans le garage immaculé où les outils étaient parfaitement alignés sur le mur. Les outils de jardin étaient rangés dans un coin. Les poubelles – une normale et une pour le recyclage – étaient propres comme des sous neufs. Leur vue apaisa un peu l'angoisse qui lui dévorait le ventre. Son travail la plongeait jusqu'au cou dans le chaos à cause de ses clients difficiles, mais elle adorait les choses bien rangées.

Cependant, elle ne s'attendait pas du tout à ce que le garage de Frankie Hartigan ressemble à ce qu'elle avait sous les yeux. C'était certainement son frère jumeau qui aimait l'ordre.

Elle jeta un coup d'œil à la dérobée à l'homme qui se déchaînait dans sa voiture – oui, il agitait la tête en rythme –, les vitres étaient fermées mais le bruit sourd d'une basse forte et rapide parvenait quand même à s'échapper de l'Impala. Il s'était certainement rendu compte qu'elle l'observait car il lui fit son sourire sexy et un salut arrogant avant d'enfiler ses lunettes de soleil.

Le garage était définitivement le domaine de son frère. Elle ne parvenait pas à croire que le géant roux avec qui elle allait traverser le pays soit un maniaque de la propreté. L'idée même était ridicule. Elle s'empara de son Red Bull presque plein, de son gloss rouge préféré posé dans le deuxième support et de son chargeur de téléphone, puis elle sortit du garage et se dirigea vers Frankie, qui était descendu de sa Chevrolet et se tenait près de la portière passager ouverte.

Elle s'installa et, pendant qu'il contournait la voiture, elle observa l'habitacle immaculé. Il était encore plus propre que le garage, si c'était possible. Elle allait devoir revoir son jugement sur son compagnon de route puisque apparemment Frankie Hartigan était bien plus que le débauché accompli pour qui tout le monde le prenait. Ça tombait bien, elle adorait résoudre les énigmes. C'était pour cette raison qu'elle avait choisi la gestion de crise plutôt qu'une autre spécialité. Elle aimait les casse-tête.

Frankie choisit ce moment pour se glisser derrière le volant et insérer la clé dans le contact. Le moteur ne ronronna pas. Il rugit, tout en puissance contenue et en agressivité.

— Allons-y, dit-elle pour reprendre la main avant que la vague de testostérone et de muscles ne la submerge. On a dix-huit heures de route devant nous.

— Non, répondit-il en faisant marche arrière dans l'allée. On fera le trajet en seize heures.

— Je l'ai déjà fait. (Un nombre incalculable de fois.) Et c'est dix-huit, crois-moi.

Il lui adressa de nouveau son sourire arrogant.

— Mais jamais avec moi. Mets ta ceinture. Miss Scarlett va te faire vivre le voyage de ta vie.

Ils étaient bien partis pour ne mettre que seize heures à rejoindre Antioch, dans le Missouri, jusqu'à ce que Frankie aperçoive, dans le rétroviseur, un gyrophare rouge et bleu tandis qu'ils roulaient sur l'autoroute au milieu de nulle part à l'ouest de Pittsburgh.

— Oh ! Miss Scarlett, constata Lucy en tapotant le cuir brun clair du tableau de bord de la Chevrolet. Ce contretemps va te coûter cher et rallonger considérablement ton temps de trajet.

Au bout de deux heures de route, Lucy avait commencé à charrier Frankie sur le petit nom qu'il avait donné à sa voiture et elle évoquait le sujet dès que la conversation le permettait. Et avec son sens de l'humour mordant, elle ne pouvait s'empêcher de se moquer de lui tandis qu'il sortait la carte grise de la boîte à gants. Comment aurait-il pu lui en vouloir ? Il aurait fait pareil.

— Savez-vous pourquoi je vous ai demandé de vous arrêter ? demanda le policier dès que Frankie eut baissé sa vitre.

Certaines personnes auraient essayé de négocier pour éviter l'amende. Pas lui. Il savait pertinemment qu'il conduisait trop vite et que, pour chaque excès de vitesse où il se faisait prendre, il y en avait dix autres qui passaient à l'as. Il n'avait pas eu d'amende depuis longtemps ; son heure était venue.

— Vingt-huit kilomètres-heure au-dessus de la vitesse autorisée, répondit-il – car, à partir de trente sur l'autoroute, on pouvait être arrêté, et Frankie aimait respirer l'air frais et voir le ciel.

L'honnêteté de Frankie ne fit même pas sourire l'agent. Il s'empara de son permis et de sa carte grise et regagna sa voiture pour rédiger une contravention.

Lucy pivota sur son siège.

— J'en déduis que ça t'arrive souvent.

— Je suis grand. Mon pied est lourd.

Un des coins de sa bouche laquée de rouge se souleva. Elle portait de grandes lunettes de soleil qui masquaient complètement ses yeux, mais Frankie devinait que son air était effronté. Cette femme possédait un culot monstre.

Depuis qu'ils étaient partis, elle lui avait raconté des anecdotes sur l'équipe de hockey des Ice Knights, avait tenté de gagner le débat sur le plus grand film d'action de tous les temps – elle avait défendu *Die Hard* avec fougue, mais lui ne démordait pas que *Bullitt* (un classique avec Steve McQueen) l'emportait haut la main –, et lui avait parlé de ses mystérieux clients. De son côté, il avait évoqué des histoires de la caserne. Quand il lui avait raconté la fois où ils avaient fait une blague à un des bleus et qu'il avait trouvé une tortue alligator dans son casier en sortant de la douche, elle avait failli en recracher son Red Bull.

Cela faisait cinq heures qu'ils étaient en voiture et ils n'avaient pas cessé de discuter. Il était bavard, donc ce n'était pas étonnant, mais il n'avait pas l'habitude de converser autant avec des femmes qui n'étaient pas de sa famille, du coup, c'était nouveau pour lui. Il ne savait pas trop quoi en penser.

Il avait évidemment jeté quelques coups d'œil à la dérobée sur le décolleté généreusement dévoilé par le petit col en V du T-shirt de Lucy – il n'était qu'un mec après tout – mais il avait gardé ses mains pour lui. Cela ne voulait pas dire que, pendant les quelques pauses dans la conversation, il ne s'était pas demandé à quoi elle ressemblait sans son T-shirt. Difficile de faire autrement. Le connard du bar avait raison sur une seule chose : Lucy avait des nichons fabuleux. Sans le vouloir, son regard glissa de nouveau vers elle et il contempla ses courbes pleines.

Ce genre de réflexion était exactement la dernière chose dont il avait besoin. Sa queue n'avait pas son mot à dire. Les paroles de Shannon lui faisant remarquer qu'il était seulement un homme avec qui s'amuser résonnèrent dans sa tête. Elle avait raison. Il ferma les yeux et prit une profonde inspiration. Qu'est-ce qui clochait chez lui ? Les mecs pouvaient-ils être nymphomanes ?

Le crissement caractéristique des chaussures du flic sur le gravier l'obligea à ouvrir les yeux et à reporter son attention sur la vitre. C'était bien la première fois qu'il était content de voir un de ces types en bleu – ou, dans ce cas, en marron.

— Voici vos papiers, dit le policier en les lui rendant accompagnés d'un morceau de papier qu'il ne connaissait que trop bien. Et votre amende. Vous trouverez au dos la marche à suivre pour la payer ou la contester.

— C'est compris.

Il opina.

— Merci.

— Et ralentissez, ordonna l'agent en touchant le bout de son chapeau à larges bords.

Frankie l'observa s'éloigner dans le rétroviseur. C'était sa façon de retarder l'inévitable sermon que sa passagère était sur le point de lui infliger : il avait un ego, après tout, et il venait de perdre trois cents dollars.

— Dix-huit heures, déclara Lucy en le taquinant comme seuls les membres de sa famille le faisaient. J'aurais dû parier un dîner.

— Miss Scarlett n'a pas encore montré tout ce qu'elle a dans le ventre, rétorqua-t-il en tournant la clé dans le contact.

Il recommença.

Encore.

Miss Scarlett démarra mais le moteur ne se mit pas à rugir. Frankie compta jusqu'à dix et recommença. Le moteur s'enclencha, mais il ne se produisit aucun bruit.

— S'il te plaît, dis-moi que tu plaisantes, dit Lucy en abaissant ses lunettes de soleil, dévoilant ses yeux noisette.

Il aurait bien aimé.

— Non.

Comme si ça pouvait changer quelque chose, il retint son souffle et essaya de nouveau. Rien. Miss Scarlett ne lui parlait plus. Qu'est-ce qui clochait avec les femmes de sa vie depuis quelque temps ? Il admit la défaite à contrecœur et ôta la clé du contact. Il n'y avait qu'une chose à faire.

— Je reviens tout de suite, annonça-t-il avant de descendre de la Chevrolet pour se diriger vers la voiture de police toujours garée derrière eux.

Une heure plus tard, Lucy et lui étaient assis épaule contre épaule à l'avant du camion de dépannage qui pénétra dans un garage dont les fenêtres étaient ornées d'autocollants représentant le pingouin qui servait de mascotte à l'un des rivaux les plus haïs des Ice Knights.

— C'est mauvais signe, constata Lucy en désignant l'animal du menton.

Elle avait raison. Une demi-heure plus tard, après avoir découvert que Billy, le seul mécanicien du garage, était chez lui parce que son fils était malade et qu'il ne pourrait pas venir examiner Miss Scarlett avant le lendemain matin, Lucy et lui se retrouvèrent sur le perron du Bed and Breakfast de Katy K. Tout était délicat et ravissant, du rinceau en bois sculpté autour de la véranda à la table bistrot, sans oublier les chaises rose pâle posées au beau milieu du jardin bordé de buissons taillés en forme de personnages d'*Alice au pays des merveilles.* Ce décor lui filait les jetons. Mais d'après la secrétaire du garage, c'était l'endroit le plus susceptible de leur offrir une chambre.

Frankie leva la main pour frapper, mais avant même que ses phalanges aient eu le temps d'entrer en contact avec le bois, la porte s'ouvrit sur une femme d'un mètre cinquante qui devait peser quarante-cinq kilos toute mouillée et portait une énorme croix en bois autour du cou.

— Vous devez être le charmant couple dont Maureen m'a parlé, dit-elle. Je suis Katy Kendrick et j'ai une bonne et une mauvaise nouvelle. Par laquelle je commence ?

— La mauvaise, répondirent en chœur Frankie et Lucy.

— C'est la haute saison à cause des réunions d'anciens élèves, et la seule chambre qui me reste est la plus petite de l'auberge. Je m'en sers de débarras et elle est pleine de cartons.

Une chambre ? Une seule ? Ce n'était pas génial, mais ça aurait pu être pire.

— Pas de problème, assura Frankie. Nous sommes déjà contents d'avoir un endroit où dormir.

— Merveilleux, s'exclama Katy en les dévisageant avec l'expression niaise qu'on affiche devant des chiots et des licornes. J'adore votre alliance, remarqua-t-elle en désignant de la tête le saphir que Lucy portait à l'annulaire gauche. Je dirige un établissement chrétien et c'est un soulagement que vous soyez mariés. Je ne sais pas si j'aurais accepté de vous donner une chambre sinon.

Frankie se figea, paralysé. Comme ces gens victimes d'une malédiction dans la mythologie grecque. Il pensait qu'il avait appris à bluffer avec toutes les parties de poker auxquelles il avait participé mais non, il était aussi mauvais menteur que constructeur de terrasse.

— Trois ans et il insiste toujours pour porter mes bagages. Incroyable, non ? dit Lucy avec aisance tout en glissant le bras sous celui de Katy, qu'elle entraîna dans la maison, le laissant sur le perron avec les trois valises. Parlez-moi de cet adorable Bed and Breakfast.

Le reste de leur conversation se perdit tandis que les deux femmes remontaient le couloir sous le regard de Frankie, un peu impressionné et très effrayé. Il n'éprouvait pas une peur à lui ratatiner les couilles mais plutôt le frisson d'excitation qui s'emparait de lui chaque fois qu'il pénétrait dans un immeuble en feu que tout le monde fuyait en courant. Fallon avait raison, il ne fallait pas se mettre en travers du chemin de Lucy, mais ce n'était pas pour les raisons qu'elle croyait. Ce n'était pas parce que Lucy pourrait ne pas y survivre – mais parce que lui risquait de ne pas en réchapper.

Cette étrange révélation résonna en lui tandis qu'il s'emparait des bagages et rejoignait les deux femmes qui l'attendaient dans une chambre en haut de l'escalier.

— J'ai bien conscience que vous serez à l'étroit, commenta Katy.

Lucy pivota et adressa à Frankie un regard qui signifiait à la fois « oh merde » et « tais-toi ». Quel talent. Il comprit le message quelques secondes plus tard en jetant un coup d'œil dans la pièce par-dessus la tête des femmes. La chambre était petite, mais ce n'était pas là le problème. Elle était envahie de cartons qui ne laissaient qu'un étroit passage entre la porte et la salle de bains attenante et autour du lit double – oui, double – au milieu de la pièce.

— Ne vous inquiétez pas, dit Lucy à Katy. Ce n'est pas du tout une situation de crise.

Frankie jeta un autre coup d'œil au lit en se demandant comment il allait bien pouvoir caser son mètre quatre-vingt-dix-huit dedans et comment ils allaient réussir à dormir à deux sans se transformer en bretzel de membres enchevêtrés et se coller l'un à l'autre. L'image des courbes tendres de Lucy contre lui provoqua immédiatement une érection.

Pas une situation de crise ? Si la baignoire n'était pas assez grande pour son cul, c'en était exactement une.

Chapitre 5

— N'y touche même pas.

Frankie baissa les yeux sur l'addition que la serveuse du *diner* avait apportée en même temps que sa part de tarte aux noix de pécan. C'était donc comme ça que les choses allaient se dérouler avec Lucy. Ça ne devrait pas le surprendre. Cette femme était tout sauf simple.

— Pourquoi ?

Il tripota le bord de la note. Il ne pouvait pas s'en empêcher. Il aimait la voir s'enflammer.

Elle plissa les yeux et tendit la main vers le ticket.

— C'est moi qui paie le gîte et le couvert pendant ce voyage.

— Es-tu en train de dire que je suis un homme entretenu ? demanda-t-il sans lâcher le petit morceau de papier sur lequel étaient dessinés des cœurs autour de dix chiffres qui ressemblaient à un numéro de téléphone.

Lucy ricana et tira sur le feuillet.

— Ça voudrait dire que quelqu'un aurait envie de te garder.

Voilà qui le transperçait comme sa fourchette dans la crème délicieuse qui se cachait sous les noix de pécan de sa part de tarte. Son expression changea certainement parce que la bouche rouge de Lucy s'affaissa un peu.

— Évidemment, ton problème, c'est que tout le monde te

court après, n'est-ce pas ? interrogea-t-elle d'un ton beaucoup moins mordant que d'habitude tout en parvenant à lui arracher l'addition des mains.

Il saisit sa fourchette et la planta dans son gâteau avec tant de force qu'elle cliqueta contre l'assiette.

— Je n'ai aucun problème.

Elle haussa un sourcil, puis l'autre.

— Qu'est-ce que tu fuis, alors ?

— Qui a dit que je fuyais ?

Il enfourna une bouchée de tarte aux noix de pécan – son dessert préféré – et l'avala sans prendre le temps de la savourer.

La note dans la main gauche, Lucy fouillait dans son sac de la main droite, certainement à la recherche du montant exact en liquide.

— Personne ne se rend à une réunion d'anciens élèves de lycée sans y être forcé ou sans avoir gagné au Loto, et toi, tu te tapes un milliard de kilomètres pour accompagner une quasi-inconnue à sa réunion à elle.

— Tu n'es pas une inconnue. On se connaît depuis des mois.

Si par « se connaître », il voulait dire qu'ils s'étaient retrouvés dans la même pièce et qu'ils avaient échangé vingt-cinq mots.

Elle posa une pièce de vingt-cinq cents, trois pièces de dix cents et deux pièces d'un cent sur la coupelle en plastique noir, accompagnées de quelques billets.

— Tu sais que j'existe, mais ça ne signifie pas pour autant qu'on se connaît.

Ça, c'était Lucy Kavanagh, la femme qui lisait clair dans son jeu et qui n'hésitait pas à lui mettre le nez dedans. Elle lui rappelait plus ses sœurs que toutes les femmes avec qui il était sorti, et c'était bizarre. Il fallait qu'il chasse cette pensée de son crâne épais.

— D'accord, répondit-il sans savoir ce qui allait suivre.

Raconte-moi ta vie sans m'épargner les détails glauques et je ferai de même.

Elle inclina la tête et l'examina comme s'il était un de ses clients à problèmes. Ça pouvait se retourner contre lui, mais c'était amusant de plonger tête la première sans tester la température de l'eau – tant qu'on ne perdait pas connaissance, on était sûr d'expérimenter une poussée d'adrénaline. Elle parut se décider, referma la glissière de son sac à main et le regarda avec une intensité qui le fit se tortiller sur sa chaise.

— J'ai grandi à Antioch, dans le Missouri. Je suis fille unique. Ma mère est un ancien mannequin de lingerie, eh oui, et mon père, médecin. Quand j'étais petite, j'avais un lézard apprivoisé appelé Scales McGoo et je prenais des leçons de piano tous les après-midi. Je suis prête à buter quiconque essaie de me faire jouer *The Entertainer* – la chanson de Ragtime, pas la vieille de Billy Joel. J'ai été major de ma promo au bac, j'étais capitaine de l'équipe de rhétorique et je suis partie à la fac à quelques heures de route de chez mes parents. J'ai fait des études de relations publiques tout en travaillant à plein temps et n'ai perdu ma virginité qu'une semaine avant de décrocher mon diplôme, quand j'ai eu une aventure sans lendemain gênante avec le barman du rade local que fréquentaient tous les étudiants.

Elle marqua une courte pause pour boire un peu tandis que Frankie essayait de digérer l'afflux rapide d'informations.

— J'adore mon job, même si j'ai parfois envie d'étriper mes clients, je vis dans un appartement somptueux avec une vue magnifique sur le pont de Harbor City, et il y a six mois, j'ai cru me rendre à un rencard mais c'était en réalité une arnaque : le mec voulait me vendre des coupe-faim. Il avait trouvé un truc infaillible : les femmes qu'il invitait à dîner se sentaient tellement humiliées qu'elles acceptaient de lui acheter sa merde juste pour pouvoir fuir au plus vite. Tu le crois ?

Elle aspira une longue gorgée de Red Bull à l'aide de sa paille verte avant de poursuivre :

— Ma couleur préférée est le rouge. Je suis Vierge. Je serais prête à abandonner mes réductions chez Designer Shoe Warehouse contre une semaine de vacances sur une île privée où je pourrais me prélasser sur la plage sans que personne ne me regarde parce que je suis la grosse en bikini. Oh ! et je pense que ceux qui laissent des messages vocaux au lieu d'envoyer des textos devraient être fouettés.

Une autre gorgée de Red Bull.

— Bon, à toi.

Bordel. Il lui faudrait une semaine pour rattraper tout ça.

— Qu'est-ce que tu as fait au type ?

Elle fronça les sourcils, perplexe.

— Le barman ?

— Non.

Le barman ? Qui n'avait jamais eu une histoire nase avec un serveur ou une serveuse ?

— Le connard et ses coupe-faim.

Un sourire diabolique éclaira le visage de Lucy et il eut presque pitié du trouduc.

— J'ai commandé tous les plats qui figuraient sur le menu en double et je l'ai obligé à payer l'addition. Je me suis dit que ça rattrapait certainement tout le fric qu'il s'était fait sur le dos des autres femmes. Et maintenant, arrête de gagner du temps. Tu as promis de me dévoiler des trucs sur toi.

Défi relevé. Il prit une profonde inspiration et se jeta à l'eau.

— Je suis l'aîné des sept enfants Hartigan. C'est comme ça que les voisins nous appellent depuis toujours. Mon père est pompier et ma mère enseignante. J'étais plutôt bon élève et je n'ai jamais eu envie de faire autre chose que pompier. Je n'ai pas été premier au bac mais mon frère Finn, si.

Quant à lui ? Il faisait partie des meilleurs 30 % mais c'était tellement facile pour lui qu'il ne fournissait aucun effort pour s'améliorer. Le premier tiers lui paraissait bien suffisant.

— J'ai perdu ma virginité en seconde quand j'ai accompagné Connie Wagner au bal de fin d'année des terminales.

C'était elle qui l'avait invité et une chose en avait entraîné une autre.

— J'aime conduire vite, m'amuser et bosser comme un dingue. Je suis toujours le premier pour la ramener mais je suis prêt à tuer quiconque essaie de s'en prendre à un membre de ma famille.

Il ne l'admettrait jamais auprès de ceux qui partageaient le même ADN que lui, mais il lui était arrivé d'aller chercher Fallon au lycée juste pour faire passer un message aux abrutis qui lui rendaient la vie dure. Il lui suffisait de regarder ces petits cons pour qu'ils se pissent dessus. Fallon avait levé les yeux au ciel quand il lui avait lancé le même regard en affirmant que ça le faisait chier de venir la chercher mais que leur mère ne lui avait pas laissé le choix.

— Je ne sors pas vraiment avec des filles, j'ai plutôt des plans cul, et le soir où on a dîné ensemble chez *Marino's*, j'ai découvert que je suis le genre de mec avec qui une nana a envie de coucher mais pas celui qu'elle voudrait présenter à ses parents. Ce petit coup à l'ego m'a fait réfléchir, et tant que je n'ai pas résolu certaines choses, je me suis mis sur la touche, sexuellement parlant, mais j'aimerais bien que tu ne le dises à personne.

Il n'avait pas prévu de lui révéler cette info, mais Lucy avait cet effet sur lui. Elle le poussait à déballer la vérité sans fard. Si elle avait cet impact sur lui, il n'imaginait que trop bien ce qu'elle faisait dire à ses clients quand elle leur lançait le regard qu'elle lui assénait en ce moment même.

Elle se pencha vers lui, impassible, les avant-bras sur la table, l'air de quelqu'un qui était impatient d'entendre toutes ses erreurs pour pouvoir les réparer.

— Sur la touche sexuellement parlant ?

— J'ai décidé d'être temporairement abstinent.

Merde. Si seulement la serveuse lui avait donné une agrafeuse pour s'agrafer les lèvres au lieu de son numéro de téléphone, il ne serait pas en train de regarder Lucy ne pas réagir à sa déclaration, ce qui constituait en soi une réaction.

— D'habitude, tu baises à quelle fréquence ?

— Quelques fois par semaine.

Parfois avec la même femme. Mais en général, non. C'était cool quand il était jeune et bête. Maintenant ? Les choses avaient changé. Il aurait été bien en peine d'expliquer pourquoi, mais c'était le cas.

— Et depuis combien de temps tu t'abstiens ?

— Une semaine.

Il enfourna une autre bouchée de tarte sans saveur. La façade de Lucy finit par se fissurer et un grand sourire étira ses lèvres.

— Pas étonnant que tes avant-bras soient aussi musclés. Tu es obligé d'activer ton poignet comme un dingue pour compenser tout ça.

Il faillit s'étouffer avec son gâteau. Il ne pensait pas qu'elle réagirait ainsi. Lui arrivait-il de dire ce à quoi il s'attendait ? Non, trois fois non.

— Quoi ? fit-elle en haussant les épaules. Je ne sors avec personne, mais ça ne m'empêche pas d'avoir des orgasmes. Ce n'est pas pour rien que les *sex toys* représentent un marché de quinze milliards de dollars.

Comme il avait momentanément perdu l'usage de la parole, il se contenta de secouer la tête. Ce n'était pas la première fois de sa vie qu'il se trouvait à court de mots, cependant, ça lui arrivait rarement – sauf, bien sûr, quand il était en compagnie de Lucy Kavanagh.

Elle hocha la tête et poursuivit :

— Les statistiques prouvent que 12 % des femmes se masturbent avec un *sex toy* au moins une fois par semaine, mais bon, on sait bien que ce chiffre est en deçà de la réalité. Amazon a environ soixante mille *sex toys* en stock et on en trouve aussi dans des endroits comme *Babeland* ou *Adam et Ève*. Et il n'y a pas que les femmes. 20 % des hommes disent utiliser un vibro.

Elle lui adressa de nouveau son sourire moqueur.

— Tu as déjà essayé ?

Il secoua la tête. C'était lui qui avait proposé d'aborder des sujets personnels mais il ne pensait pas qu'ils en arriveraient là – même si c'était uniquement verbal.

— Oh ! Frankie, dit-elle en lui tapotant la main comme s'il était une petite chose tendre et naïve, ce que son ego masculin réfutait entièrement. Tu rates quelque chose.

— Comment sais-tu tout ça ?

Et que savait-elle d'autre ?

— Je suis une adulte curieuse et qui appartient au mouvement « sexe positif ».

Ses épaules se raidirent soudain et elle releva le menton et retira sa main.

— Tu pensais que le vieux dicton avait raison et que les filles grosses doivent se montrer plus créatives et plus enthousiastes au lit sinon personne ne veut les sauter ?

Elle lui posa la question sur le même ton taquin qu'elle avait utilisé durant les dernières minutes, sauf qu'il voyait bien qu'elle était tendue. Il sentit ses muscles se contracter sous le regard de Lucy qui avait sans aucun doute déjà répondu à sa place dans sa tête.

— Pourquoi tu fais ça ? demanda-t-il.

— Quoi donc ?

— Tu envisages directement la pire réponse possible comme si tu lançais une attaque préventive.

— L'expérience.

Elle se leva, glissa la longue bandoulière de son sac sur son épaule, les mains un peu tremblantes.

— Écoute, je vais te révéler le secret de la survie pour quelqu'un comme moi. Si on est prêt au pire, on évite d'être déçu, et si on s'approprie l'insulte avant qu'elle ait été prononcée, on évite d'être blessé.

Frankie n'avait pas atteint trente-trois ans sans savoir déchiffrer les femmes, et ce que l'attitude de Lucy lui disait, c'était qu'elle ne voulait surtout pas de pitié. Elle avait dû entendre assez de platitudes dans sa vie.

Il ne put quand même pas s'empêcher de demander :

— Tu n'as pas peur de rater quelque chose parce que tu ne laisses pas leur chance aux gens ?

— Je n'ai jamais rencontré quelqu'un qui mérite que je prenne ce risque. On dirait bien que nous sommes tous les deux abstinents en ce moment.

Elle saisit son verre et le brandit.

— À nos non-plans cul !

Il n'aurait jamais cru porter ce genre de toast un jour, mais il n'aurait jamais cru non plus s'abstenir de relations sexuelles. Il entrechoqua donc son verre contre celui de Lucy, puis regarda ses lèvres rouges aspirer sa paille et il ne réussit pas à empêcher son sexe de réagir.

Pour la première fois, il se demanda si cette histoire d'abstinence était une bonne idée.

Appeler « baignoire » ce qui en tenait lieu dans leur salle de bains du Bed and Breakfast était une insulte pour les baignoires du monde entier. Elle avait la largeur habituelle d'une baignoire mais était moitié moins longue. Aucun des deux ne pouvait y passer la nuit – en tout cas, ils ne pourraient pas en sortir sans l'aide d'un chausse-pied géant et probablement d'un pompier armé d'une tenaille spéciale désincarcération.

— Tu ne vas pas m'obliger à le dire, hein ? demanda Frankie, debout derrière Lucy sur le seuil de la salle de bains.

Celle-ci soupira et se prépara mentalement à affronter la réalité merdique de la situation.

— Non.

— Il reste le lit.

Elle pivota, trop impatiente d'imaginer une solution pour réfléchir au fait que Frankie se tenait tout près, et elle se retrouva le nez à quelques millimètres de son torse. Elle respira un million de fois son parfum délicieux tout en essayant de se rappeler comment on formait des mots. Voilà l'effet que sa proximité lui faisait. C'était vraiment injuste que cet homme sente aussi bon alors qu'il était déjà beau.

Ces pensées menaient à de mauvaises décisions. Des décisions entièrement soutenues par son anatomie féminine.

— Il y a forcément une solution.

Il fit un pas en arrière tout en se retournant et ils contemplèrent la petite chambre encombrée. Des cartons sur lesquels étaient écrits Noël, Halloween, Pâques, Saint-Patrick et autres fêtes, étaient empilés littéralement jusqu'au plafond et le long des murs. Il ne restait qu'un chemin étroit entre les cartons et le lit, menant à la salle de bains et à la porte. Les valises de Lucy et le sac marin de Frankie entraient à peine, entassés les uns sur les autres dans la salle de bains, entre les toilettes et le lavabo. Le sol pouvait être une option, à condition que Frankie dorme sur le côté et rétrécisse pour faire la taille d'un Américain normal.

— Si tu as une autre idée, je prends, mais je suis presque obligé de marcher en crabe pour traverser la chambre, constata-t-il.

— Je peux dormir par terre.

Hors de question d'infliger ça à Frankie. Tant qu'il ne se levait pas au beau milieu de la nuit pour aller pisser, ça pouvait le faire.

Il ricana.

— C'est débile.

Elle pivota vers lui, le mettant au défi de répéter ce qu'il venait de dire. Lucy était beaucoup de choses, mais pas débile.

— Pardon ?

Il eut la décence de paraître regretter son choix de mots.

— Écoute, je n'ai pas de poux et je ne te sauterai pas dessus si on partage le lit.

Bien sûr que non. La chaleur gagna les joues de Lucy et elle pria pour qu'il ne le remarque pas. Elle baissa les yeux sur ses nu-pieds extralarges qu'elle avait dû commander et le jean qu'elle avait acheté dans une boutique spécialisée et fait ensuite reprendre parce que ça ne suffisait pas de galérer pour trouver des fringues et des chaussures à sa taille – la société avait décidé que ça devait être un processus encore plus coûteux que pour les soi-disant tailles normales. Elle ne serait jamais le genre de Frankie Hartigan. Ce constat n'aurait pas dû la blesser, en plus il n'était pas son genre non plus, mais cette réunion d'anciens élèves la mettait déjà sur les nerfs, alors le rejet désinvolte et direct de Frankie traversa toutes ses défenses.

— D'accord, répondit-elle en se forçant à prendre un ton détaché. Mais je dors à droite.

Ce fut la partie la plus facile de la nuit. Être allongée dans le noir à côté de Frankie se révéla beaucoup plus difficile. Elle n'avait jamais été aussi attentive à sa façon d'être étendue, à l'endroit où elle mettait ses bras et au fait que son short de pyjama se transformait en culotte quand elle faisait le moindre mouvement.

La respiration de Frankie était basse et régulière. Cet homme devait être né sous une bonne étoile pour être de ceux qui s'endorment aussitôt la tête posée sur l'oreiller. Encore un point en sa défaveur. Elle poussa un soupir agacé – mais silencieux.

— Tu m'empêches sérieusement de méditer, dit-il.

Sa voix gronda dans l'obscurité.

Médi... Elle ouvrit grand les yeux et roula sur le côté pour lui faire face.

— Tu médites ?

Il ne bougea pas. Il garda les yeux fermés, ce qui donna à Lucy la possibilité de l'admirer – ce qui était d'autant plus facile qu'il ne portait qu'un boxer et un T-shirt et qu'il était allongé sur la couverture alors qu'elle tentait de s'endormir dessous. Il avait des cuisses phénoménales. Elle n'avait jamais été du genre à aimer les jambes des hommes, mais la vision des troncs d'arbres de Frankie lui ouvrait des horizons. Était-elle en chaleur pour le mater pendant qu'il essayait de *méditer* ? Oui. Et alors ?

— N'en parle à personne, ordonna-t-il, et je ne t'abandonnerai pas dans cette ville qui ne possède qu'un seul Bed and Breakfast.

Elle leva les yeux au ciel, ce qu'elle trouva étrangement plus difficile en étant étendue sur le côté. Elle savait qu'il ne ferait jamais une chose pareille. Frankie était beaucoup de choses, mais pas un connard.

— Je veux tout savoir.

Découvrir que M. Macho méditait était beaucoup plus intéressant que de contempler le plafond en se demandant si la propriétaire avait réparé la fuite qui avait causé ces taches marron ou si les clients de la chambre du dessus allaient passer à travers le plancher et leur tomber dessus – et c'était à cause de ce genre de réflexions qu'elle mettait un temps fou à s'endormir. Et pas du tout à cause de l'homme allongé à côté d'elle.

Non, non, il n'y est pour rien, c'est sûr.

— Fallon m'a suggéré de m'y mettre pour m'aider à m'endormir, expliqua Frankie. Sinon, je reste réveillé jusqu'à 3 heures du matin.

— Même quand – elle marqua une pause théâtrale – tu passes la nuit chez quelqu'un ?

Il ouvrit les yeux, tourna la tête et esquissa un demi-sourire.

— Est-ce une façon délicate de me demander ce qui se passe quand je finis de baiser ?

— Au passé, répondit-elle en baissant d'un ton, mais elle ne pouvait s'en empêcher.

Leurs visages n'étaient qu'à quelques centimètres l'un de l'autre et ils étaient au lit, pour l'amour des escarpins ! Ce qui voulait dire qu'elle était passée du stade « je suis réveillée » au stade « je suis réveillée et très *consciente* de ce qui m'entoure ».

— Quand tu *finissais* de baiser.

Le regard de Frankie s'égara sur sa bouche.

— T'es vraiment une dure à cuire.

Le rythme cardiaque de Lucy s'accéléra et une nuée de papillons se mit à voler dans son estomac.

— Ne détourne pas la conversation.

Il releva les yeux et l'intensité de son regard bleu la heurta de plein fouet. La pièce avait beau être plongée dans la pénombre, elle était prête à jurer sur ses chaussures couture soldées à 70 % sur le site DSW que ses yeux s'étaient assombris en se posant sur elle. Puis un sourire paresseux étira ses lèvres – celui qui enflammait certainement les petites culottes. Pas les siennes, évidemment, parce que c'était Frankie Hartigan et qu'elle n'était pas son genre, mais *oh là là*, c'était quelque chose.

— Oui, je souffre de troubles du sommeil, poursuivit-il d'un ton plus bas et plus rauque que le simple fait d'être tiré de sa méditation nocturne aurait dû provoquer. Même après avoir fait des cochonneries avec les membres du sexe opposé jusqu'à être en nage et épuisé de satisfaction sur le lit, le canapé, le plan de travail de la cuisine, le sol du couloir ou ailleurs.

Elle imagina tout ça et sa chatte se contracta : comment ne pas avoir en tête des images hautement pornographiques après ça ?

— En général, les hommes s'endorment après avoir joui, dit-elle en laissant son cerveau se mettre en pilotage automatique, parce qu'elle avait complètement perdu le contrôle de cette conversation. C'est lié à la production d'un cocktail d'enzymes et à la prolactine, l'hormone sécrétée pendant l'éjaculation. Tu devrais au moins faire une bonne sieste après avoir baisé. Mais bon, les études ont aussi prouvé que les hommes qui sécrètent moins de prolactine rebandent plus vite que les autres. Est-ce que c'est ton cas ?

Il gloussa.

— Comment sais-tu tout ça ?

— Tout le monde a un hobby.

— Et le tien, c'est le sexe ?

— Pas vraiment, mais mon père est sexologue et j'ai grandi

dans une maison où le sexe était considéré comme faisant partie de la vie et non comme quelque chose de sale ou de bizarre.

Son pouls battait à un million de kilomètres à l'heure mais son cerveau s'était enfin remis de la surcharge de porno mental.

— Ton hobby à toi, j'ai l'impression que c'est de changer de sujet. Combien de temps te faut-il pour te remettre à bander ?

— Pas beaucoup, répondit-il sans hésiter.

Mamma mia. Elle mit cette information de côté pour s'en servir quand elle se masturberait plus tard.

— Je ne suis ni médecin ni scientifique mais tu produis probablement moins de prolactine et c'est pour ça que tu ne tombes pas dans les bras de Morphée après avoir forniqué.

— Forniqué ? répéta-t-il en haussant un sourcil. Tu es née au XIXe siècle, ou quoi ?

— Je suis une femme aux profondeurs insoupçonnées.

— Et toi ? Tu t'endors tout de suite après l'amour ?

Sa question était légitime, étant donné qu'elle lui avait demandé des choses très personnelles, mais ça n'obligeait pas Lucy à répondre pour autant.

— Une femme ne répond pas à ce genre de question.

— Est-ce que ça veut dire que je vais devoir le découvrir par moi-même ? demanda-t-il en haussant de nouveau un sourcil.

Le bataillon de papillons en rut se mit à tourner en surrégime.

Oh ! putain, oui.

— N. O. N. Tu te rappelles ? Tu as temporairement renoncé au sexe.

Les yeux de Frankie firent de nouveau ce truc qui donnait envie à ses ovaires de se porter volontaires pour la Moisson.

— C'est ça. Pas de sexe.

Il posa brièvement les yeux sur sa bouche.

— Bonne nuit, Lucy.

Il se retourna et elle contempla son dos en se rappelant que « pas de sexe » signifiait en réalité « pas de sexe avec toi ». Mais après cette petite conversation, elle savait qu'elle allait rester éveillée toute la nuit à penser au sexe avec Frankie.

Et si elle ne dormait pas, la journée du lendemain serait encore plus difficile.

Chapitre 6

Lucy ouvrit les paupières, son rêve encore brumeux dans sa mémoire – une histoire de pluie qui l'avait laissée chaude et ardente –, et se tourna vers le côté gauche du lit. Elle avait beau n'être pas du tout du matin, elle n'était pas mal réveillée au point d'oublier le canon auprès de qui elle avait passé la nuit. Il lui faudrait être à l'article de la mort pour oublier le temps qu'elle avait passé à écouter sa respiration avant de s'endormir enfin.

Elle s'assit et regarda autour d'elle. Frankie avait disparu mais le bruit de la douche qui lui parvenait depuis la porte fermée de la salle de bains lui indiqua où il se trouvait. Tant mieux parce que – comme d'habitude – ses seins s'étaient échappés du débardeur dans lequel elle avait dormi. Heureusement qu'elle avait gardé le drap sur elle : elle n'aurait pas aimé commencer la journée en ayant donné l'impression d'avoir montré ses seins pour obtenir des colliers, comme le voulait la coutume le jour de Mardi gras, à un homme avec qui elle allait se retrouver coincée pendant douze heures en voiture. En pensant à ça, elle attrapa son téléphone portable pour appeler Doctor Daddy en FaceTime. Oui, c'était un drôle de surnom, mais son père était un homme étrange.

Il décrocha presque aussitôt. Contrairement à elle, il était du matin, ainsi que le prouvait le fait qu'il était habillé et prêt à entamer sa journée alors qu'il n'était que 5 h 30 à Antioch.

— Comment va ma fille préférée aujourd'hui ?

— Je suis là.

Elle essaya de ne pas regarder la partie de l'écran où elle apparaissait parce qu'elle ne s'était pas très bien démaquillée la veille.

— Que s'est-il passé ?

— On a eu un souci. La voiture de Frankie est tombée en panne, mais elle devrait être réparée ce matin. Si tout va bien, on arrivera ce soir, mais très tard.

Son père fit un petit bruit avec la langue.

— Soyez prudents sur la route.

— Ne t'inquiète pas.

Lucy perçut un grondement sourd, suivi de l'apparition de deux oreilles pointées en bas à droite de l'écran.

— C'est Gussie ?

Lucy avait fait de son mieux pour se convaincre que le bouledogue français dormirait dans un chenil pendant les quatre jours qu'elle passerait chez ses parents. Gussie n'était ni méchant ni mal élevé mais il avait des habitudes pénibles qui rendaient sa présence embarrassante, pour dire les choses gentiment.

— C'est bien lui, répondit son père en baissant les yeux sur le chien qui était presque entièrement hors champ. Regarde mon grand garçon : il est tellement gentil.

Son père le pensait sincèrement, pourtant le bouledogue n'était pas gentil du tout. Lucy aperçut ses petites oreilles pointues s'agiter d'avant en arrière. Elle ferma les yeux. Elle n'avait pas besoin d'en voir davantage pour deviner ce qu'il était en train de faire. Gussie se frottait contre le renne en peluche qu'un patient avait offert à son père et pour lequel le chien avait eu un coup de foudre immédiat.

— Papa, tu es obligé de le laisser faire ? demanda-t-elle, avec une grimace qui fit tressaillir tout son corps.

— Il vaut mieux ne pas l'interrompre, Lucy. C'est quelque chose de totalement naturel.

Elle avait grandi au son de ce genre de platitudes, étant donné que son père était sexologue. Ça ne changeait rien à ce qu'elle pensait. Et comme si la situation n'était pas déjà assez pénible, deux choses se produisirent en même temps.

Primo, Frankie sortit de la salle de bains, vêtu uniquement d'une serviette blanche qu'il tenait d'une main.

Deuzio, son père changea l'angle du téléphone et elle ne put s'empêcher de remarquer que Gussie était en train de… euh… terminer.

— Qu'est-ce que… ? s'exclamèrent les deux hommes en même temps.

Lucy écrasa son portable sur sa poitrine plus que généreuse, ravie que son décolleté serve à autre chose qu'à ranger de l'argent ou un baume à lèvres.

— Pourquoi tu n'es pas habillé ? siffla-t-elle à l'intention de Frankie comme si son père ne l'avait pas vu.

— Parce que je sors de la douche, répondit Frankie en la regardant avec stupeur. Et toi, pourquoi tu regardes du porno canin ?

Elle ouvrit grand la bouche. *Hein ?*

— C'est pas du porno canin, espèce de pervers. Je suis en train de discuter avec mon père.

— Et il regarde du porno canin ? interrogea Frankie.

— Non.

Bon sang, comment lui expliquer ?

— Gussie est juste… enthousiaste.

— Et il aime suivre un emploi du temps bien réglé, intervint son père d'une voix assourdie qui s'éleva du téléphone collé contre sa poitrine. Plus important : que fait ton soi-disant « juste ami » nu dans ta chambre, jeune fille ?

— Papa, répliqua-t-elle avec un soupir agacé tout en déplaçant le téléphone afin que son propre visage prenne tout l'écran. Je suis une grande fille. J'ai déjà vu des tas de mecs à poil. Pas de quoi en faire tout un plat.

Frankie grommela.

— Si tu veux bien m'excuser, moi et mon ego sérieusement malmené allons nous habiller.

Il saisit son jean qu'il avait posé la veille sur un tas de cartons et regagna la salle de bains.

Lucy poussa un profond soupir qui fit voler sa frange. Elle donnerait n'importe quoi pour une cuve de café et revenir au temps où on pouvait téléphoner aux gens sans les voir.

— Ce n'est qu'un copain, papa, déclara-t-elle. On a dû s'arrêter plus tôt que prévu à cause de la panne de la pompe à carburant et c'est une toute petite ville. Il n'y a qu'un seul Bed and Breakfast et il ne leur restait qu'une chambre.

— Pardon pour ma réaction, c'est juste que je ne m'y attendais pas, admit son père en ajustant ses lunettes à double foyer et en endossant son masque de médecin. Le sexe est une partie naturelle et magnifique de la vie, il n'y a pas à en avoir honte. Je me souviens qu'avec ta mère…

— Papa ! s'écria-t-elle en tournant brusquement la tête pour vérifier que la porte de la salle de bains était toujours fermée, ce qui était heureusement le cas.

— D'accord. Il me tarde de rencontrer ton « ami » – il mima des guillemets – habillé ce soir.

Elle ouvrit la bouche et la referma aussitôt. Il était inutile de tenter de détromper son père. C'était un incurable romantique depuis toujours. Elle avait hérité la vision plus cynique de sa mère sur tout ce qui touchait à l'amour.

— Je t'enverrai un texto quand on sera à une demi-heure de la maison. Ne nous attends pas pour dîner.

Il hocha la tête.

— D'accord, mais je vous mettrai plein de tofu de côté.

Super – non.

— Salut, papa.

Elle lui envoya un baiser et raccrocha.

Si elle s'était réveillée un sein à l'air, elle aurait finalement été moins gênée qu'après ce coup de fil.

Le mécanicien était certainement un lève-tôt puisque lorsque Frankie et Lucy quittèrent le Bed and Breakfast – Frankie portant les trois bagages malgré les protestations de Lucy – la pompe à carburant était réparée et Scarlett était garée devant le garage, presque aussi belle que la vision qui avait accueilli Frankie à son réveil le matin même.

Rouler sur le côté et se retrouver face au téton rosé de Lucy qui avait jailli de son top pendant son sommeil lui avait fait le même effet que quand un nouvel équipement arrivait à la caserne – fabuleux et impressionnant. Il s'était figé devant le spectacle. Les seins de Lucy n'étaient pas seulement magnifiques. On avait envie de les lécher, de les presser, de les mordiller et encore tout un tas de trucs en *-er*. Sérieusement, un homme – et lui, spécifiquement – pourrait passer beaucoup de temps à idolâtrer ces seins. Ça n'arriverait pas, cependant, et Lucy méritait mieux que de le laisser la mater. La recouvrir avait été la meilleure chose à faire. Il n'avait pas voulu qu'elle se réveille et devine ce qui s'était produit. Il avait donc remonté le drap, s'était réfugié sous la douche et aspergé d'eau froide.

— Je veux que tu me laisses payer, dit Lucy en franchissant la porte du garage.

Il posa leurs bagages près du comptoir et appuya sur la sonnette pour prévenir de leur présence.

— Hors de question.

— Pourquoi ?

Elle plissa les yeux et croisa les bras.

— Parce que la pompe devait finir par lâcher.

Il ne materait pas son décolleté. *Non.* Son regard se posa immédiatement sur ses seins. Il se frotta rapidement les yeux et reporta son attention sur la clochette sur le comptoir.

— Le fait que ce soit arrivé pendant ce voyage ne veut rien dire, ajouta-t-il.

— Tu sais que me laisser payer les réparations dont a besoin ta bagnole pendant un *road trip* pour lequel je t'ai invité ne rétrécira pas ta bite de manière permanente ?

La porte communicante entre le garage et le bureau s'ouvrit et un homme maigre en bleu de travail s'approcha d'eux, un dossier à la main.

— C'est donc moi qui règle la facture, acheva-t-elle en laissant tomber son énorme sac à main sur le comptoir avant de l'ouvrir.

— Non, décréta-t-il en posant la main sur la sienne pour l'arrêter. Tu ne paies rien du tout.

Ils s'affrontèrent du regard pendant que le mécanicien ouvrait la chemise et faisait glisser vers eux la facture tout en les regardant comme s'ils étaient fous à lier. Frankie saisit la feuille avant elle. Lucy lui lança un regard noir sans toutefois protester à haute voix. C'était une petite victoire, mais une heure plus tard, il la savourait encore, alors que la petite ville n'était même plus un point dans le rétroviseur.

Quelle est notre couverture ? demanda-t-il en traversant l'Illinois à vive allure.

Il avait besoin de rompre la monotonie du paysage et de faire redescendre l'excitation de ses fantasmes qui rendaient la conduite inconfortable.

Lucy pivota sur son siège et lui adressa un sourire rusé.

— Tu as bousillé ta bagnole en matant mon cul pendant que je traversais la rue.

Et voilà. Lucy se vengeait parce qu'il avait payé la pompe à carburant. S'attendait-il à autre chose de sa part ? Non, trois fois non.

— Comment oses-tu dire un truc pareil à propos de Scarlett ? demanda-t-il en caressant le tableau de bord. Elle t'entend, tu sais.

Lucy leva les yeux au ciel.

— T'es vraiment chiant.

— Et si on collait le plus possible à la réalité ? demanda-t-il. Ce sera plus facile à retenir.

— Bien vu.

Elle pinça ses lèvres pleines et rouges et contempla les immenses champs de maïs, de soja, de blé, ou de ce que les gens du cru pouvaient bien faire pousser là.

— On s'est rencontrés parce que ton frère sort avec une de mes amies, proposa-t-elle.

— Et tu ne pouvais pas t'empêcher de me mater, alors tu as décidé que ta mission dans la vie, c'était de coucher avec moi.

Elle secoua la tête, remit ses lunettes de soleil et se tourna pour faire face au pare-brise.

— Certainement pas. Tu m'as draguée. Je t'ai repoussé quatre fois avant de finir par accepter de sortir avec toi – pour prendre un café, uniquement.

Un café ? Vraiment ? Les femmes l'adoraient, elles ne lui infligeaient jamais un rencard en plein après-midi comme s'il était un tueur en série potentiel.

— Je ne suis pas certain que mon ego survive à ce voyage.

— Ton égo est plus grand que toi, ce qui n'est pas peu dire. Il pourrait rétrécir un peu, répondit-elle en gloussant. Revenons à nos moutons.

— Notre café s'est évidemment transformé en dîner quand tu as découvert que tu avais un faible pour les pompiers ultra-canon.

Bonne reprise, Hartigan.

— C'est plutôt parce que tu m'as intriguée avec ta collection complète de *My Little Pony.*

Heureusement que la route dans cette partie du monde était plate, droite et dégagée, parce qu'il tourna la tête vers elle, bouche bée, en la dévisageant. *My Little Pony ?* Et voilà qu'elle devenait cruelle. Il ne s'était jamais considéré comme un homme des cavernes bourré de testostérone mais ça plus le rendez-vous au café, ça commençait à faire beaucoup. Il était sur le point d'ouvrir la bouche lorsqu'il vit les lèvres de Lucy tressaillir. Elle se foutait ouvertement de lui. Il referma son clapet et reporta son attention sur l'autoroute.

— Ne dis pas de mal de Sparkle Nose.

Le rire de Lucy emplit tout l'habitacle.

— Ce n'est pas un vrai nom de Little Pony.

— Ça devrait alors je le garde.

Oh ! oui. C'était elle qui avait commencé cette conversation ridicule, mais il comptait bien la poursuivre. Ne jamais défier un Hartigan.

— Sparkle Nose est la meilleure. J'ai envie de me la faire tatouer temporairement.

— J'ai accepté un deuxième rendez-vous parce que tu m'as fait rire, et je n'en dirai pas plus.

Ce n'était pas ce que les femmes racontaient de lui d'habitude, mais n'était-ce pas exactement pour ça qu'il se trouvait au beau milieu de nulle part ?

— On est ensemble depuis combien de temps ?

Elle tapota la couture de son jean de ses ongles rouges en soupesant les possibilités.

— Six mois. Assez longtemps pour qu'on se connaisse bien, mais pas suffisamment pour qu'on ait dépassé le stade énamouré.

— Le stade quoi ?

— Tu sais quand tu souris comme un idiot en voyant l'autre ?

Elle comprit qu'il ne savait absolument pas de quoi elle parlait et elle lui lança un regard abasourdi.

— Oh ! bon sang. Tu n'as jamais eu de *crush* pour personne ? Avec toutes les femmes que tu as fréquentées, tu n'as jamais arboré cette expression stupide parce que regarder l'autre te rend tout chamallow et heureux à l'intérieur ?

Frankie n'avait pas besoin de réfléchir avant de répondre.

— Non.

— Mais quoi alors ? Tu les as sautées et abandonnées parce que tu les estimais interchangeables ? demanda-t-elle d'un ton tellement sidéré que ses paroles en étaient comme adoucies.

— Pas du tout.

Il aimait les femmes, toutes les femmes. Seulement, il n'était jamais tombé amoureux. C'était peut-être une tare, un défaut qui l'avait maintenu sur le terrain beaucoup plus longtemps que la plupart de ses amis. Il était comme ces joueurs qui sont incapables de prendre leur retraite, même quand il est temps de le faire.

— Explique-moi, alors.

Elle ne le jugeait pas. Elle affichait juste une curiosité honnête et franche, alors il lui répondit sans réfléchir.

— J'aime les femmes. J'aime les femmes avec qui j'ai couché. Elles m'ont attiré. Et je les ai séduites. Il y a quelque chose de physique là-dedans, bien sûr, mais la raison de cette attraction est différente à chaque fois. Ça peut être leur rire, leur étrange choix de boisson, ou la façon dont elles voient le monde. On sortait ensemble deux fois, on baisait, et tout le monde était satisfait. Personne ne souffrait. Point.

Le silence s'installa entre eux, emplissant la voiture comme un troisième passager.

Environ trois kilomètres plus loin, Lucy le rompit.

— Et ça te suffisait ?

— Oui.

Le passé étant le temps requis.

— Et maintenant ?

Il poussa un soupir.

— C'est ce que j'essaie de découvrir.

Et il avait des kilomètres et des kilomètres de route devant lui pour ça. Malheureusement, lorsqu'ils quittèrent ce qui leur semblait être la millième autoroute de la journée pour emprunter les rues sombres de la petite ville d'Antioch, il n'avait rien résolu du tout. Après une interminable journée de voyage, le seul bruit dans la voiture était la voix du GPS qui le guida dans les artères endormies jusqu'à l'allée d'une maison bleue à un étage, avec des volets blancs, une véranda, des fleurs suspendues dans des paniers et une balancelle. De la lumière se déversait des fenêtres, et les épaules de Lucy se détendirent. Un petit sourire, qui semblait exprimer du soulagement, étira ses lèvres.

— Il faut que je te prévienne pour Gussie, dit-elle une fois qu'ils furent garés et que Frankie eut attrapé son sac et les deux valises de Lucy dans le coffre. Il est un peu excitable.

Frankie essayait encore de comprendre qui était Gussie – il pensait que son père s'appelait Tom – lorsque la porte d'entrée s'ouvrit. Un tourbillon flou et noir en jaillit et se précipita droit sur lui. Le temps qu'il prenne conscience qu'il s'agissait d'un chien, celui-ci était déjà en train de bondir sur les couilles de Frankie.

Chapitre 7

Être un Hartigan comportait de nombreux avantages. L'un d'eux était les réflexes de folie que l'on développe quand on appartient à une fratrie de sept enfants. Éviter un chien qui se prend pour un missile n'était rien lorsqu'on avait été la cible d'une serviette ou d'un bouquin lancé par un autre membre de la famille.

— Oh ! non ! hurla Lucy. Gussie, arrête !

Elle intercepta le chien avec une dextérité incroyable, l'attrapa en plein vol et le pressa contre sa poitrine. Le chien, qui, constata Frankie, était un bouledogue français, ne cherchant plus à atteindre ses bijoux de famille, se rendit compte qu'il était dans les bras de Lucy : il laissa échapper un jappement joyeux et se mit à lui lécher le visage.

Frankie l'observait encore lorsqu'un homme qui semblait tout droit échappé du Catalogue des Pères se hâta de franchir la porte d'entrée et de descendre les marches du perron.

— Pardon pour tout ça, dit-il. Gussie est convaincu que nous sommes en état de siège et qu'il est un berger allemand chargé de nous protéger des inconnus.

— Traduction, intervint Lucy qui faisait de son mieux pour éviter la langue de Gussie : c'est un chien pourri gâté et à moitié diabolique.

Le chien diabolique, indifférent à l'insulte, continuait pour l'instant de badigeonner Lucy d'amour inconditionnel et de dévotion. Et vu que Lucy faisait des bruits de baiser en lui parlant à mi-voix comme à un bébé, il ne risquait pas de s'arrêter de sitôt.

Le père de Lucy tendit la main à Frankie.

— Tom Kavanagh. Vous devez être le faux-fiancé-qui-se-promène-quand-même-nu-près-de-ma-fille.

C'était une façon de voir les choses. Frankie laissa tomber son sac de voyage sur le trottoir pour serrer la main de Tom. Pour lui, c'était un geste amical. Pour Tom, c'était un message : il tenta de lui briser les phalanges.

— Papa ! dit Lucy en embrassant la joue de son père au passage, sans lâcher le chien énamouré. Il portait une serviette.

Le sourire contrit de son père ne faiblit pas, mais il resserra son étreinte sur la main de Frankie.

— Tu as raison, Muffin. Au temps pour moi.

Puis il pivota, passa le bras sous celui de Lucy et l'entraîna vers la maison. Frankie ramassa son sac en secouant la tête et les suivit à l'intérieur. Il posa les deux valises de Lucy et son sac dans le vaste vestibule. Ce dernier était lambrissé du sol au plafond et décoré dans des tons chaleureux de vert et de marron. À gauche, une porte donnait sur une pièce contenant un grand bureau, plusieurs diplômes accrochés au mur et un fauteuil face à une causeuse. Derrière la porte ouverte en face de lui, cependant, la maison formait une explosion de couleurs vives et de larges fenêtres qui surplombaient un grand jardin empli d'arbres. On aurait dit que deux personnes différentes habitaient là.

— Oh ! oh, Frankie fait cette tête-*là*, constata Lucy en posant Gussie sur le tapis.

Le chien leva sur elle un regard adorateur.

Son père acquiesça.

— Tu as raison.

— Quelle tête ? demanda Frankie.

— Celle que font les gens qui essaient d'associer les deux styles de décoration radicalement différents.

Il plaidait coupable.

— L'avant de la maison, c'est le cabinet de papa. Il est sexologue et les couleurs chaudes et apaisantes aident ses patients à se détendre.

— Absolument. Des études ont prouvé que le vert sourd a un effet positif sur le psychisme, expliqua Tom.

— Et ici, rien n'a changé depuis le départ de ma mère, c'est-à-dire depuis vingt ans, ajouta-t-elle en lançant un regard entendu à son père. Un psy ne trouverait rien de louche à ça.

— Ce que ça signifie, répondit Tom en entrant dans la cuisine ouverte et en sortant trois mugs du placard, c'est que je déteste décorer et que ta mère avait fait ça très bien : pourquoi toucher à la perfection ?

— Tu devrais t'allonger sur ton propre divan pour répondre à cette question, répliqua Lucy.

Elle serra son père contre elle avant de se placer devant la gazinière sur laquelle la bouilloire était déjà posée.

— Chocolat chaud ou camomille ?

La question resta en suspens tandis que Frankie les considérait tous les deux. Il avait l'impression d'avoir débarqué au beau milieu d'une conversation qui les occupait depuis des années.

— Frankie, dit Lucy en l'arrachant à sa réflexion sur le fonctionnement du binôme père-fille. Qu'est-ce qui te détendrait le plus ? Boire quelque chose sur la terrasse après un long trajet est une tradition familiale.

— Un chocolat chaud, répondit-il sans hésiter, parce que la

camomille avait le goût des chaussettes humides d'un pompier débutant.

Il n'avait jamais vraiment mangé les chaussettes d'un bleu mais pour lui, cette tisane avait exactement ce goût-là.

Quelques minutes plus tard, installé sur la terrasse près de Lucy et de son père, il écoutait les insectes gazouiller ou faire autre chose – c'était un citadin, même si Waterbury était beaucoup plus petit que Harbor City – tout en buvant un chocolat chaud qui ne sortait pas d'un paquet lyophilisé : comment avait-il pu ignorer l'existence de ce breuvage fantastique toute sa vie ?

— C'est un secret de famille, déclara Lucy tandis que son père lui lançait un regard noir par-dessus son mug de… je vous le donne en mille… camomille.

— Quoi donc ?

Il se demandait s'il pouvait lécher l'intérieur de la tasse pour être certain de ne pas en perdre une goutte.

— Le chocolat chaud. C'est la recette de ma mère.

Quelque chose dans le ton de sa voix lui donna envie de tendre le bras vers elle et de… quoi ? La serrer contre lui ? Il n'en avait pas le droit. Ils n'étaient pas amis, malgré les étranges circonstances dans lesquelles ils se trouvaient. Ils n'étaient pas amants non plus. Ils occupaient un espace indéfini entre les deux, espace qui en plus de ne pas porter de nom n'était pas clairement délimité. Il garda donc ses mains pour lui.

Ils restèrent assis en silence pendant un moment – si on peut appeler silence le bruit que faisaient les insectes du monde entier réunis, du moins c'était ce que ses oreilles de citadin entendaient – avant de débarrasser leurs mugs.

— Vous devez être fatigués par le voyage, dit Tom. Muffin, ta chambre est prête.

Il se tourna vers Frankie.

— Je vous ai préparé la chambre au-dessus du garage.

— Papa, ce n'est même pas dans la maison ! s'écria-t-elle, surprise. On ne peut pas loger un invité là-bas.

Son père haussa les épaules.

— J'ai transformé la chambre d'amis en atelier pour mes appâts. Il y a des loupes, des cannes à pêche et des flotteurs partout. Personne n'a envie de dormir là-dedans.

Lucy avait l'air d'être sur le point de protester, mais Frankie lui prit la main en essayant – en vain – d'ignorer l'étincelle d'attirance qui crépita dans son bras. D'où ça venait, ça ?

— Pas de problème, les rassura Frankie en souriant, sans prêter attention à la déception qu'il éprouvait. Cet arrangement vous donne de l'intimité ; vous ne vous voyez pas souvent.

Lucy haussa un sourcil mais n'ajouta rien. Elle avait sans doute parfaitement compris qu'il ne pensait pas ce qu'il venait de dire, parce qu'elle lisait en lui comme dans un livre.

— Papa, on ne couche pas ensemble, déclara-t-elle. En réalité, Frankie est temporairement abstinent parce qu'il pense que ses habitudes de coureur de jupons ont nui à sa capacité à s'engager.

Si les insectes ou les crapauds ou quoi que ce fût qui hantait les bois gazouillaient encore, Frankie ne les entendait plus à cause du sang qui battait dans ses oreilles.

— Je n'ai jamais dit que c'était à cause de ça.

— Ce n'était pas la peine. Mais j'ai raison, pas vrai ?

Et comment. Cette femme était hallucinante.

— Peut-être.

— Voilà qui est intéressant, constata Tom en s'arrêtant devant la porte-fenêtre.

Pour la première fois depuis leur arrivée, il ne considérait plus Frankie comme un barbare sur le point de l'envahir.

— J'aimerais qu'on en discute, reprit-il. Est-ce que vous vous levez tôt ? Je peux vous caser avant mon premier rendez-vous.

Mais oui, son cul irlandais en rêvait – parler de sexe. Un de ses ancêtres catholiques se retourna dans sa tombe quelque part à cette idée.

— Merci pour la proposition, mais quelques semaines d'abstinence suffiront à m'éclaircir les idées.

— Tu devrais accepter son offre, suggéra Lucy en passant le bras sous le sien comme si elle ne venait pas de lui filer un coup fatal dans les couilles. C'est un ponte dans son domaine.

— Je n'en doute pas, mais…

Il n'acheva pas sa phrase. Il aurait donné n'importe quoi pour être déjà dans sa chambre au-dessus du garage.

— Ne le harcèle pas, Lucy. Il trouvera son propre chemin, intervint Tom.

Il laissa tomber son regard sur la main de sa fille posée sur le bras de Frankie et arbora de nouveau son expression de père ours.

— En attendant, je vais t'aider à monter tes valises dans ta chambre, proposa-t-il. Frankie, je vais vous montrer comment gagner l'appartement au-dessus du garage.

Lucy n'avait pas l'air prête à le lâcher mais elle le fit quand même et ils suivirent son père à l'intérieur.

— Ce n'est pas fini, murmura-t-elle à mi-voix avant de s'emparer de sa valise et de s'éloigner dans le couloir.

Ce n'était pas la première fois que Lucy maudissait sa grande gueule, qui était presque aussi grande que son cul et deux fois plus pénible. Mais cette fois-ci, elle était bien résolue à la garder fermée, du moins pendant le temps qu'il lui fallait pour aller de sa chambre à l'appartement au-dessus du garage.

Elle avait envisagé de s'excuser auprès de Frankie par texto, mais ça lui avait paru trop impersonnel. Et elle aurait plus de chances de le convaincre de discuter avec son père si elle s'excusait en personne. Elle était beaucoup plus difficile à ignorer qu'un SMS.

Elle allait devoir gérer cette conversation comme s'il s'agissait d'un de ses clients qu'elle souhaitait convaincre de la pertinence de son plan et non un mec qui la faisait mouiller chaque fois qu'elle posait les yeux sur lui, même s'il avait certainement vu plus de culottes qu'elle n'en possédait. Mais non, ça n'entrait pas du tout en compte dans sa décision de passer sur la pointe des pieds devant la chambre de son père comme si elle avait de nouveau quinze ans et qu'elle sortait pour aller parler à un beau gosse. Pas. Du. Tout.

Lorsqu'elle atteignit l'escalier qui menait à l'appartement au-dessus du garage, elle avait un plan. Elle faisait ça pour le bien de Frankie. S'il y avait bien quelque chose que la fille d'un psy savait, c'est qu'il fallait analyser les raisons sous-jacentes à tout comportement. Frankie avait juste besoin de plonger dans le grand bain et de se ressaisir. L'aider dans cette tâche était une manière beaucoup plus sympa de le remercier de l'avoir accompagnée que payer l'essence.

Frankie répondit au deuxième coup rapide qu'elle frappa à sa porte. Il portait un short ample qui tombait bas sur ses hanches, et rien d'autre. Elle n'aurait pas dû regarder, mais sa silhouette musclée emplissait tout l'encadrement et elle ne pouvait pas poser les yeux ailleurs. Du coup, elle l'observa avec soin. Elle l'examina. Bon, d'accord, elle le mata avec des yeux de merlan frit – qui n'aurait pas agi ainsi devant tant de *sexytude* ? Une partie d'elle savait qu'elle aurait dû détourner les yeux. Après tout, cet homme avait sacrifié une semaine de sa vie pour elle. Il méritait de la reconnaissance et pas un regard lubrique. Au lieu de le dévorer des yeux comme s'il était aussi sublime qu'une paire de chaussures à talons à la fois jolie et confortable, elle aurait dû poser les yeux sur son visage et pas sur ses épaules larges, les poils cuivrés qui parsemaient ses pectoraux ou encore la façon dont son short laissait peu de place à l'imagination sur la taille – définitivement pas petite – de son sexe.

Elle était horrible, elle le savait. Mais elle savait aussi que les poils qui ornaient le bas-ventre de Frankie étaient aussi roux que ses cheveux. Elle mit cette information de côté pour une prochaine séance de masturbation.

Tu vois ? Tu es une horrible personne ! Tu sais que tu ne devrais pas regarder !

— Tout va bien ? demanda-t-il.

— Non, lâcha-t-elle. Je dois m'excuser et je déteste ça.

La bouche de Frankie frémit comme s'il essayait de réprimer un sourire.

— Je suis choqué. Tu as tellement l'air du genre à admettre facilement tes erreurs.

Venant de n'importe qui d'autre, le sarcasme se serait frayé un chemin sous sa peau jusqu'à sa moelle ne-me-cherche-pas. Mais de la part de Frankie Hartigan ? Cet homme était incapable de se moquer d'une femme sans que ça tourne au flirt. Si elle n'avait pas tellement aimé ça, elle aurait été agacée. Mais c'était agréable d'être l'objet de la drague de haute volée de quelqu'un. N'allez pas croire que les hommes ne la draguaient pas. Au contraire. Mais le genre d'hommes qui tentaient de la séduire ne lui plaisait pas. Sur les applis de rencontres, elle était assaillie par les fétichistes qui n'aimaient que les grosses et les mecs qui vivaient encore dans le sous-sol de leur mère et qui pensaient que Lucy n'avait pas le choix et que, du coup, elle accepterait de coucher avec eux. Mais des types dans le genre de Frankie ?

C'était juste du FSC : du flirt sans conséquence – d'autant plus qu'il était au régime sans sexe.

— Tu ne vas pas me faciliter la tâche, c'est ça ?

— Non, répondit-il en lui adressant un grand sourire. Je prends trop mon pied.

Puisque se glisser dans la porte alors qu'il bloquait 90 % de l'ouverture n'était pas une option, elle posa une main sur la hanche et lui adressa son plus beau regard ne-me-fais-pas-perdre-mon-temps. En général, cet air suffisait pour que ses clients – même les furibonds – s'écartent de son chemin. Frankie, lui, se contenta de croiser les bras sur son torse puissant, imperturbable. Quelle surprise.

— Je peux entrer ? demanda-t-elle en résistant au besoin de tripoter l'ourlet de son T-shirt pour se donner une contenance. Il faut qu'on parle.

— Ça a l'air sérieux.

Il s'effaça pour lui laisser assez d'espace pour passer devant lui et pénétrer dans la pièce.

Afin d'éviter de le reluquer une fois de plus – oui, elle était toujours horrible, et non, personne ne pouvait la juger plus durement qu'elle ne le faisait elle-même en cet instant –, elle jeta un regard autour d'elle. La pièce avait beau être située au-dessus du garage, elle avait un beau volume et le mur du fond était composé de baies vitrées surplombant les bois qui se perdaient dans le parc naturel de Dogwood Canyon quelques kilomètres plus loin.

La vue dehors était presque aussi belle que la vue à l'intérieur.

Non pas que Lucy fût en train de regarder ; c'était une très mauvaise idée. Elle aimait le sexe autant que les autres femmes – peut-être un peu plus que certaines – mais draguer un homme comme Frankie n'était pas une bonne idée. Elle s'écarta de quelques pas, ce qui la rapprocha du lit – c'était quand même mieux que d'être trop près de lui et de sentir ses phéromones s'affoler.

— C'est au sujet de la proposition de mon père, dit-elle en s'immobilisant à quelques centimètres du lit. Je pense que ça pourrait t'aider. Tu dois bien admettre que tu es passé d'un extrême à l'autre.

Il ricana.

— Ne le prends pas mal, mais il est hors de question que je discute de ma vie sexuelle avec ton père.

Pourquoi les sexologues effrayaient-ils les gens à ce point ? Ce n'était pas comme si 95 % des gens étaient allergiques aux orgasmes et à l'intimité qui découlait de la sexualité.

— Pourquoi ? C'est son travail et il peut t'aider.

— Je suis certain que je peux m'en tirer tout seul, répondit-il avec un regard entendu en direction de la porte ouverte. Mais merci d'être passée.

Elle avait bien compris que c'était une façon de lui signifier barre-toi-et-vite, mais elle ne comptait pas abandonner aussi facilement. Si elle avait été ce genre de femme, elle n'aurait pas réussi à convaincre le joueur de hockey le plus haï de Harbor City de rendre une série de visites aux enfants malades de l'hôpital St Vincent. Ce n'était pas sans raison que Zach Blackburn l'avait baptisée CC après avoir fini par accepter de redorer son image pour que son équipe ne le vire pas. Ils savaient tous deux que CC signifiait Casse-Couilles. Elle s'en foutait royalement. Elle préférait nettement ce surnom à celui que tout le monde utilisait depuis qu'elle était enfant – Muffin. Son père ne pensait pas à mal quand il le lui avait donné alors qu'elle n'était qu'un bébé et qu'elle ressemblait à un muffin. Il ignorait complètement ce que ça impliquait d'être une femme grosse aux yeux de la société – et on en revenait à la raison pour laquelle ce rouquin canon de Frankie Hartigan était debout devant elle.

— Comme tu veux. On peut discuter du plan d'attaque pour cette semaine.

Elle pénétra plus avant dans la chambre et se dirigea vers les baies vitrées pour lui faire comprendre qu'elle ne partirait que lorsqu'elle l'aurait décidé.

— On va devoir à la fois être crédibles et faire taire tout le monde.

Frankie croisa les bras sur son torse nu et haussa un sourcil.

— Comment ça, crédibles ?

Qu'est-ce qu'il croyait ? Il suffirait d'un coup d'œil pour que les gens comprennent qu'il y avait quelque chose de pourri au royaume d'Antioch – et ils auraient raison. Si se rendre à ces retrouvailles seule cût été pénible, y aller avec Frankie et que tout le monde découvre que c'était une mascarade serait mille fois pire. Elle n'appréciait pas d'être humiliée.

À cette idée, les épaules de Lucy s'affaissèrent, pourtant elle refusa de détourner le regard. Elle s'en servirait, exactement comme elle l'avait fait avec son poids.

— Je ne veux surtout pas que les gens découvrent la vérité.

— La vérité ?

La veine sur sa mâchoire tressauta tandis que Frankie la rejoignait près de la baie vitrée. Son énervement était aussi évident que les pâles taches de rousseur sur ses épaules.

— Que je suis un homme trophée ?

Dans sa bouche, la phrase sonnait davantage comme une malédiction que comme une question – on aurait dit que c'était la dernière chose qu'il voulait être, ce qui était probablement le cas. Qui aurait voulu être son homme trophée *à elle* ? Certainement pas un homme comme lui.

Elle n'avait pas l'intention de reculer mais une lueur dangereuse brillait dans ses yeux qui prirent une nuance de bleu plus sombre. Le cœur de Lucy se mit à battre plus vite et sa bouche devint sèche.

— Que tu m'accompagnes parce que tu as pitié de moi.

Les yeux de Frankie se posèrent sur sa bouche puis s'abaissèrent sur son débardeur et son short très enveloppant – avec des chats dessus. Pourtant, son pyjama sembla rétrécir sous l'intensité de son regard.

— Je ne dirais pas ça.

Oh ! elle savait très bien ce qu'il faisait. Cet homme flirtait aussi facilement qu'il laçait ses chaussures, sauf qu'elle ne tomberait pas dans le panneau.

— Écoute, je suis une grande fille, je peux appeler les choses par leur nom. Je n'ai pas honte de mon poids. Mais je serais mortifiée si on apprenait que j'ai amené un faux fiancé quelque part, encore plus à la réunion d'anciens élèves de mon lycée.

Il fit de nouveau un pas vers elle. Il était si près qu'elle avait l'impression qu'ils se touchaient. Son cœur dansait la sarabande et une nuée de papillons excités voletaient dans son estomac. Elle imaginait très bien comment il la voyait – une grosse femme écarlate dans un pyjama chat. *Vachement sexy, tiens,* déclara sa petite voix intérieure d'un ton sarcastique.

Frankie sourit à demi et posa une main sur la vitre derrière elle. Puis, avec une lenteur délibérée, il fit de même de l'autre côté, l'encadrant entre ses bras musclés. Ses pectoraux étaient au niveau de ses yeux, une position particulièrement injuste ; elle leva donc les yeux, encore, et encore, vers son visage. Il était trop grand, trop baraqué, trop écrasant. Elle n'était pas piégée. Loin de là. Son corps rebelle ne voulait pas bouger d'un iota. Il en voulait plus. Elle désirait le sentir contre elle, sa bouche moulée contre la sienne et ses mains partout.

— Tu as peut-être remarqué, dit-il d'un ton très sérieux en contradiction avec son demi-sourire, un ton affamé et exigeant qu'elle ne comprenait que trop bien, que je ne suis pas précisément mince, moi non plus, et je ne t'accompagne absolument pas par pitié.

La brusquerie de ses paroles la mit sens dessus dessous et elle s'humecta les lèvres, excitée. Non ! Elle n'était pas excitée. Elle avait juste les lèvres sèches. C'est tout.

— Pourquoi tu m'accompagnes, alors ?

Il serra les dents et son regard se détourna de sa bouche.

— C'est une leçon de frustration.

Elle tressaillit – impossible de s'en empêcher. Elle n'était pas son genre, il n'était pas le sien et il était abstinent, mais quand même – aïe.

— C'est si terrible que ça ?

— Tu ne peux pas imaginer.

Il secoua la tête comme s'il essayait d'imaginer aussi et laissa retomber ses bras avant de faire un pas en arrière.

L'agacement – et, pour être honnête, un peu de gêne à l'idée de ce baiser dont elle avait une envie folle et qu'il n'avait aucune intention de lui donner – lui fit redresser le dos. *Va te faire foutre, Frankie Hartigan.* Elle ne ressemblait ni à sa mère, le mannequin lingerie, ni aux autres femmes avec qui il finissait tous les jours de la semaine qui se terminaient par un *i. Dommage, putain.*

— Je suis désolée que ce soit dur pour toi, dit-elle sans se soucier de dissimuler son irritation. Mais je te rappelle que tout ça, c'était *ton* idée.

L'enflure n'eut même pas l'air penaud de se comporter comme un connard.

— Je ne sais pas ce que je fiche et ta présence ne me facilite pas la tâche.

Mais va te faire foutre bis, M. le Pompier.

— Ce voyage était *ton* idée.

— Je ne te parle pas de ce putain de voyage, gronda-t-il. Je te parle du fait que je suis ici avec toi – il agita une main dans sa direction et désigna son débardeur et son short – comme ça.

Comme ça ?

Comme.

Ça.

Elle baissa les yeux sur son pyjama. Ce n'était pas ce qu'elle portait quand elle avait un plan cul, mais pourquoi aurait-elle mis autre chose, merde ? Elle était chez son père avec un mec qu'elle n'avait aucune chance de pécho, même si elle l'avait voulu – et elle ne le voulait pas.

— Tu te fous de ma gueule ? demanda-t-elle.

Son attitude défensive prit le volant et appuya sur le champignon.

— C'est mon pyjama qui signifie « j'en-ai-rien-à-cirer ». Il n'a rien à voir avec toi, Frankie Hartigan. Ce n'est pas parce que tu te prives de chatte et que tu n'aimes pas mon pyjama à chats ou que sais-je. – Elle prit une profonde inspiration pour se calmer. Ce n'était pas sa faute si elle ne lui plaisait pas. Et soupira. – Je suis comme je suis, Frankie. Et ça ne changera pas.

L'expression de Frankie donnait l'impression qu'elle parlait une autre langue, qu'il n'avait jamais entendue. Le pied de Lucy abandonna l'accélérateur métaphorique. Elle scruta son visage, à la recherche d'une trace de dégoût ou de critique, mais en vain. Le bourdonnement dans ses oreilles cessa et la chaleur qui s'était emparée d'elle refroidit jusqu'à n'être plus qu'une flaque de regret moite au creux de ses paumes. Elle avait réagi de façon totalement exagérée. Elle avait transporté ses insécurités et les avait déposées aux pieds de Frankie. Il avait sacrifié une semaine de sa vie pour être son faux mec à la réunion des anciens élèves de son lycée. Et elle était furieuse contre lui parce qu'il n'avait pas eu envie de l'embrasser.

Merde.

Son amie Gina avait raison. Elle avait vraiment besoin de réfléchir avant de parler.

— Je suis désolée. Pour tout, déclara-t-elle rapidement.

Elle le contourna avant d'avoir le temps de dire une autre connerie et se hâta de quitter sa chambre, de descendre l'escalier, de traverser le petit couloir qui reliait le petit appartement à la cuisine et de regagner sa chambre d'enfant tout en essayant d'ignorer l'embarras qui lui brûlait les joues.

Ça ne marcha pas. Comme d'habitude.

Si elle avait de la chance, une météorite s'abattrait peut-être sur la maison pendant la nuit. Ou des extraterrestres envahiraient la Terre. Ou – pourquoi pas ? – Godzilla pouvait attaquer. Tout plutôt que voir le soleil se lever sur une nouvelle journée qui l'obligerait à s'asseoir en face de Frankie Hartigan à la table de la cuisine.

Chapitre 8

Le lendemain matin, Frankie posa son bol de céréales sur la petite table de la cuisine et s'installa en face de Tom. Lucy n'était nulle part en vue. Elle était venue le voir dans sa chambre la veille dans son débardeur moulant et son short court et le cerveau de Frankie avait été immédiatement court-circuité par sa bite. Il voulait *tout* faire et ne le pouvait pas. Sa façon de réagir en sa présence était simplement une preuve de plus de son incapacité à penser à une femme sans que sa queue s'en mêle.

Lucy avait fait des remarques ridicules sur le fait qu'il n'aimait pas les chats ou un truc du genre. Honnêtement, il avait eu du mal à la suivre à cause du bruit de tonnerre qu'avait fait son cœur dans sa poitrine. Il avait concentré toute son énergie pour essayer de contenir son érection. Et en plus, Lucy n'avait pas l'air du tout attirée par lui. *Ressaisis-toi, Frankie.*

Si Shannon n'avait pas laissé tomber sa petite bombe, et si Lucy lui avait donné ne serait-ce qu'un minuscule feu vert, il aurait baisé Lucy comme un dingue et serait passé à autre chose. Mais voilà qu'au lieu de se réveiller aux côtés d'une femme sexy et d'un petit déjeuner au lit, il était en train de verser du lait d'amandes sur ses cornflakes bios multicéréales. Sa bite *et* son estomac étaient très déçus par la situation.

— Qu'est-ce que vous faites à Waterbury, Frankie ? demanda

Tom en avalant une gorgée du smoothie marron-vert qu'il avait versé dans un gobelet en plastique sur lequel s'étalait la photo d'un bouledogue français portant des lunettes de soleil. Vous travaillez dans la boîte de Lucy ?

— Non, je suis pompier.

Il goûta ses céréales. Elles n'étaient pas recouvertes de sucre et ne flottaient pas dans du lait entier, mais il n'avait pas non plus l'impression de manger du carton. Ça pouvait aller.

Tom joignit le bout de ses doigts et se tapota la fossette qu'il avait au menton.

— Pourquoi avoir choisi ce métier ?

— C'est une tradition familiale, répondit-il en haussant les épaules avant d'avaler une autre bouchée de céréales. Tous les Hartigan de sexe masculin, à l'exception de mon frère Ford, sont pompiers depuis trois générations.

On n'entendait que le bruit de mastication de Frankie et l'aspiration hésitante de Tom qui avalait la fin de son smoothie avec sa paille extralarge. Bizarre ? Pas du tout. Frankie prenait le petit déjeuner avec les pères de toutes les femmes qu'il avait failli embrasser avant de passer la nuit à fantasmer sur elles. Ce n'était pas comme ça pour tout le monde ? Ouah.

Ce genre de sarcasme était d'ordinaire l'apanage de Fallon. Il avait intérêt à finir ses céréales avant que la colère associée à la faim ne le fasse vraiment dérailler.

— Aaah, répondit Tom d'un ton qui signifiait clairement « allongez-vous sur le divan et parlez-moi de votre mère ». Vous ne prenez jamais de risques.

Frankie manqua s'étouffer avec ses céréales. *Hein ?*

— J'entre en courant dans des immeubles en feu pour gagner ma vie. Je pense que c'est un risque.

— Je parle de risques émotionnels. Ce qui expliquerait les circonstances de votre vie sexuelle en ce moment.

La situation était passée d'étrange à complètement barrée. Il n'avait pas peur de prendre des risques et il était hors de question d'avoir cette discussion avec le père de Lucy au petit déjeuner. Il n'avait pas peur des femmes ni de s'engager. Il adorait les femmes et il savait qu'elles n'avaient pas envie de passer leur vie avec lui. Pour ça, Shannon ne s'était pas trompée. Il était bien le fils de son père – le côté de son père que personne ne connaissait sauf lui.

Mais la remarque de Tom lui fit quand même l'effet d'un pic à glace dans le cœur. Sa gorge s'assécha, son estomac se noua et son pouls battit dans ses tympans comme il l'avait fait ce jour-là quand il avait surpris… non. Il refusait d'y penser. Pas maintenant. Jamais.

— Ne le prenez pas mal, parvint-il à articuler entre ses dents serrées, mais je suis là pour les cornflakes, pas la thérapie.

— Vous avez raison, répondit Tom en repoussant sa chaise pour se lever. Pardonnez-moi. Déformation professionnelle.

Il attrapa sa tasse, la rinça dans l'évier puis la rangea dans le lave-vaisselle.

— Oubliez mes questions. Je suis sûr que vous réglerez vos problèmes tout seul.

Il le ferait. C'était un homme d'action et il avait pris une décision : se priver de sexe et éviter toute tentation. C'était du moins son plan de départ – jusqu'à ce que Lucy débarque chez lui dans sa ridicule voiture électrique et se moque de Scarlett. Que devait-il déduire du fait qu'il avait été excité, pas seulement à l'idée de ce que la belle bouche de Lucy pouvait lui faire, mais aussi par ce qu'elle disait ? Il devait en déduire que cette courte conversation avec Dr Sexo lui avait embrouillé l'esprit.

Il fallait qu'il sorte de là.

Il était venu prendre son petit déjeuner uniquement pour apercevoir la femme qui lui avait gâché toute possibilité de faire une bonne nuit de sommeil la veille au soir.

— Lucy a organisé ça, pas vrai ? C'est pour ça qu'elle n'est pas là, hein ?

Cette femme était une source d'ennuis – et complètement différente de celles qu'il avait l'habitude de vouloir déshabiller. Non. Elle, son truc, c'était de manipuler les autres comme des pions sur un échiquier.

Tom ne répondit pas et se contenta de regarder vers la porte de la cuisine. Frankie l'imita. Lucy était là, les cheveux relevés en une queue-de-cheval, avec laquelle elle avait manifestement dormi car elle était échevelée et ses cheveux formaient comme des bulles d'air sur son crâne.

— Qu'est-ce que j'ai organisé ? demanda-t-elle ensommeillée.

Elle portait encore ce fichu débardeur et le short qui n'aurait pas dû être excitant du tout, mais sur elle, avec son décolleté vertigineux ? OK, toutes les parties de l'anatomie de Frankie étaient officiellement bien réveillées.

Il s'agita sur sa chaise et baissa les yeux sur son bol.

— Rien, Muffin, répondit Tom tout en se dirigeant vers la cafetière pour remplir un mug en forme de muffin. Tu as bien dormi ?

— Comme une souche, déclara-t-elle en évitant soigneusement de regarder Frankie.

Lui, en revanche, ne pouvait pas en dire autant. Il avait passé la plus grande partie de la nuit à penser à elle. À 3 heures du matin, il avait décidé qu'il se foutait de donner raison à tous ceux qui prétendaient que sa bite pensait à sa place et il s'était branlé en imaginant les gros seins de Lucy se balancer sous son débardeur.

Et depuis quand était-il devenu un connard qui passait son temps à tout analyser, d'abord ? Il aimait les choses simples. Une maison brûlait ? Il éteignait l'incendie. Une femme canon lui faisait de l'œil ? Il la sautait dans les chiottes du bar.

Sa vie avait été simple jusqu'à ce qu'elle devienne compliquée.

Voilà ce qui arrivait quand on subissait une intervention thérapeutique au petit déjeuner.

Lucy, tout en ignorant soigneusement sa présence, s'affairait dans la cuisine, Gussie sur les talons, les yeux exorbités et la langue pendante. Quand le chien comprit que Lucy ne faisait pas tomber de céréales sur le sol en se servant, il poussa un petit soupir déçu et gagna son écuelle près de la porte arrière.

— Quel est le plan ? demanda Frankie sans pouvoir détacher son regard de Lucy.

Qui aurait cru qu'il était masochiste à ce point ? D'abord, l'abstinence – et Dieu sait qu'il avait passé un temps fou à chercher les failles dans la promesse qu'il s'était faite à lui-même – et maintenant, il s'apprêtait à passer la semaine entière avec une femme qui le faisait bander plus dur que le mât de la caserne. Merde. Il n'avait vraiment pas besoin de faire cette comparaison, parce que tout ce à quoi il pensait à présent, c'était à Lucy vêtue d'une robe à la Marilyn Monroe qui se soulevait tandis qu'elle glissait le long du mât. Il était en train de se transformer en pervers. Il ferait peut-être mieux d'accepter l'offre de Tom avant d'être obligé de rejoindre un forum baptisé « Je suis un loser ».

Et bien sûr, mater Lucy ne l'aidait en rien. Elle lui tournait le dos, ce qui lui donnait une vue imprenable sur son cul. Comme son décolleté, il était imposant, et le désir assécha sa bouche.

Inconsciente de la direction qu'avaient prise les pensées de Frankie, Lucy répondit à la question qu'il avait oublié avoir posée tout en versant du lait d'amandes dans son bol.

— Il faut qu'on passe au lycée récupérer nos dossiers de bienvenue.

Le niveau indéniable de « je n'ai vraiment pas envie d'y aller » contenu dans le ton de sa voix rompit le cours licencieux des pensées de Frankie.

— On dirait que tu t'apprêtes à aller te faire pendre.

Elle pivota vers la table, toujours sans le regarder en face. Elle se cramponnait tellement fort à son bol que ses phalanges étaient blanches.

— C'est parce que j'ai rencontré Constance Harmon.

— Est-ce que je veux savoir ?

La question était rhétorique : il haïssait déjà cette salope rien que par loyauté envers Lucy.

Elle lui jeta un coup d'œil avant de baisser les yeux.

— Tu le découvriras bien assez tôt. Je ne veux pas te gâcher la surprise.

Puis, après une minuscule pause près de la chaise vide, elle se précipita hors de la cuisine, son bol en main.

— Voilà qui était intéressant, commenta Tom depuis son poste près du lave-vaisselle tout en contemplant le seuil vide.

C'était une façon de voir les choses. Frankie était soudain très impatient de rencontrer cette Constance. Avec quatre sœurs, il avait appris très tôt à se battre comme une fille et il était plus que prêt à engranger des points en l'honneur de Lucy.

Lucy posa son bol vide sur son bureau et contempla le monument commémoratif intact qu'était sa chambre d'enfant. Tout – y compris les trophées de rhétorique alignés sur la tête de lit – était exactement comme elle l'avait laissé le jour où elle était partie pour Waterbury juste après avoir obtenu son diplôme. Certains comptabilisaient leurs conquêtes, elle exhibait ses petits marteaux en argent.

Des petits coups secs suivis par le grattement insistant des griffes de chien contre sa porte lui arrachèrent un sourire. Lorsqu'elle ouvrit, Gussie se précipita dans la pièce tel un boulet de canon et bondit sur le lit. Il se mit aussitôt à l'ouvrage, s'agitant pour se créer un petit nid d'oreillers et de dessus-de-lit piétiné.

Son père, quant à lui, s'immobilisa sur le seuil.

— Tu as quelque chose à me dire, Muffin ?

En plus de lui demander d'arrêter de l'appeler comme ça ?

— Pas vraiment, papa.

Il hocha la tête, entra dans la pièce et s'empara de son bol vide. Il n'avait pas besoin de le faire, mais elle avait renoncé depuis des années à lui dire qu'elle pouvait, voulait et savait nettoyer derrière elle. Son père détestait le désordre.

— Tu sais, déclara-t-il, fixant le bol, ce serait sympa pour Frankie si tu enfilais un peignoir avant de descendre à la cuisine demain matin.

Quel était le problème de ces hommes avec son pyjama chat à la fin ?

— Et pourquoi ?

— Frankie a eu l'air un peu perturbé par ta tenue, répondit-il en levant les yeux, un petit sourire compréhensif. Je sais que ça peut nous paraître idiot, mais il essaie de régler des choses qu'il a enterrées il y a longtemps.

— Et qu'est-ce que mon pyjama ultra-confortable vient faire là-dedans ?

— Je ne pense pas qu'il le perçoive de cette façon.

— Crois-moi : on a parlé de mon pyjama hier soir. Il ne lui plaît pas du tout, et moi non plus, d'ailleurs. Tu peux dormir tranquille, papa. Personne ne draguera ta petite fille sous tes yeux.

Elle lui adressa un clin d'œil.

— Il effectue en ce moment des changements importants

dans sa vie et, que tu t'en rendes compte ou pas, tu lui plais vraiment beaucoup. Il est seul responsable de son comportement, et ce que tu choisis de porter te concerne toi, et pas lui, mais je ne pense pas que tu sois indifférente à son charme. Si votre plan consiste à maintenir cette relation sur un plan purement platonique, vous êtes tous les deux en train de jouer avec le feu.

Comme si c'était une option. Elle était Lucy Kavanagh, responsable de l'image de ses clients et gestionnaire des pubs qui tournaient mal. Pas une déesse tout en jambes à la taille de guêpe et aux cheveux dignes de figurer dans une pub pour shampoing. Elle avait beau être bien dans ses baskets la plupart du temps, elle n'était pas le genre de femme à attirer l'attention de Frankie Hartigan – et en plus, elle ne voulait pas intégrer le troupeau de ses innombrables conquêtes.

— Papa, je t'aime, répondit-elle en gloussant. Mais j'ai l'impression qu'à cause de ton métier, tu ramènes tout au sexe.

Il lui adressa le regard qu'elle ne connaissait que trop bien et qui signifiait qu'il était sur le point de faire une blague malséante et nulle.

— Dooonc, déclara-t-il en traînant sur le mot, tu es en train de dire que j'ai un gros marteau qui voit des clous partout.

Elle ferma les yeux pour essayer de bloquer l'image qui s'était formée dans son esprit et gémit. *Merde*. Elle aurait dû s'en douter.

— Bon sang, papa. Pourquoi est-ce que tu dis des trucs pareils ?

— Parce que, quel que soit ton âge, provoquer ton rire gêné fait partie de mon rôle de père.

— C'est bon à savoir. – Et étrangement réconfortant à entendre, pensa-t-elle. – Mais sache que tu as tort : Frankie ne me voit pas comme tu le sous-entends.

Il endossa le masque du psy et un V profond prit place entre ses yeux.

— C'est un postulat intéressant de ta part.

Un petit élancement de « oh, merde » lui chatouilla un peu la gorge.

— Comment ça ?

Il tapota le bol vide du bout des doigts et haussa un sourcil.

— Même si tu aimes me bousculer parce que je ne veux rien changer…

Il s'interrompit pour lui adresser un de ses regards perçants qu'il réservait d'ordinaire à ses patients ou à Gussie.

— Tu n'as pas l'air de vouloir que les choses changent non plus – et surtout pas ta manière de penser. Résultat, tu réagis par des insultes et tu es sur la défensive, au lieu d'avoir l'esprit ouvert. Tu devras prendre un risque un jour, ou tu finiras par prouver que tes pires suppositions étaient fondées.

Ses remarques touchaient Lucy dangereusement près de l'endroit sombre où elle entassait en vrac ses insécurités et ses questions, mais elle verrouilla la porte de ce placard à double tour parce que son père se trompait. Elle savait ce qu'elle valait. Elle savait qui elle était, ce qu'elle voulait et ce dont elle avait vraiment besoin dans la vie.

— Il n'y a pas une loi qui interdit d'analyser son enfant ?

— Je me contente de verbaliser une observation, Muffin.

Il l'embrassa sur la joue avant de se diriger vers la porte, suivi de Gussie qui avait sauté à bas du lit aussitôt que son père avait fait un geste.

— Je te laisse te préparer. N'oublie pas de t'amuser, aujourd'hui.

Elle ferait de son mieux pour essayer. Il suffisait d'éviter le plus possible Constance Harmon et de ne pas trop réfléchir aux paroles de son père : elle ne jouait pas avec le feu en ce qui concernait Frankie Hartigan. Il racontait n'importe quoi.

Son portable vibra sur la table de nuit juste au moment où elle commençait à s'habiller.

Gina : Tu es morte ?

Lucy : Pas encore.

Fallon : Frankie est mort ?

Lucy : Non.

Tess : Comment va ce beau gosse de Gussie ?

Gina : Le chien ? Sérieux ? C'est à lui que tu penses alors qu'elle est à l'autre bout du pays avec un pompier canon ?

Tess : Il est craquant sur les photos.

Fallon : Beurk. Ce pompier est mon frère.

Gina : On te fera signe quand tu pourras revenir dans cette conversation groupée.

Lucy : Gussie va bien.

Elle partagea une photo du chien qu'elle avait prise avant sa visite inopportune à Frankie la veille au soir. Elle avait à peine appuyé sur « envoyer » que des cœurs explosèrent sur son écran et que des notifications lui apprirent que toutes les filles avaient aimé la photo.

Elle enfila un joli T-shirt vert au col en V super doux au toucher et une jupe, tandis que les trois points signifiant que quelqu'un était en train de taper apparaissaient et disparaissaient sur l'écran. Elle était certaine que ses copines discutaient entre elles de ce voyage avec Frankie. Pourvu qu'elles ne se retrouvent jamais toutes dans une pièce avec son père. Rien ne pourrait résister à l'ingérence de ce quatuor.

Son téléphone vibra.

Gina : Des nouvelles à partager ou des potins intéressants ?

Pas de doute, elles se parlaient en même temps dans une conversation dont Lucy était exclue.

Lucy : On n'est arrivés qu'hier soir. On a eu une panne de voiture.

Gina : C'est comme ça qu'on appelle ça de nos jours ?

Fallon : Hé ho. C'EST MON FRÈRE.

Tess : Qui a dit que tu avais le droit de revenir ?

Lucy : Très drôle. N'oublions pas de qui nous parlons.

Gina : Exactement. On parle de toi, fabuleuse.

Malgré le fait qu'elles la taquinaient et espéraient des ragots juteux – ce qui n'arriverait pas –, Lucy ne put s'empêcher de glousser en lisant leurs textos. Qu'elles se fassent des films ou pas, avoir des nouvelles de ses copines était exactement ce dont elle avait besoin pour se préparer à affronter la journée.

Lucy : Cette fabuleuse doit aller chercher son dossier de bienvenue.

Tess : Vas-y et sois géniale !

Lucy : Bisous.

Au moment de quitter sa chambre, elle appliqua une deuxième couche de rouge qui aurait mérité de s'appeler Booster de

Confiance, et sourit de toutes ses dents. Fabuleuse, hein ? Il fallait juste qu'elle n'oublie pas qu'elle n'était plus la même personne que lorsqu'elle avait quitté Antioch.

Cependant, elle ne pouvait pas s'empêcher de se demander quelles seraient les réactions des ses anciens camarades en voyant Frankie à son bras. Probablement pas celles qu'elle imaginait.

Chapitre 9

Depuis le mur derrière les gradins du gymnase, Wolfie, la mascotte du lycée d'Antioch, regarda Lucy de haut avec son sourire perpétuellement de travers, possiblement ivre et définitivement meurtrier. Pour Lucy, que l'endroit où elle avait été le plus harcelée pendant ces années-là soit surveillé par un tableau représentant un loup gris à l'air fou, n'avait rien d'un hasard.

— Ça alors ! Muffin Kavanagh, c'est bien toi ? Et regarde-moi cette jupe ! Je ne pourrais jamais porter ce style rétro comme toi.

Quiconque peu versé dans les grenades passives-agressives n'aurait pas entendu le bruit de la goupille que l'on ôte et ne comprendrait pas pourquoi les organes internes de Lucy venaient d'exploser après cette insulte mielleuse. Et à en juger par l'expression presque aguicheuse que Frankie adressa à Constance tout en la dévisageant lentement des pieds à la tête, il n'avait rien remarqué. Ce n'était pas surprenant. C'était un homme, après tout. Ils n'entendaient les insultes que si elles étaient larguées par une bombe, pas une grenade.

C'était la raison pour laquelle Lucy était agacée, et pas du tout parce que M. Je Flirte Comme Un Dingue adressait à Constance son fameux regard « salut poupée ». Certes, il faisait seulement *semblant* d'être son fiancé, mais ce n'était pas pour ça qu'il fallait qu'il fasse mal son job. Lucy était juste là, à côté de lui, en plus.

Et dire que son père avait cru bon l'avertir de ne pas jouer avec le feu !

— Vous avez raison, il faut avoir des courbes extrêmement séduisantes pour rendre justice à ce genre de vêtement, dit Frankie en enroulant un bras autour de la taille de Lucy tout en tendant la main à Constance. Frankie Hartigan. Vous devez être la Constance dont j'ai beaucoup entendu parler.

Le cœur de Lucy se mit à battre à tout rompre en comprenant que Frankie Hartigan venait de prendre sa défense. Non, elle ne se pâmerait *pas* à ses pieds.

Constance cilla en se demandant si elle venait d'être insultée – la réponse était oui –, et serra la main de Frankie.

— En bien, j'espère.

— En détail, répondit-il en lui lâchant la main.

Lucy pouvait presque voir Constance relier les points dans sa tête. Oui. Elle comprit qu'elle venait d'être insultée. Deux fois. Lucy parvint à dissimuler son rire dans une quinte de toux mais ne put s'empêcher de sourire.

Bien joué, Frankie Hartigan.

L'autre femme reporta son attention sur Lucy. Plus une once de fausse amabilité n'apparaissait dans son regard bleu. La Constance que Lucy connaissait bien et haïssait était toujours là.

— Nous sommes juste venus chercher notre dossier de bienvenue, parvint-elle à dire tandis que Frankie l'attirait plus étroitement à lui.

Elle se coula contre lui comme si c'était sa place. Elle savait que ce n'était pas le cas, mais cela n'empêcha pas son corps de se blottir néanmoins. Elle était grosse et Frankie était costaud, alors il ne l'éclipsait pas ni ne lui donnait l'impression d'être une petite chose fragile – pourquoi la société faisait-elle croire aux femmes que c'était ce qu'elles voulaient ? Être ainsi pelotonnée contre un homme qui donnait l'impression de pouvoir la prendre tout entière et apprécier le moindre centimètre de ses courbes était super excitant.

— Bien sûr, je vais te donner ça tout de suite.

Constance feuilleta plusieurs enveloppes et en sortit une.

— Voilà, dit-elle en la lui tendant. Tout ce dont tu as besoin est dedans, comme l'horaire du pique-nique, et ce dont tu n'as pas besoin aussi, comme le défi décathlon.

L'amusement de Lucy cessa net. Constance pensait évidemment qu'elle n'était intéressée que par manger, et non par les divertissements proposés.

— En quoi consiste le défi décathlon ? demanda Frankie.

Constance se tourna vers lui tout en repoussant une mèche blonde derrière son épaule, un sourire aguicheur aux lèvres. Soit elle avait déjà oublié les piques qu'il lui avait envoyées, soit elle pensait qu'il était suffisamment canon pour avoir le droit de se comporter comme un connard. Les deux possibilités étaient envisageables, mais Lucy penchait pour la deuxième.

— C'est une série de défis. Il y a une chasse au trésor, une kermesse et une course d'obstacles, et le couple qui gagne le plus de points est sacré roi et reine.

Elle appuya les paumes sur la table et se pencha en avant, mettant ainsi en valeur son décolleté.

— Mon mari et moi avons gagné à la réunion des cinq ans et des dix ans. On est encore favoris cette année.

— Ça a l'air amusant, déclara Frankie.

Constance baissa à peine la voix.

— Je ne suis pas censée faire ça parce que le règlement stipule qu'au moins un membre de l'équipe doit avoir fréquenté le lycée d'Antioch, mais je suis certaine qu'on peut faire une exception pour que vous y participiez seul.

Frankie se tourna vers Lucy et repoussa une mèche de cheveux derrière son oreille. Il s'attarda juste assez longtemps pour qu'elle retienne son souffle.

— Ne m'oblige pas à y participer seul. Tu es super forte à ce genre de trucs.

Avant qu'elle ait eu le temps de le contredire, Constance – manifestement stupéfaite – ouvrit la bouche.

— Bien sûr, dit-elle avec une fausse amabilité.

Oh non. Pas question d'endurer ça.

— Oui, répondit Lucy en songeant à son cours bihebdomadaire de cardio et au taï chi qui l'aidait à se concentrer. C'est vrai.

— Imagine ta surprise quand on gagnera, affirma Frankie avec un grand sourire.

Le sourire de Constance était tout sauf amical.

— Eh bien, bonne chance à l'équipe Muffin Kavanagh.

— Je suis d'accord, elle est belle à croquer, mais ce n'est pas pour ça qu'on va gagner, répliqua Frankie. Vous devriez prévenir votre mari : inutile de prévoir de la place pour le trophée, cette année.

Constance regarda tour à tour Lucy et Frankie : elle ne parvenait manifestement pas à comprendre pourquoi un homme comme lui sortait avec une femme comme elle.

— Il n'y a pas de trophée, expliqua Lucy.

— Tant mieux, répliqua-t-il avant de l'embrasser sur la tempe. Gagner le droit de se vanter, c'est encore mieux.

Tandis que Constance les dévisageait, toujours bouche bée, et que Lucy essayait de comprendre ce qui se passait, Frankie la fit pivoter et l'entraîna loin de la table, en direction de la sortie. Ils quittèrent le gymnase et, une fois parvenus au coin du parking, Lucy obligea Frankie à s'arrêter.

— Mais qu'est-ce que tu fiches ? demanda-t-elle en se retenant de crier. Je n'ai aucune envie de participer à ce décathlon débile.

S'il y avait bien une chose que les gamins humiliés à l'école savaient, c'était qu'il ne fallait pas agiter un drapeau rouge devant les brutes, or c'était exactement ce que Frankie venait de faire. Il y avait une différence entre prendre sa défense et se mettre à dos la femme qui s'était comportée comme une vraie salope avec elle pendant trois ans.

— Pourquoi ?

Il enfila ses lunettes de soleil et lui adressa un grand sourire.

— Ça a l'air sympa et ce n'est pas comme si tu n'avais pas l'esprit de compétition.

— Je ne l'ai pas.

C'était vrai. Il y avait aussi une différence entre vouloir gagner tout le temps et vouloir gagner quand on savait qu'on avait raison.

— Vraiment ? gloussa-t-il. Mlle Je Dois Toujours Avoir Le Dernier Mot est une joueuse passive ? Je n'y crois pas une seconde.

Il avait raison. Et zut.

— D'accord. J'aime gagner.

— Alors, montrons à cette salope ce qu'est le talent.

Frankie lui prit l'enveloppe des mains et en sortit une feuille qui portait en titre « Décathlon du Lycée d'Antioch ».

— Essayons de trouver où est le bâtiment 1843.

Elle ne bougea pas. Il augmenta le volume de son charme et abaissa ses lunettes pour qu'elle voie bien l'amusement danser dans ses yeux bleus.

— Allez. Joue le jeu.

— Tu m'as déjà vue courir ? Ce n'est pas beau à voir.

Il mata ses seins.

— J'ai hâte, au contraire.

Elle soupira.

— J'agis sous la contrainte.

Il repoussa ses lunettes sur l'arête de son nez.

— Tant que ça t'aide à dormir.

Oh ! depuis qu'elle avait passé la nuit à se tourner et se retourner, frustrée comme pas possible, elle savait parfaitement ce qui l'aidait vraiment à dormir. Mais comme coucher avec Frankie ne figurait pas sur la liste des activités du décathlon, elle devrait se satisfaire de sa main et de son imagination. Dans son fantasme de la veille, ils étaient de retour au Bed and Breakfast. Il sortait de la salle de bains, vêtu seulement d'une serviette de toilette qu'il laissait tomber avant de s'agenouiller entre ses cuisses pour la lécher. Elle avait joui tellement fort qu'elle n'avait pu se retenir de crier.

— Tu as l'air coupable, constata Frankie avec un sourire moqueur, comme s'il avait lu dans ses pensées.

Elle ignora sa remarque et la chaleur qui lui était montée aux joues.

— Je sais où est l'immeuble.

Elle traversa la rue et se dirigea vers le centre-ville d'un pas vif. On était en juillet mais une petite marche rapide sous le soleil valait mieux que le regard arrogant de Frankie. Elle avait intérêt à trouver les objets sur la liste de la chasse au trésor le plus vite possible si elle voulait rentrer chez son père pour se terrer dans sa chambre.

Pfff. Comment se faisait-il qu'en étant de retour chez son père, elle ait l'impression d'avoir douze ans de nouveau ?

Lucy n'était pas une femme sympa. La preuve ? Elle s'amusait beaucoup trop à voir Frankie essayer de soutirer la localisation de l'objet suivant, une dent de loup en or, à Henrietta Campher.

Mais Henrietta était imperméable au charme de Frankie.

Elle tenait la boutique d'antiquités, *Wolfsbane Antiques and*

Collectibles sur Main Street depuis aussi longtemps que les tigres à dents de sabre étaient fossilisés à La Brea Tar Pits, à Los Angeles, et elle avait entendu un nombre incalculable d'histoires à dormir debout et tous les arguments de vente de la Terre avancés par des clients qui voulaient lui refourguer la collection de petites cuillères de leur grand-mère en essayant de lui faire croire qu'elles avaient été utilisées par des gens célèbres. Frankie avait beau la complimenter sur son maintien d'acier et la beauté de ses cheveux rouges – sa couleur préférée –, elle levait les yeux au ciel derrière les verres épais de ses lunettes.

— Raconte-moi comment tu t'es retrouvée à la colle avec ce géant, demanda Henrietta à Lucy.

L'incrédulité stupéfaite qui s'afficha sur le visage de Frankie rattrapa presque le fait qu'ils se cassaient le cul depuis quatre heures sur cette putain de chasse au trésor.

— Il s'appelle Frankie Hartigan, madame Campher, répondit Lucy depuis son poste d'observation près d'un écureuil empaillé déguisé en pirate. Il est pompier à Waterbury.

Henrietta, debout derrière le comptoir, aspira une gorgée de sa canette de Coca Light par sa paille avant de répondre :

— Je ne te demande pas son CV, je veux savoir de quelle manière couinante vous vous êtes rencontrés. Ce n'est pas comme ça qu'on dit dans les films ?

L'idée qu'Henrietta puisse regarder des comédies romantiques sur Netflix était suffisamment hallucinante pour que Lucy en oublie l'histoire inventée avec Frankie. La seule chose qui lui venait à l'esprit, c'était qu'elle serait prodigieusement embarrassée si c'était Mme Campher entre toutes qui annonçait à tout le monde qu'elle était venue à la réunion d'anciens élèves du lycée avec un faux fiancé. Ce serait l'horreur.

— C'est une super histoire, intervint Frankie, venant à sa

rescousse. Mon frère, qui malheureusement n'a pas vu la lumière et a décidé de devenir flic, a rencontré une femme.

— Je me fiche de votre frère. C'est elle qui m'intéresse, répliqua Henrietta en désignant Lucy du pouce.

— J'y arrive, protesta Frankie.

Henrietta l'ignora et se tourna vers Lucy.

— Il est aussi lent pour tout ? Il y a des choses qui méritent qu'on traîne – les balades, le jazz et le sexe, par exemple – mais raconter des histoires n'en fait pas partie.

Lucy aurait bien voulu répondre mais elle aurait été incapable de réprimer le rire qu'elle sentait monter en elle, surtout devant l'expression vexée et perplexe de Frankie. C'était certainement la première fois de sa vie que le pauvre était rembarré de la sorte.

— Un connard était en train de la draguer.

Les mots se précipitèrent hors de sa bouche comme s'il n'avait pas prévu de les prononcer.

Henrietta, très intéressée, écarquilla les yeux, et reporta son attention sur Frankie.

— Poursuivez.

— Il lui disait qu'elle n'était pas la femme la plus sexy du monde à cause de son physique.

Non. Non. Non. Ça n'allait pas du tout. C'était la vérité. Ce n'était pas l'histoire amusante qu'ils avaient mise au point et dans laquelle il la regardait traverser la rue. Il se servait d'une humiliation bien réelle.

Elle voulait ouvrir la bouche pour dire quelque chose – n'importe quoi – pour le faire taire, mais elle était paralysée comme si elle se trouvait dans un rêve. C'était l'enfer. Elle avait l'impression d'être de nouveau au lycée, à l'époque où elle n'avait pas développé suffisamment de couilles pour affronter le monde la tête haute.

Zut. Le truc, ce n'était pas qu'on ne pouvait pas rentrer chez ses parents, c'était qu'on ne devait pas le faire, parce qu'on se retrouvait projeté à une époque où on était perpétuellement mal à l'aise.

— Donc, dit Henrietta, cet homme était un idiot doublé d'un connard.

Frankie lui sourit, s'approcha du comptoir et s'y appuya. La vieille dame ne perdit pas une miette du mouvement et elle jeta un coup d'œil à la dérobée à ses biceps qui se devinaient sous les manches de son T-shirt.

S'il s'en rendit compte, il n'en joua pas. Il baissa la voix dans un murmure de conspirateur.

— Je me suis approché de Lucy et je me suis excusé d'être en retard à notre rendez-vous. Puis j'ai aidé le connard à éprouver le besoin de déguerpir.

— Vous l'avez frappé ? demanda Henrietta avec une expression sanguinaire.

Frankie haussa ses épaules musclées.

— Je n'en ai pas eu besoin.

Il s'approcha de Lucy, enroula le bras autour de sa taille et l'attira à lui.

— Et c'est comme ça que je suis devenu le veinard qui sort avec Lucy Kavanagh.

Trouver un jean assez grand pour contenir son cul sans que la taille bâille était un problème. Ce qui n'en était pas un, en revanche ? Trouver les bons mots dans presque toutes les situations. Il y avait une raison à son choix de carrière : elle ne paniquait jamais et elle savait toujours quoi dire.

Mais là, dans la boutique d'antiquités, entre une coiffeuse du XVIIe et une boîte à bijoux de 1920, elle était incapable de faire une phrase. Pourquoi ? Parce que Frankie Hartigan se livrait à l'impensable – il s'était servi de l'un de ces moments affreux qui s'étaient produits bien trop souvent dans sa vie et, au lieu de se moquer d'elle, il l'avait mise au centre de l'action de manière positive. Et elle ne savait absolument pas quoi en penser.

Henrietta, de son côté, ne semblait pas réagir de la même manière. Elle jaugea Frankie puis déclara :

— Tiroir du haut sous le coq empaillé.

Évidemment. Lucy se dirigea vers le coq qui était tombé sous le couteau du taxidermiste. C'était un Brahma qui mesurait presque quatre-vingt-dix centimètres, avec des plumes d'un blanc pur accentué par quelques plumes noires qui descendaient jusqu'à ses pieds. Près de lui, un panneau, posé sur un vieux meuble de rangement de cartes de bibliothèque, proclamait « Mâle Alpha ».

L'attention de Lucy fut attirée par le bruit d'une canette de soda que l'on ouvre : Henrietta et Frankie se faisaient face de part et d'autre du comptoir comme deux personnes qui venaient de passer vingt ans à échanger des ragots en buvant des coups.

Henrietta transféra sa paille de la canette vide à la canette pleine.

— Depuis quand vous sortez ensemble ?

— Pas longtemps.

Frankie jeta un coup d'œil à Lucy en souriant. Il était tellement content d'avoir réussi à charmer Henrietta qu'il en dégoulinait presque d'autosatisfaction.

Son ego démesuré aurait dû agacer Lucy. Mais elle se contenta de pouffer – ce qu'elle dissimula sous une quinte de toux simulée. *N'oublie pas, tout est simulé. Aucun sentiment. Joue le jeu.*

Henrietta attendit que Lucy cesse de tousser pour demander :

— Quelles sont vos intentions ?

— Madame Campher !

L'exclamation s'échappa de ses lèvres avant que son cerveau ait eu le temps d'enregistrer ce qu'elle criait. Et dire que les gens la payaient très cher pour réfléchir avant de parler. Elle qui croyait pouvoir utiliser ses talents en toutes circonstances.

— Quoi ? protesta Henrietta en haussant les épaules. Je vais bientôt mourir, je n'ai pas le temps de tourner autour du pot.

N'importe quoi. Elle les enterrerait tous.

— Mes intentions ? répondit Frankie, que les questions indiscrètes de la vieille dame ne semblaient pas troubler le moins du monde. Tout sauf pures.

Une lueur mauvaise étincela dans l'œil d'Henrietta.

— Du genre à faire soupirer une femme ou à la faire pleurer ?

Frankie lui adressa un sourire carnassier et baissa le ton.

— Du genre à la faire crier et réclamer davantage, déclara-t-il d'une voix grave et sexy.

Et pour la première fois de sa vie, Lucy vit Henrietta sourire. Comme si ce n'était pas assez choquant, la vieille femme éclata d'un rire grinçant qui s'acheva en sifflement.

— Ça va ? Vous voulez qu'on aille chercher votre fils ? demanda Lucy en se précipitant vers le comptoir.

— Je vais bien, affirma-t-elle en repoussant Frankie qui était sur le point de contourner le comptoir pour venir à sa rescousse. Pas de quoi en faire un plat.

Frankie s'immobilisa à contrecœur.

— Merci pour votre aide, madame Campher.

— Bah, répondit-elle en levant les yeux au ciel. Profite bien de ce jeune homme, jeune fille.

— Oui, madame.

Que répondre d'autre ? Henrietta était incorrigible. Parfois, le courage revenait à admettre la défaite.

Du moins pour cette fois.

Un peu après 16 heures, Frankie suait sang et eau sous l'ardent soleil de juillet dans un parc public. Ce n'était pas sexy.

Et foutrement inconfortable. Mais c'était comme ça, et il ne pouvait rien y faire.

Comment en était-il arrivé là ? En ayant décidé de frimer comme un con.

Il souffrait assez pour le reconnaître, même si c'était uniquement pour lui-même et pas à haute voix – ce qui n'arriverait jamais. Un homme plus intelligent que lui aurait lu les instructions stipulant qu'il fallait brandir le saladier servant de mangeoire pour les oiseaux à exactement deux mètres du sol à 16 h 10 comme dans un des *Indiana Jones* pour trouver le dernier objet de la chasse au trésor, et il l'aurait posé sur le support réservé à cet effet. Mais non, Frankie était le genre de crétin à décider de le tenir à bout de bras. Pourquoi ? Parce que Lucy regardait. Donc, oui, c'était un abruti.

— Je meurs, dit-il alors qu'une autre goutte de transpiration glissait lentement le long de son dos et que les muscles de ses épaules se mettaient à hurler. Combien de temps encore ?

Lucy resta concentrée sur l'application qui donnait l'heure sur son téléphone.

— Ce n'est pas le moment de jouer les mauviettes, Hartigan. On y est presque.

— On voit bien que ce n'est pas toi qui tiens un saladier en ciment de vingt kilos au-dessus de ta tête.

Son ego était plus gros que son cerveau.

— Oh ! ça va, ne me dis pas qu'un mec baraqué dans ton genre ne peut pas faire ça.

Elle leva les yeux vers lui et lui adressa un sourire narquois. Oui, narquois. Pas un sourire sexy. Ni aguicheur. Narquois. Et pourtant, bon sang, il l'excita suffisamment pour lui donner une bouffée d'adrénaline qui lui permit de brandir la mangeoire à oiseaux un peu plus haut.

— Et puis c'est toi qui as prétendu que c'était facile, acheva-t-elle.

Oui, qu'elle dise ça à ses biceps, qui étaient en train de porter plainte pour stupidité parce que, pour ne rien arranger, il n'avait pas attendu la dernière minute pour lever l'énorme machin. Il ne pouvait pas le reposer sans admettre la défaite et ça, c'était hors de question. Il décida donc de se plaindre.

— J'ai signé pour une chasse au trésor, pas pour jouer les cadrans solaires humains.

— Mais tu es tellement sexy.

Elle le déshabilla lentement du regard de haut en bas. Ah, voilà le genre de choses auquel il était habitué. Ça lui arrivait depuis toujours. Ce n'était pas vantardise de sa part, mais pure vérité. Seulement, venant de Lucy, c'était différent. Mieux. Durement mérité.

— C'est l'histoire de ma vie.

— Comment se fait-il que tu n'aies jamais participé aux calendriers de pompiers sexy ? demanda-t-elle en reportant son attention sur son portable.

Les secondes s'écoulaient comme de la mélasse sur de la toundra gelée en plein janvier.

— Je ne voulais pas être obligé de trouver un deuxième job pour couvrir les frais de sécurité à cause de toutes les folledingues que ça aurait attiré.

Et surtout, c'était hyper flippant. Il aimait les gens. Il n'avait aucune envie de devenir un objet.

— Tu n'en as pas déjà plein ? demanda-t-elle avec un petit rire moqueur.

Cette femme. Elle ne lui laissait rien passer. Elle donnait tout ce qu'elle avait. Mais ce n'était pas parce qu'il se rendait compte de ça alors qu'il brandissait un saladier en ciment sous le chaud soleil de juillet dans un exercice de muscu tout droit sorti de l'enfer qu'il était prêt à reconnaître qu'il aimait ses manières de casse-couilles.

— Les femmes m'adorent, répliqua-t-il avec un clin d'œil.

Elle ricana.

— On dirait le titre de ton autobiographie : *Les femmes m'adorent : histoire d'un ancien obsédé du cul.*

Ah oui. Il avait oublié. Bon pour la baise, mais pas assez pour le reste. Ce n'était pas exactement la façon dont Shannon avait formulé les choses, mais ça y ressemblait.

Il rajusta sa prise sur le saladier sans le baisser.

— Ça n'a pas toujours été le sexe.

— Ah bon ? C'était quoi alors ?

Sa question était aussi effrontée et directe que d'habitude, cependant son regard reflétait de l'intérêt et de l'empathie.

— C'est différent pour chaque femme.

Restait à essayer de verbaliser ça.

— Parfois c'est un parfum ou une manière de traverser la pièce. Ce sont les petites choses qu'on ne remarque pas tout de suite, comme la façon de ralentir le pas pour rester à la hauteur de quelqu'un au lieu d'accélérer. D'autres fois, ce sont des choses qu'on doit mériter – un secret qu'on est le premier à entendre, une manière de lâcher prise et de rire sans se soucier de ce qu'en pensent les autres.

— Putain, Frankie, constata Lucy, les yeux écarquillés sous l'effet du choc. Tu es un romantique.

Ouh là. Ce n'était pas du tout l'impression qu'il voulait donner. Il appréciait les femmes, toutes les femmes ; il n'était pas un blaireau qui écrivait de mauvais poèmes à l'eau de rose, passait ses nuits à mater des films de filles et faisait des conneries comme déclarer son amour devant le monde entier. Ce n'était pas du tout son genre.

— Est-ce que j'ai mentionné le cul ?

Il bomba le torse, geste qui, il s'en rendit compte trop tard, rendait la tenue du lourd saladier encore plus difficile.

— Cette partie est super bonne, géniale, la meilleure.

— Garde tes couilles sous contrôle, je ne révélerai ton secret à personne.

Elle ne dissimula même pas le fait qu'elle se moquait de lui. Elle baissa les yeux sur son téléphone, puis les posa sur l'endroit du sol ombragé que le soleil éclairait à travers le saladier.

— Et voilà.

— Enfin !

Il reposa le saladier sur son piédestal.

C'était une manière brillante d'achever la chasse au trésor. Le dernier objet à trouver, les programmes du bac de leur promo, était caché à différents endroits du parc. On ne pouvait mettre la main dessus qu'en suivant un chemin éclairé par le soleil à travers un trou dans le saladier à une certaine heure. Il écrivit 16 h 10 sur la feuille d'indices fixée à côté du saladier afin que les autres sachent que le programme dissimulé à cet endroit avait été trouvé. Une seule autre personne avait noté un horaire sur la feuille. Ils avaient une chance d'être bien classés dans la compétition.

De son côté, Lucy marchait vers le nord en suivant les instructions écrites sur le dernier indice.

— Dix, onze, douze, compta-t-elle à haute voix. Treize.

Elle se trouvait devant un buisson d'un million de roses rouges. Frankie la regarda réfléchir, trop perturbé par la façon dont la brise jouait avec l'ourlet de sa jupe bleu vif et dévoilait quelques centimètres supplémentaires de ses cuisses épaisses et sexy pour songer à l'endroit où le programme pouvait bien être caché. Lucy, elle, n'était manifestement pas troublée, parce qu'il ne lui fallut que dix secondes avant de se pencher et de dégager un programme roulé dans une boîte glissée sous le buisson.

Elle le brandit des deux mains au-dessus de sa tête comme s'il était aussi lourd que la mangeoire en ciment de vingt kilos.

— Victoire !

— Une bonne chose que tu n'aies pas l'esprit de compétition.

Il se dirigea vers elle, à l'ombre des arbres qui bordaient le sentier et des buissons de roses.

Elle lui adressa un sourire arrogant et s'éventa avec la feuille.

— C'est l'une de mes plus belles qualités.

— Et pourtant, la liste est longue, fit-il en s'arrêtant près d'elle dans l'ombre.

Il n'était qu'à une longueur de bras. Elle pivota pour lui faire face, rejeta ses longs cheveux auburn par-dessus une épaule et leva les yeux au ciel.

— Henrietta n'est pas là pour t'entendre.

— Ça n'en est pas moins la vérité.

Et c'était vrai.

Sans se demander si c'était une bonne idée, il s'approcha si près que s'il y avait eu le moindre rayon de soleil entre les branches épaisses, il aurait dû se battre pour se frayer un chemin entre eux. Le désir de toucher ses cheveux soyeux le frappa avec tant de force qu'il dut enfoncer les mains dans ses poches pour se retenir.

Cette femme était incroyable – il n'avait pas besoin d'en avoir la confirmation, cependant il ne put s'empêcher de la mater du coin de l'œil. C'était une erreur, mais une erreur agréable. L'effet qu'elle lui faisait dans ce T-shirt rentré dans cette jupe tourbillonnante était phénoménal.

— Frankie Hartigan, constata-t-elle en secouant la tête tout en gloussant. Tu flirtes comme tu respires.

— J'adore flirter avec toi. C'est très plaisant.

— Ce n'est pas ce que disent la plupart des gens, répondit-elle en soupirant tout en s'adossant au tronc d'un arbre.

Une partie de son attitude joyeuse et impertinente perdit de son intensité.

Il pivota pour lui faire face, toujours sans la toucher, même s'il en mourait d'envie ; il fallait qu'il tire les choses au clair.

— Alors tu as passé trop de temps avec des cons.

— Je ne te contredirai pas, répondit-elle dans un souffle, les joues rosées.

— Moi excepté.

Il avait voulu la taquiner un peu, mais sa voix était trop rauque pour ça, parce qu'il rassemblait tout son sang-froid pour ne pas poser les mains sur ses hanches généreuses qui avaient la taille idéale pour ses immenses mains et l'embrasser jusqu'à ce qu'elle oublie les autres hommes et ne pense plus qu'à lui.

— Bien sûr, rétorqua-t-elle en le regardant à travers ses longs cils et en poussant un soupir tremblant. On devrait y aller.

— Pourquoi ?

C'était la dernière chose dont il avait envie. Lucy Kavanagh était une femme qui avait besoin d'être embrassée et plus encore – et il se sentait largement à la hauteur de cette tâche.

Il jouait avec le feu. Heureusement, il avait passé des années à éteindre des incendies sans se laisser brûler. Mais comme le baiser qu'il était à quelques millimètres de lui donner n'était que le début de tout ce qu'il voulait faire à Lucy Kavanagh, il sentait les flammes lui lécher les doigts.

Ils étaient près, mais pas assez. Quelque part dans sa tête il entendit la petite voix lui dire de ne pas écouter sa bite, seulement l'attirance qu'il ressentait était trop forte. Oui. Shannon et les autres femmes de Waterbury avaient raison et il n'avait plus la force de le nier. Il voulait juste craquer avec Lucy.

Apparemment prisonnière de l'instant comme lui, elle ne fit pas un geste pour s'éloigner de lui.

— Tu sais très bien pourquoi.

C'était exact, et il n'était qu'un gros con de penser ne serait-ce qu'un seul instant que ne plus baiser tout en passant une semaine avec Lucy Kavanagh était une bonne idée. Quel idiot d'avoir cru que cette semaine ne recèlerait aucune tentation. Cette femme était au contraire la tentation personnifiée, de sa bouche rouge à ses courbes saisissantes en passant par son sens de l'humour casse-couilles. Il était dans le pétrin – et il adorait ça.

Cependant… elle avait raison. Il ne pouvait se débarrasser du sentiment que s'il ne se ressaisissait pas avant que sa bite ne prenne le contrôle, ce serait un désastre. Ça n'en rendait pas les choses moins difficiles pour autant.

Mais il le fit, avec une lenteur douloureuse, millimètre par millimètre, il se retint de s'abandonner à l'attirance électrique qui planait entre eux. Le parfum de Lucy s'évanouit, de même que la chaleur de son corps et le sentiment tangible d'anticipation qui le frappait toujours quand elle était dans les parages. Il détestait ça.

Il était foutu – et pas dans le bon sens du terme.

— On devrait rapporter les objets de la chasse au trésor, dit-il au lieu de la supplier de le suivre dans un endroit isolé du chemin où il pourrait s'agenouiller pour explorer tout ce que sa jupe dissimulait.

Lucy – la femme qui avait un avis sur absolument tout – se contenta de hocher la tête.

Ils se dévisagèrent pendant un instant lourd de promesses, puis elle le contourna et reprit la direction du lycée. Ce dernier n'était pas bien loin et Constance en sortait quand ils y pénétrèrent.

— Déjà de retour ? s'exclama-t-elle en pressant une main sur sa poitrine dans un geste de faux apitoiement.

Cette femme était ahurissante.

— Je comprends parfaitement. C'était super dur cette année. Il nous a fallu un temps fou à Bryce et moi pour tout trouver, et pendant un instant, on a cru qu'on devrait abandonner et terminer le lendemain mais, bien sûr, ça ne s'est pas produit. On vient juste de tout rendre. On était les premiers.

— Voilà qui nous place deuxièmes, alors, déclara Frankie. Du moins pour cette épreuve.

Un silence s'installa et il aurait pu jurer avoir entendu Lucy s'exclamer dans sa tête « oh ! oui, putain » tant elle le pensait très fort. Il brandit le sac contenant tous les objets qu'ils avaient ramassés.

Constance émit un petit « ah » qui semblait presque respectueux.

— Félicitations.

Puis elle s'éloigna en ondulant vers une BMW bleue.

— Merci, répondit Lucy en la regardant démarrer et en se demandant si elle l'avait méjugée. J'étais sur le point de faire tout ce que j'interdis à mes clients.

Frankie éclata de rire.

— Pas grave. Allons réclamer notre deuxième place. Ensuite, je te propose d'aller réfléchir à ce qu'on va faire subir à cette vieille harpie en mangeant des cheeseburgers. Je suis affamé.

— Uniquement si je peux prendre une douche d'abord.

Il l'imagina aussitôt nue, ses tétons roses luisants de savon. Combien de fois avait-il fantasmé sur des variantes de cette situation depuis qu'il avait eu un aperçu de ses fabuleux nichons qui s'étaient fait la malle de son débardeur au Bed and Breakfast ?

Tout le temps. Il ne fallait pas qu'il y pense – surtout quand il ne pouvait rien faire pour y remédier –, cependant il était incapable de contrôler ses pensées.

— Bien sûr.

Il ne savait pas trop ce qu'il acceptait, mais il avait senti qu'il devait dire quelque chose avant qu'elle comprenne qu'il avait basculé dans la zone de fantasmes.

— Super, se réjouit-elle en lui prenant le sac de la chasse au trésor des mains – l'effleurement de ses ongles provoquant une décharge électrique qui voyagea directement jusqu'à son sexe. Je vais rendre ça et ensuite, ce sera bulles et burgers.

Elle tourna les talons et pénétra dans le gymnase sans attendre sa réponse. Heureusement, parce qu'il n'était pas sûr d'avoir assez de sang dans le cerveau pour former des mots. C'était une situation qui commençait à devenir normale avec elle.

Cette semaine allait peut-être le tuer, mais il ne pouvait imaginer plus belle façon de mourir.

Chapitre 10

Charbroiled était une institution à Antioch. On y servait des cheeseburgers épais et juteux sur des petits pains aux graines de sésame toastés badigeonnés d'une sauce acidulée dont seules trois personnes connaissaient la recette – et elles refusaient de la divulguer. Sans parler des milkshakes préparés avec de la glace maison et recouverts de crème fouettée si duveteuse et légère qu'on avait l'impression de manger un nuage. Inutile de dire que tout le monde – Lucy y comprise – était fan.

— Qui un tant soit peu doué de raison ne le serait pas ? demanda Frankie en venant à bout du dernier morceau de son burger. C'était fabuleux.

Pour accompagner ses paroles, il émit un petit bruit qui poussa Lucy à boire une gorgée de son soda citron vert-cerise à moitié plein : la température avait soudain augmenté de plusieurs degrés dans le restaurant.

— Je veux savoir ce qu'on va faire ensuite.

Frankie lui adressa un grand sourire et elle avala le reste de sa boisson acidulée dans un geste désespéré d'autopréservation pour se calmer, parce que après avoir passé la journée avec lui – et l'avoir maté pendant qu'il brandissait la mangeoire à oiseaux dans le parc pendant une éternité – elle avait sérieusement besoin qu'on lui rappelle qu'il était hors limites. *Pas intéressé. Hors de portée.*

Heureusement pour elle, les preuves étaient légion. Primo, c'était un coureur de première, un type de fréquentation qui ne menait à rien d'autre qu'à des chagrins d'amour et au désastre. Deuzio, il avait déclaré qu'il était en période d'abstinence et le pousser à faire une chose à laquelle il résistait vaillamment – l'acte en lui-même, pas elle – n'était vraiment pas cool. Tertio, même s'il n'avait pas été en période d'abstinence temporaire, il mesurait un mètre quatre-vingt-dix-huit, était sexy en diable, beau comme un dieu, c'était un pompier roux avec des mains puissantes à la taille idéale, et elle ne pouvait s'empêcher de se demander si tout était proportionné chez lui. Oh ! et, quarto, elle ne lui plaisait pas du tout.

— Oh ! c'est là que ça devient croustillant, poursuivit-il sans se rendre compte que les pensées de Lucy avaient pris un tout autre tour.

Avant qu'ils soient servis, il avait commencé à lui raconter sa prise de bec avec un connard prétentieux qui avait garé sa Jaguar devant une bouche à incendie. Frankie et son équipe avaient été obligés de briser les deux vitres avant pour pouvoir faire passer le tuyau dans la voiture et éteindre le brasier qui sévissait dans l'entrepôt. Le propriétaire de la bagnole avait été furieux et il avait porté plainte. Lorsque leurs plats étaient arrivés, toute conversation avait cessé et ils n'avaient plus émis que des petits grognements approbateurs.

— Il est sorti comme un fou du club de strip-tease, recouvert de tant de paillettes qu'on aurait dit qu'il brillait, et il a commencé à hurler sur le bleu, comme si le gamin était responsable de quoi que ce soit.

— Et tu lui as expliqué qu'il faisait une erreur de jugement.

Parce que – devina-t-elle – c'était exactement ce que Frankie avait fait. Comme avec elle et l'abruti qui lui avait expliqué qu'elle aurait dû commander une salade, il était intervenu tel un chevalier sur son destrier blanc.

— Je lui ai dit que je serais ravi de faire part de ses plaintes au capitaine.

Le détecteur à mensonges de Lucy surchauffa.

— Dans ces termes ?

— Certainement pas.

Il lui adressa un sourire satisfait. Elle secoua la tête. Cet homme serait un client cauchemardesque. Sur l'échelle des chieurs, il en remontrerait même à Zach Blackburn.

— C'est comme ça que tu as fini en vacances forcées ?

— C'est ce que j'ai cru quand j'ai été convoqué par le capitaine, mais en fait non, c'était juste un ordre des RH parce que j'avais accumulé trop de jour de congé, expliqua-t-il avant de plonger une frite ondulée dans la flaque de ketchup posée dans son assiette et de l'enfourner. C'est juste une règle débile.

Pour quelqu'un comme lui, oui. Quel meilleur job pour un type affublé du complexe du sauveur qu'être pompier et entrer en courant dans des immeubles en flammes pour sauver des gens ou tirer d'affaire des chats coincés dans des arbres ? En dehors de son boulot, sa famille et quelques amis proches, il ne semblait pas avoir beaucoup de hobbies – à l'exception de celui qu'il avait décidé d'éviter pour un temps.

C'était un accro au travail avec un complexe du sauveur.

Qui était la chatte en train de prendre des risques cette fois-ci ? Cette découverte – accompagnée de la remarque de son père un peu plus tôt lui disant d'être ouverte à l'idée qu'elle pouvait peut-être, possiblement (à l'occasion), se tromper sur les gens – la piqua.

— Et tu t'es dit que la meilleure manière d'occuper tes vacances, c'était de passer une semaine à Antioch, dans le Missouri, avec ton rencard hors d'état de nuire ?

Il haussa un sourcil.

— Comment ça « hors d'état de nuire » ?

— Celui qui ne te fera pas rompre ton vœu de chasteté.

Bon, c'était sorti un peu plus rudement que ce qu'elle pensait, mais elle était blessée. Personne ne voulait être le rencard de secours, surtout pas la femme à qui certains hommes ordonnaient de manger une salade sans sauce, sans fromage et sans rien qui ait l'air d'avoir touché même de loin de la graisse non saturée à un moment de son existence.

Il se raidit et lui lança un regard agacé.

— C'était le plan initial mais il n'a pas fonctionné comme prévu.

Elle se redressa sur sa chaise et lui adressa la mine glaciale qui paralysait ses pires clients.

— Écoute, je sais que je ne te plais pas et ça m'est égal. Je ne suis pas à la pêche aux compliments. Je sais bien que je n'excite pas beaucoup de mecs.

— Tu es la femme la plus frustrante…

Il grogna et la dévisagea longuement, comme s'il luttait contre quelque chose. Il finit par hocher la tête, l'air d'avoir pris une décision.

— Tant mieux, parce que je ne distribue pas de compliments, poursuivit-il d'une voix si rauque que tous les sens de Lucy se mirent aussitôt en alerte. Considère ceci comme la liste de mes doléances.

Il se mit à compter sur ses doigts en énumérant ses récriminations.

— Tu m'empêches de profiter d'une bonne nuit de sommeil parce que, chaque fois que je ferme les yeux, je vois ton cul et je me demande comment il bougera quand je te prendrai jusqu'aux couilles.

Les joues de Lucy s'enflammèrent. Ce n'était pas ce à quoi elle s'attendait. Du tout.

— Quand j'ai failli quitter la route, dans l'Illinois ? continua-t-il en levant l'index. C'était parce que j'étais en train de me demander quel bruit tu ferais si je te mordillais le téton avant de le sucer si fort que tu en demanderais davantage.

Sa culotte s'enflamma à son tour. Appelez les pompiers. Oh ! attendez, un homme avec un gros tuyau était justement assis de l'autre côté de la table.

Ses paroles étaient tellement inattendues qu'elle avait du mal à respirer. Elle ignorait si le besoin urgent qu'elle avait de s'étendre était dû à la gêne ou au fait qu'elle l'imaginait en train de lui faire tout ça. Ça se jouait entre les deux.

Il la dévisagea avec une expression qu'elle ne lui avait jamais vue auparavant. Oh ! elle l'avait vu flirter. Mais là, c'était autre chose. Plus excitant. Plus intense. L'air autour d'eux étincela et crépita.

Il leva un troisième doigt.

— J'ai eu plus d'érections inopportunes et imprévisibles ces cinq derniers jours qu'un homme adulte ne veut bien l'admettre. Et quand je me suis réveillé dans le Bed and Breakfast et que je t'ai vue dormir dans le lit avec ton débardeur qui n'espérait même pas en rêve contenir tes seins ? C'est là que j'ai commencé à revoir ma définition du cul, parce que, quand je me branle, je ne peux penser à rien d'autre qu'au goût délicieux que tu dois forcément avoir. Je n'ai envie que d'une chose : découvrir que mon imagination est limitée et que tu as meilleur goût quand tu jouis que n'importe quoi au monde. Et je ne peux rien y faire, putain.

Ces réactions s'expliquaient certainement parce qu'ils étaient ensemble vingt-quatre heures sur vingt-quatre. Et loin de la réalité. C'était pour cette raison qu'il ne pouvait rien y faire. De plus, il admettait volontiers lui-même qu'il était coureur et elle était la seule femme célibataire qu'il avait croisée de la semaine.

Cependant… il faisait très chaud.

Voire torride. Son corps tout entier fourmillait, en mode « oh là là, oui ». Uniquement à cause de ce qu'il venait de dire. Était-ce possible ? Elle ne l'aurait pas cru jusqu'à présent.

C'était tellement déconcertant qu'elle lui posa une question sans réfléchir.

— Tu as vu mes seins ?

Il haussa un sourcil.

— Après tout ce que je viens de te dire, ce que tu as retenu c'est que j'ai vu tes fabuleux nichons ?

— Oui, répondit-elle tout en faisant non de la tête.

Il fourra sa main dans ses cheveux.

— Heureusement que je ne t'ai pas déballé tout le reste.

Elle déglutit, le cœur battant si vite qu'il n'était plus loin de la vitesse de la lumière.

— Il y en a encore ?

C'était comme ça qu'il draguait ? Elle résista à l'envie de s'éventer et de tirer sur son col comme une héroïne de dessin animé. Pas étonnant que les femmes de Waterbury lui tombent toutes dans les bras. L'homme massacrait tout discernement.

— Tu veux entendre la suite ? demanda-t-il d'une voix grave et rauque comme s'il essayait de ne pas avoir l'air sexy, mais sans y parvenir.

C'est évidemment à ce moment que la serveuse s'arrêta devant leur table pour leur demander si elle pouvait leur apporter autre chose et – à en juger par le fait qu'elle tournait le dos à Lucy – par « leur », elle voulait dire « Frankie » et par « autre chose », « une pipe ».

Le fait que l'attitude de la serveuse rejetait l'idée même que Lucy puisse sortir avec un homme comme Frankie agit comme un pic à glace trempé dans la réalité qui transperça sa montgolfière pleine d'anticipation et de frustration sexuelle. C'était ça la réalité.

— Juste l'addition, dit Lucy au dos de la serveuse.

Cette dernière lui lança un coup d'œil par-dessus son épaule avec une expression stupéfaite, comme si elle avait sincèrement oublié son existence. Ce n'était pas la première fois que Lucy suscitait ce genre de réaction. Être grosse dessinait une cible sur son dos tout en l'affublant d'une cape d'invisibilité.

— Ne crois pas que tu vas payer, déclara Frankie en ignorant la serveuse. Je t'ai invitée à dîner, c'est pour moi.

Hors de question. C'était un pas de plus vers la pitié qu'elle ne voulait à aucun prix, et elle était trop troublée par l'emportement de Frankie pour accepter.

— Tu sais pourquoi ça n'arrivera pas.

— Il y a des tas de choses qui n'arriveront pas.

Double aïe. Elle avait bien conscience qu'avec lui, il s'agissait juste d'une attirance par proximité, cependant la rapidité de sa réaction la fit quand même grimacer.

— Et la première d'entre elles, c'est que tu paies le restau.

La serveuse poussa un soupir exaspéré et plaqua l'addition sur la table.

— Quand vous vous serez décidés, vous irez payer au comptoir.

— J'ai l'impression que tu l'as énervée, constata Lucy.

Son cerveau était trop grillé et son corps trop excité par l'homme en face d'elle pour trouver une remarque spirituelle.

Elle avait en permanence le ventre noué en présence de Frankie, ce qui était absurde. Elle savait qu'ils ne sortiraient jamais ensemble. Elle prit une profonde inspiration et parcourut mentalement sa liste. Un, elle n'était pas son genre. Deux, il n'était pas le sien. Trois, il avait fait vœu de chasteté. Quatre, il flirtait avec elle parce qu'il ne pouvait pas s'en empêcher mais ça ne signifiait rien. Cinq, ils finiraient par rentrer chez eux, et devenir un nom de plus dans la longue liste des conquêtes de Frankie Hartigan ne l'emballait pas du tout.

Enfin, si, mais uniquement dans ses rêves, pas du tout dans la réalité. Qu'il passe cette semaine avec elle par pitié, c'était une chose, mais qu'il couche avec elle par charité, c'était absolument hors de question.

Sur les nerfs et agacée par elle-même, elle s'empara de l'addition avant lui et gagna le comptoir d'un pas vif. Poule mouillée ? Elle ? Mais oui.

Frankie ne lui reprocha pas d'avoir fui le restaurant. Il changea de sujet et la fit rire sur le trajet jusque chez son père. Son cœur battait plus vite quand il l'effleurait ou lui lançait un drôle de regard. Ils venaient à peine de franchir la porte – Frankie dut s'écarter pour éviter un missile balistique aussi connu sous le nom de Gussie, qui semblait être aussi obsédé par ce que Frankie dissimulait sous sa braguette qu'elle – lorsqu'elle aperçut le petit mot. Trois phrases griffonnées sur un post-it jaune collé sur le miroir près du portemanteau.

Muffin,

Je vais boire un verre avec Alvarez après ma thérapie de groupe. Ne m'attends pas. Sois sage.

Papa.

« Sois sage » ? Comme si elle avait besoin qu'on lui dise ça. Elle était adulte. Son regard se porta vers Frankie, qui tenait Gussie à bout de bras, un peu comme une personne qui n'aime pas les enfants porte un gamin dont la couche pue. Son rythme cardiaque s'accéléra. *Merde.* Elle avait peut-être besoin qu'on la rappelle à l'ordre finalement, si le simple fait de voir Frankie prendre un bain de langue de Gussie tandis que le bouledogue français gémissait de frustration l'excitait à ce point.

— Qu'est-ce qu'on va bien pouvoir faire ? demanda Frankie en posant Gussie à terre.

Ce dernier se mit aussitôt à courir en cercles autour de lui, surexcité.

Elle avait des idées. Des *tas* d'idées. Mais elle ne pouvait en exécuter aucune.

— Tu veux regarder un film ? demanda-t-il.

— D'accord.

Elle pouvait sans problème s'asseoir à côté de Frankie Hartigan dans le noir et faire semblant de s'intéresser à une intrigue au lieu de rêvasser à la sexytude de sa barbe de trois jours et de fantasmer sur ses doigts épais : chaque fois qu'elle les imaginait se poser sur elle, elle était obligée de presser les cuisses l'une contre l'autre pour soulager un peu le désir qui ne faisait que croître depuis qu'ils avaient quitté Waterbury.

Elle était adulte, bon sang.

Bien sûr qu'elle pouvait faire ça.

Vraiment.

Peut-être.

OK, ça allait être l'enfer.

Au bout de dix minutes de film, Frankie se rendit compte qu'il était le plus gros crétin que la Terre ait jamais porté.

Ils s'étaient assis sur le canapé, Gussie s'était installé dans son panier de l'autre côté de la pièce, il avait choisi le premier film sur Netflix qui n'avait pas l'air complètement nase et il avait éteint la lumière pour que ce soit comme au ciné – et c'est là que tout avait dérapé.

Le choix du film n'aidait pas. C'était censé être une comédie. Ce qu'il ne savait pas, c'est que c'était une comédie avec du cul dedans, qui racontait l'histoire de deux amis qui décidaient de coucher ensemble. En regardant, assis dans le noir, deux personnes discuter de l'éventualité de baiser ou pas sans compliquer les choses entre eux, il ne put s'empêcher d'imaginer la même conversation avec Lucy.

Dans son esprit, ça se terminait toujours pareil – ils finissaient nus – mais le « où » et le « quoi » changeaient constamment. Parfois, elle était à quatre pattes sur le canapé, le cul tendu vers lui. D'autres fois, il était assis sur le sofa, ses mains cramponnées à ses hanches et elle le chevauchait. D'autres fois encore, elle était allongée sur le dos, les jambes sur son torse et les chevilles sur ses épaules tandis qu'il pénétrait sa chatte humide et chaude le plus profondément possible.

Putain.

Il avait complètement perdu la tête.

Laisse ta queue tranquille, Hartigan. Tu fais une pause !

À l'autre bout de la causeuse, Lucy laissa échapper un ricanement incrédule.

— Ça ne marche jamais.

Il fallut une seconde à Frankie pour comprendre qu'elle parlait de l'action qui se déroulait sur l'écran et non dans sa tête.

— Comment ça ?

Elle tourna le visage vers lui.

— Le sexe change toujours tout.

— C'est faux. J'ai eu plein de plans cul et ça n'a jamais rien changé.

Ce n'était *pas* le fait de baiser qui modifiait sa relation avec les femmes.

Certes, elles restaient amicales avec lui, mais une fois rhabillées, elles le traitaient différemment, comme s'il avait rempli son office.

La lueur de l'écran du téléviseur avait beau être la seule source lumineuse de la pièce, il déchiffrait sans effort l'expression « ne me prends pas pour une conne » de Lucy.

— Et c'est pour ça que tu as atterri dans la zone sans orgasmes, déclara-t-elle.

Bon, d'accord, il essayait de résoudre ses problèmes, il n'en était pas à se punir avec un destin pire que se retrouver privé de terrain et coincé dans un bureau à la caserne de Waterbury.

— Je ne suis pas privé d'orgasmes.

Elle gloussa.

— Tant que c'est…

Elle s'éclaircit la voix et lui adressa un regard moqueur.

— Avec les mains, pas vrai ?

— Très drôle.

Il se rapprocha un peu d'elle et posa le bras sur le dossier du canapé : ses doigts effleuraient presque la courbe de son épaule. Il n'aurait pas dû faire ça. Il aurait dû rester où il était, mais il était débile. Un débile très excité obligé de se tortiller légèrement pour être certain de ne pas dévoiler cette information.

— Il y a des tas d'activités avant de passer de « se tenir par la main » à « baiser ».

— Je suppose que ça dépend de ta définition du sexe.

— C'est la bite dans la chatte.

Pas vraiment, mais il aimait voir l'excitation animer le visage de Lucy. Ses joues devenaient écarlates et une étincelle sauvage brillait dans ses yeux. Et en plus, elle prenait toujours une profonde inspiration, ce qui soulevait ses énormes seins et lui offrait une vue spectaculaire sur son décolleté.

Elle leva les yeux au ciel.

— Peut-on trouver définition plus masculine du cul que ça ?

Pas de profonde inspiration. Zut. Il fallait qu'il y mette davantage du sien.

— D'accord, rétorqua-t-il en se penchant vers elle. Le sexe, c'est la pénétration d'un vagin ou d'un anus par un pénis.

Il y eut un silence – même les acteurs sur l'écran cessèrent de brailler pour savoir si c'était une bonne idée de coucher avec un pote – et Lucy prit une profonde inspiration. Ses seins tendirent le coton de son T-shirt.

But !

— C'est totalement faux, répondit-elle en le regardant comme s'il était le dernier pompier à monter sur le camion. La bite d'un homme, c'est sympa, mais pas du tout nécessaire.

Était-il un connard immature parce qu'il soutenait une idée aussi bête juste pour avoir un aperçu de ses nichons ? Oui. Mais il avait les épaules assez larges pour le supporter. Ce qui craignait, en revanche, c'était de défendre cette position débile juste pour qu'elle ne le perce pas à jour.

Elle haussa un sourcil et lui lança son regard qui signifiait clairement « mais qu'est-ce que tu peux être con ».

— La masturbation ne compte pas, alors ?

— Non.

Et voilà que l'image de ses doigts enroulés sur sa queue l'obligeait à se rajuster le plus discrètement possible, parce que c'était bien beau de parler de cul, mais ils n'allaient pas finir à poil. C'était déprimant.

— Et le sexe oral ? demanda-t-elle en bougeant un peu, ce qui fit remonter sa jupe de quelques centimètres sur la chair crémeuse de ses cuisses.

L'endroit où elles se pressaient l'une contre l'autre attira son regard, hypnotisé.

Il dut rassembler tout son sang-froid pour ne pas fermer les yeux et s'imaginer en train de plonger entre ses jambes.

— Non plus.

Elle pencha la tête sur le côté et le considéra. Il n'allait pas aimer ce qui allait sortir de sa bouche. Correction. Il allait aimer ça. Beaucoup. Et il ne devrait pas. Pas du tout.

— Et faire coulisser ta queue de haut en bas contre une fente humide, poursuivit-elle en s'approchant encore davantage de lui. C'est du cul, vu qu'il n'y a pas de pénétration ?

Son épaule nue effleura le bout de ses doigts et envoya une décharge électrique directement dans ses couilles.

Putain de bordel de merde.

Il allait mourir – ici et maintenant – avec une goutte de liquide préséminal au bout de son érection.

— Non, répondit-il d'un ton rauque et désespéré qui reflétait exactement ce qu'il ressentait.

Voilà. Il allait mourir et se retrouver directement en enfer pour avoir égrené toute cette série de mensonges idiots. Certains pourraient penser qu'il se retrouverait en enfer à cause de toutes les cochonneries qu'il avait envie de faire à et avec Lucy, mais il avait le sentiment que Dieu lui pardonnerait. Frankie était juste humain, après tout, et Lucy aurait tenté un saint, ce qu'il n'était définitivement pas. Il n'était qu'un con qui avait décidé de faire vœu d'abstinence pour se prouver quelque chose – impossible de se rappeler quoi – et agir de manière intelligente.

— Mais alors – elle s'interrompit assez longtemps pour mordiller sa pulpeuse lèvre inférieure – que font toutes les lesbiennes du monde sans bite ?

Ses mensonges l'enverraient droit en enfer, pas de doute.

— Du sexe oral.

— Oh là là, dit-elle avec un rire stupéfait en pressant une main sur le torse de Frankie.

Il ne bougea pas et elle n'ôta pas sa main.

— Pour un homme qui a vu plus de vagins que certains gynécos, ton ignorance est sidérante.

— Attention, tu pourrais égratigner mon ego.

Impossible, vu qu'il était en titane, mais sa braguette, elle, avait de gros problèmes.

— Ta définition du sexe est complètement débile.

— Pourquoi ?

Il était d'accord avec elle ; seulement, la façon dont le cerveau de Lucy fonctionnait l'excitait follement et il aimait ça presque autant que mater ses seins.

C'était nouveau pour lui. Il ne passait d'ordinaire pas autant de temps à *parler* avec les femmes qu'il fréquentait et leurs discussions avaient moins à voir avec leur définition du cul qu'avec leurs exigences au lit.

Et il était bien obligé d'avouer qu'il s'amusait bien, même si la fermeture de son pantalon s'imprimait sur sa bite.

Lucy laissa tomber la main sur sa cuisse et ils se regardèrent, assis face à face sur la causeuse dans le salon obscur de son père tandis que le film continuait, oublié sur l'écran du téléviseur. S'écarter d'elle était la dernière chose dont il avait envie mais il le fit quand même parce qu'il ne voulait pas qu'elle soit gênée si sa main entrait accidentellement en contact avec son sexe.

Lucy sembla réfléchir à une réponse. Tous les sens de Frankie étaient réglés sur elle. Sa façon de tripoter ses cheveux de sa main libre. D'humidifier sa lèvre inférieure avec la langue. Son souffle court et son pouls qui s'accélérait, visible à la manière dont la veine à la base de son cou pulsait chaque fois que son regard errait du visage de Frankie à sa main posée sur sa cuisse.

— Parce que toutes ces choses signifient que tu te rends vulnérable auprès d'un autre être humain et c'est ça, l'enjeu du sexe, déclara-t-elle d'une voix douce mais assurée. Les orgasmes, c'est chouette, mais ce qui rend le cul fabuleux, c'est le lien intime.

Elle ne l'avait pas perdu avec cet argument, mais il le trouvait démodé dans sa bouche.

— Ce n'est pas un stéréotype ? L'époque de « c'était mieux avant » a téléphoné et ils veulent que tu leur rendes leur slogan. Tu connais le dicton : les hommes utilisent l'amour pour obtenir du sexe et les femmes utilisent le sexe pour obtenir de l'amour.

Elle secoua la tête.

— N'essaie pas de détourner la conversation. Tu sais très bien que ce n'est pas ce que j'ai dit. L'amour et l'intimité, ce n'est pas la même chose, et le désir est encore autre chose. La façon dont on baise et dont on définit le cul n'a aucune importance. En revanche, le lien émotionnel qui se crée à chaque fois, c'est ce qui fait la différence entre bon et fabuleux – et ça inclut toute la panoplie de se tenir la main jusqu'aux orgasmes à foison en passant par le baiser.

Il avait beaucoup baisé dans sa vie, avec des tas de femmes différentes et de nombreuses façons différentes, mais ces conneries sur le lien émotionnel ? Il ne comprenait pas. Le sexe, c'était sympa. Et facile. Et bon. Tout le reste, ce n'étaient que des foutaises dont les publicitaires se servaient pour vendre des cartes de vœux et des bijoux hors de prix – même si dans la bouche de Lucy, ça avait presque du sens.

— Quand est-ce que tu as baisé pour la dernière fois ?

C'était une question discourtoise, il en avait conscience, mais dans cette conversation ? Ça lui semblait avisé de se renseigner. Bon, d'accord, il avait besoin de savoir parce que… Il ignorait pourquoi, mais c'était important.

— Si j'en crois ta définition, répondit-elle d'un ton moqueur comme si elle savait qu'il avait menti tout du long, six mois.

— Putain, fit-il sans réfléchir. C'est long.

Elle pinça la bouche et plissa les yeux.

— Merci de me le rappeler, ducon.

Merde. En général, il était plus diplomate avec les femmes. Lucy l'entraînait tellement loin de sa zone de confort qu'il avait l'impression d'être un joueur de hockey dans une équipe de base-ball.

— Ce n'est pas ce que je voulais dire.

Elle gloussa.

— Bien sûr que si. Et pour moi aussi, ça fait long.

— Qu'est-ce que tu fais, alors ?

Cette femme devrait vraiment baiser plus régulièrement. Elle était intelligente, drôle et sexy. Il pouvait peut-être l'aider à draguer.

— Je me masturbe, répondit-elle en haussant les épaules.

Ce n'était pas ce qu'il voulait dire et une autre image inoubliable était gravée au fer rouge dans son esprit.

— Mais ce n'est pas la même chose, poursuivit-elle en écartant la main de sa cuisse avec un petit soupir. Le sexe, les orgasmes, le cul, quel que soit le nom qu'on lui donne, peut être meilleur avec quelqu'un et totalement fabuleux quand on apprécie l'autre personne.

Elle ne le touchait plus et il détestait ça. De même qu'il détestait la triste résignation qu'il lisait dans ses yeux, comme si elle s'était faite à l'idée que les orgasmes avec les hommes étaient peu nombreux et espacés.

— J'apprécie les femmes avec qui j'ai couché.

C'était vrai. Il les aimait bien. Il n'était pas amoureux d'elles, mais il ne leur avait jamais fait croire que c'était le cas.

— Oui, répondit-elle en le regardant droit dans les yeux. Mais as-tu donné à une seule d'entre elles la possibilité de t'apprécier pour qui tu es vraiment ?

Comment était-il censé répondre à ça ? L'idée même de déballer tout ce qui allait de pair avec cette question lui tordait l'estomac. C'était pour cette raison qu'il aimait son job. C'était un homme d'action, pas quelqu'un qui restait assis sur son cul à réfléchir jusqu'à la fin des temps.

Il se leva, s'éloigna de Lucy et fit ce qu'il faisait toujours quand il arrivait sur les lieux d'un incendie. Il jaugea la situation dans son ensemble – et s'apprêta à agir.

Chapitre 11

Frankie se croyait malin mais Lucy n'était pas dupe. Il aimait peut-être prétendre être superficiel et démodé, sauf qu'il s'était trahi. Elle était certaine qu'il ne pensait pas vraiment ce qu'il disait quand il avait donné sa définition du sexe. Pourquoi ? Parce qu'elle passait sa vie entourée de narcissiques, de requins et d'ordures. Elle savait repérer une enflure à cent pas. Frankie n'en était pas une. Il aimait seulement l'énerver.

La vérité, c'était que Frankie Hartigan était un tendre – un mètre quatre-vint-dix-huit de douceur. Bon, peut-être pas *entièrement*. Même à la seule lueur du téléviseur, difficile de ne pas deviner ses traits durs alors qu'il se tenait sur le seuil.

Elle était sur le point de le lui dire – pas la partie concernant son physique impressionnant, mais celle concernant ses mensonges – lorsqu'il s'avança vers elle tel un homme ayant une mission à accomplir. Avec ses longues jambes, il fut près d'elle avant qu'elle ait le temps de comprendre ce qui se passait. Puis, à sa grande surprise, il se pencha, prit son visage entre ses mains et mit ses lèvres talentueuses au travail. Après ? Il ne se passa plus grand-chose au-dessus de ses sourcils : tout le reste de son anatomie avait pris les commandes du navire.

Elle ouvrit la bouche pour soupirer – bon, d'accord, gémir – et il introduisit la langue entre ses lèvres, envoyant des décharges électriques dans tout son corps. Ses tétons durcirent contre la dentelle de son soutien-gorge. Sa langue et sa bouche l'excitaient et la titillaient. Le vieux tube avait tort. Un baiser n'était pas juste un baiser – du moins, pas quand il s'agissait d'un baiser de Frankie Hartigan. C'était tellement intense que Lucy avait l'impression de se retrouver au centre d'un ouragan tandis que le monde tourbillonnait autour d'eux.

Elle ne s'inclina pas sur le canapé : elle fondit dans les coussins. Frankie, solide contre elle, la suivit. Dans cette position, elle était ancrée contre lui et dans l'instant présent, même si ce n'était pas réel, parce qu'il était impossible que ce genre de chose se produise, pas entre eux, pas dans la vraie vie. Mais ce n'était pas juste pour autant : elle ne pouvait pas laisser Frankie briser son vœu de chasteté, et elle ne voulait pas non plus coucher avec lui parce qu'elle était la seule qu'il avait sous la main.

Elle rompit le baiser avec un gémissement désespéré.

— Frankie, on ne peut pas.

— Tu ne veux pas ? demanda-t-il en reculant.

— Ce n'est pas ça, c'est…

Elle ne trouvait pas les mots, pas alors qu'il la regardait comme si elle était la seule femme au monde, la seule qu'il désirait. Elle le croyait presque.

— Tu essaies de me sauver de moi-même ?

Il se pressa contre elle et son corps musclé s'emboîta parfaitement contre le sien.

— Lucy, je suis déjà perdu, mais chaque fois que je suis avec toi, je me retrouve.

Ce n'étaient que des mots, de jolis mots, pourtant elle voulait les croire. Elle devrait être effrayée, mais au moment où la réalité commença à toquer à sa conscience, il glissa une main sur sa hanche et se frotta contre elle.

— Ne t'inquiète pas, c'est juste un baiser entre amis.

Si elle était parvenue à trouver les mots, elle aurait répondu au ton désespéré qu'il avait employé. Au lieu de ça, elle s'abandonna et se frotta contre lui dans un élan impatient pour soulager le désir brûlant qui avait pris naissance entre ses jambes. Ce n'était pas bien. Il avait fait vœu d'abstinence et elle essayait de transformer ce baiser enflammé en quelque chose qui les laisserait tous deux nus et repus. Mais ça ne se produirait pas : pas question de profiter de lui de cette façon.

Elle rejeta la tête en arrière, les yeux fermés, et tenta de reprendre son souffle.

— C'était...

Elle chercha ses mots mais son cerveau avait un besoin urgent d'être rebooté.

— Oui, répondit-il.

Le souffle court, ses capacités mentales branchées sur l'alimentation de secours, tellement excitée qu'elle avait peur de s'enflammer spontanément, elle ouvrit à demi les paupières et pria sans conviction pour avoir la force de s'éloigner de lui. Lorsqu'elle vit son visage dans cette position, assez près pour se noyer dans le désir qu'elle lisait dans ses yeux bleus, elle frissonna. Dans un effort pour détourner le regard pour ne pas lever la tête et l'embrasser de nouveau, elle baissa les yeux sur leurs corps.

Frankie était étendu sur le canapé, appuyé sur l'avant-bras gauche pour ne pas l'écraser. Sa main droite était posée sur la hanche de Lucy – et ouah. Ses mains étaient grandes et puissantes et elle voulait sentir toutes les fabuleuses choses qu'elles pouvaient lui faire. Elle se mordit la lèvre inférieure : la douleur l'aiderait à ne pas s'abandonner au sentiment extraordinaire que son étreinte lui procurait.

— Frankie, commença-t-elle, mais elle était trop excitée pour savoir comment poursuivre même si elle savait qu'elle devait absolument mettre un terme à cette situation.

Il effleura sa hanche du pouce en suivant le motif cachemire du tissu et la contempla.

— Arrête de penser.

— On ne devrait pas.

C'était injuste pour lui. Ce n'était pas bien. Il méritait mieux que ça. Mieux qu'une baise pratique.

— Tu répètes ça souvent pour une femme qui m'embrasse comme si elle avait envie de moi.

Envie de lui ? C'était une expression bien convenue pour décrire ce qu'elle ressentait – elle avait tellement envie de lui qu'elle aurait donné n'importe quoi pour un baiser ou une caresse.

— Oui, répondit-elle, le souffle court.

Était-ce mal de l'utiliser pour soulager l'envie folle qu'elle éprouvait s'il faisait de même avec elle ? Oui, répliqua la partie rationnelle de son cerveau.

— Mais je ne veux pas te pousser à faire quelque chose que tu n'as pas vraiment envie de faire.

— Tu ne penses pas que j'ai envie de te toucher ?

Il accentua son désir en baissant les hanches de manière à ce que son érection se frotte contre elle, ce qui fit remonter sa jupe.

— De t'embrasser ?

Il posa sa bouche sur son cou pour l'embrasser, puis ses lèvres tracèrent un chemin jusqu'à son oreille.

— De te faire jouir jusqu'à ce que ton corps crie grâce ?

Il s'immobilisa complètement.

— Tu peux l'imaginer, n'est-ce pas ? Jouir sur mon sexe pendant que le monde vole en éclats encore et encore ?

Elle hocha la tête, car sa capacité à articuler avait disparu. Encore. C'était à la fois trop et pas assez et elle était sur le point de prendre de mauvaises décisions – une excellente mauvaise décision.

— Tant mieux, parce que moi aussi, je l'ai imaginé. J'en ai eu envie. J'en ai toujours envie.

Il fit glisser ses doigts jusqu'à l'ourlet de sa robe avec une expression intense et affamée.

— Je te demande de bien vouloir rompre mon vœu d'abstinence avec moi.

Elle encadra son visage entre ses mains pour le regarder droit dans les yeux. Il ne pouvait pas se tromper.

— Tu es sûr ?

— Cesser de baiser jusqu'à ce que j'aie résolu mes problèmes était une idée aussi débile que la définition idiote du sexe que j'ai utilisée plus tôt pour t'énerver.

— J'avais très bien compris ton manège.

Elle ajouta « fauteur de troubles » à « super dragueur » dans la liste des caractéristiques de Frankie.

— Je n'ai pas pu m'en empêcher. Tu es super sexy quand tu es furax.

Il tripota l'ourlet de sa jupe et se pencha pour déposer sur ses lèvres un baiser aussi rapide que délicieux.

— En parlant de sexy, je meurs d'envie de glisser la main entre tes cuisses pour sentir ta chatte humide, parce que tu mouilles, pas vrai ?

— Oui, gémit-elle, c'était tellement vrai.

— Écarte les jambes.

Elle obéit sans réfléchir. C'était trop tard pour ça. Elle ne pouvait que ressentir et désirer. Demain, elle serait probablement mal à l'aise, une fois qu'elle aurait eu le temps de songer au fait que les paroles de Frankie étaient certainement le fruit d'un désespoir collectif refoulé et non d'un désir individuel pour elle seule. Mais ce soir, elle avait décidé de s'abandonner au désir qui l'avait envahie et d'être enfin soulagée.

— Putain, comme j'aime te sentir.

Il glissa la main sous sa jupe et caressa sa cuisse jusqu'à ce qu'il soit parvenu à la lisière de sa culotte.

Elle se cambra : elle voulait davantage que la caresse légère de sa paume et il laissa échapper un gémissement étranglé. Ça ne suffisait pas. Elle en voulait plus, elle voulait le sentir, lui. Mais il se contentait de lui caresser le clitoris du pouce par-dessus la dentelle de sa culotte. Elle ôta les mains du cou de Frankie pour se débarrasser de sa fichue culotte.

Il cessa de la caresser dès qu'elle eut glissé les mains sous sa jupe.

— Sois patiente.

— Je n'en ai pas envie.

Elle, se plaindre ? Dans cette situation ? Putain, oui. Elle était à un souffle de supplier.

— Qu'est-ce que tu veux ? demanda-t-il d'une voix aussi rauque que sa caresse était légère.

Tout. Maintenant.

— Jouir.

— Maintenant ? Dans la seconde ?

Il lui mordilla la lèvre inférieure et l'aspira avant de l'embrasser.

— Ou veux-tu aller lentement ?

Il caressa de nouveau son clitoris d'un doigt léger.

— Laisser monter le plaisir ?

Il accéléra le rythme sans appuyer. Elle était à l'agonie.

— Attiser les flammes jusqu'à ce que tu n'en puisses plus et que tu jouisses si fort que tu en perdes la vue.

Bon sang. Quand il formulait les choses ainsi, elle n'avait pas le choix. Surtout lorsque son expression était enflammée et qu'il peinait à conserver son sang-froid. On aurait presque dit qu'il la désirait vraiment, elle, et pas une autre femme. Ce fut à cet instant qu'elle décida que Frankie Hartigan méritait la réputation de meilleur coup de Waterbury et elle n'avait même pas encore vu sa bite. Mais, oh, ça n'allait pas tarder.

Elle ramena la main à elle pour la poser sur la joue de Frankie. Sa barbe courte lui picota la paume. Puis elle l'embrassa.

Elle fut envahie par un maesltröm de sensations, ses lèvres sur sa bouche, sa langue sur ses lèvres avant de plonger en elle. Il se remit à bouger le pouce avec une lenteur insoutenable autour de son clitoris en s'interrompant chaque fois qu'il s'en approchait. Ensuite, il embrassa la moindre parcelle de son décolleté. Il répéta encore et encore les mêmes gestes. Il la menait presque à la jouissance, si près qu'elle sentait les picotements monter le long de ses jambes, puis il la retenait. Le monde à l'extérieur du salon aurait pu exploser qu'elle ne s'en serait pas rendu compte.

Tout s'était réduit à eux deux – entièrement habillés – sur la causeuse, la main de Frankie sous sa jupe, son pouce sur sa culotte trempée tandis qu'elle sentait le plaisir monter, monter et…

Il s'arrêta.

— Tu étais tout près, pas vrai ?

— Tu me tues.

Elle avait envie de l'assassiner.

Son gloussement de mec content de lui picota la peau de Lucy tandis qu'ils étaient étendus sur le canapé, emboîtés l'un dans l'autre.

— Mais tu es tellement trempée maintenant. Tu as détrempé la dentelle et le coton. Tu as envie de jouir, hein ?

— S'il te plaît.

Oui, elle suppliait et elle s'en fichait.

Il recommença ses cercles délibérés qui faisaient frémir son corps tout entier.

— À quoi tu penses quand tu te masturbes ?

— Récemment ?

Elle se cambra pour essayer d'accentuer la pression de son doigt.

— À toi.

Il la récompensa en appuyant davantage sur son clitoris, pas assez pour qu'elle jouisse, mais suffisamment pour que son corps se réjouisse.

Il se déplaça vers le bas et baissa la tête pour embrasser la peau au bord de son débardeur avant de poursuivre avec le sein qui tendait le tissu fin. Lucy remercia silencieusement l'univers qu'elle ait enfilé après sa douche le seul soutien-gorge sexy qu'elle avait emporté. Il ne soutenait rien du tout et les bretelles lui rentraient dans les épaules mais il était en jolie dentelle sans doublure : la chaleur de la bouche de Frankie et la rudesse de ses dents traversaient le coton fin de son T-shirt et son soutien-gorge pour atteindre son téton sensible. Elle frissonna sous l'assaut. C'était une torture absolue et merveilleuse et elle en voulait davantage – Frankie dut le sentir, car cet homme diabolique cessa ce qu'il était en train de faire. L'humidité de la dentelle ne fit qu'accentuer l'absence de sa caresse.

Elle lui lança un regard noir auquel il répondit par un sourire étincelant.

— Et qu'est-ce que je te fais dans tes fantasmes ?

Trop d'images l'assaillirent en même temps. Impossible d'en choisir une.

— Tout.

— Soi plus précise.

Pour ponctuer sa requête, il souffla sur le téton qui se dressait sous son débardeur.

Il n'en fallait pas plus pour que l'un des nombreux fantasmes le concernant prenne le devant de la scène.

Elle ravala sa gêne d'avoir admis qu'elle fantasmait sur lui. S'il la faisait jouir, ça en valait la peine.

— Je te chevauche, les mains sur tes épaules. Les tiennes sont sur mes hanches, que tu tiens fermement, et je me cambre sur toi.

Elle l'imaginait parfaitement. Son torse musclé, les poils roux qui descendaient vers son sexe. Elle sentait ses doigts malaxer sa chair juste comme il fallait pour la presser de garder le rythme. La tension crût dans son corps en réponse à la présence de Frankie et au film qui se déroulait dans sa tête. Elle souleva les hanches. Il lui en fallait plus. Tout de suite.

Il reposa le pouce sur son clitoris et elle ferma les yeux. Elle y était presque, elle était sur le point d'exploser. Elle s'attendait tellement à ce qu'il arrête de la toucher vu qu'elle était au bord de l'orgasme, qu'elle s'abandonna à son fantasme et lâcha prise.

— Je veux voir ça, dit-il en introduisant deux doigts dans sa chatte.

Il les fit aller et venir tout en caressant son clitoris.

— Je veux voir tes nichons rebondir et sentir sa chatte humide sur ma bite.

— Oh ! Frankie, cria-t-elle, incapable de se retenir.

Ce fut comme un orgasme au ralenti ou une vague qui reflue avant de s'écraser sur le rivage avec deux fois plus de force. Son corps tout entier vibra jusqu'à ses orteils, puis l'orgasme remonta lentement, par ses chevilles d'abord, ensuite par ses mollets et ses genoux.

Quand il parvint à ses cuisses, elle se cramponnait à Frankie comme s'il était la seule chose l'empêchant de décoller telle une fusée. Elle décolla quand même sous l'effet de la vague de jouissance sur laquelle elle surfa sans fin.

Elle refusait de laisser la chaleur qui avait envahi ses joues amoindrir l'instant. Elle s'en préoccuperait dans une minute.

Sentir Lucy jouir sous ses doigts et contempler son expression béate était à la fois la meilleure et la pire des choses qu'il ait jamais vécue.

La meilleure parce que Lucy avait raison. Être avec quelqu'un quand on faisait plus que se masturber était différent – et mieux. Malheureusement, il ne pouvait pas observer et répondre comme il en avait l'habitude. C'était plus que prendre son pied – et il devait parvenir à la convaincre, ce qui signifiait qu'elle serait la seule à jouir ce soir.

— Ne va pas croire, dit-elle d'une voix rauque en tendant la main vers la braguette de son short, qu'on en a fini.

Ignorant à quel point il ne voulait surtout pas bouger, il le fit quand même. Ils allaient faire ça, et comme il fallait : hors de question de la sauter à la va-vite sur le canapé de son père comme s'ils étaient encore au lycée.

La confusion effaça les dernières traces de satisfaction sur le visage de Lucy quand elle le vit s'écarter. Il devina qu'elle était blessée, cependant elle le dissimula bien vite. Il sentit son cœur se serrer. *Merde.* Il était en train de tout foutre en l'air.

Elle se rassit, lissa sa jupe, pivota face au téléviseur et s'empara de la télécommande.

— J'ai eu tort, dit-elle d'un ton neutre. On en a fini.

Pour un homme qui savait toujours quoi dire à une femme, il ignorait comment exprimer ce qu'il pensait d'elle, d'*eux*. Il s'était précipité dans une maison en flammes sans plan et maintenant il sentait les flammes lui lécher le dos. C'était une erreur de débutant.

— Lucy, commença-t-il, mais elle l'arrêta net en brandissant la main.

— Ce n'était rien – un rien génial, mais rien quand même. Je comprends. Tu m'avais sous la main, et tout le bazar. On n'a pas besoin d'en parler. Ça n'a aucune importance.

Elle se trompait. C'était très important. Il fit un pas vers elle en espérant que lorsqu'il ouvrirait la bouche, les bons mots en sortiraient. Mais il n'en eut pas l'occasion.

Lucy se leva et éteignit la télé.

— En fait, je vais me coucher.

Elle s'éloigna dans la direction opposée.

— Bonne nuit, lança-t-elle par-dessus son épaule.

Putain de merde.

Tout s'était déroulé exactement comme il ne le voulait pas – sauf pour l'orgasme de Lucy, qui avait été phénoménal. Mais il avait tout fait foirer puissance mille après ça.

Néanmoins, il leur restait un jour complet le lendemain.

Il fallait juste qu'il arrive à la convaincre que ce qui s'était passé entre eux n'avait rien à voir avec le fait qu'elle était là. C'était beaucoup plus.

Chapitre 12

Le lendemain matin, lorsque Lucy descendit prendre son petit déjeuner, Frankie était parti courir. Gussie et son père l'attendaient et, à en juger par le fait qu'il ne restait plus qu'une tasse dans la cafetière, ça faisait un bail qu'ils étaient là.

Ça n'augurait rien de bon.

Qui avait dit qu'on ne pouvait jamais revenir chez ses parents ? C'était faux : on *pouvait* le faire, mais ça ne signifiait pas pour autant qu'on le *devait*. C'était un peu comme le jean trop petit que toutes les femmes gardaient dans leur placard et dont elles refusaient de se débarrasser – ce n'était pas parce qu'on pouvait le fermer qu'on ne regrettait pas de l'avoir enfilé. C'était peut-être pour cette raison que Lucy portait surtout des robes taille Empire comme celle d'aujourd'hui.

— Tu m'attendais ? demanda-t-elle en attrapant une tasse dans le placard pour y verser ce qu'il restait de café.

Son père replia le journal et le posa à côté de son assiette vide qui ne contenait plus qu'une goutte de sirop d'érable.

— Ça m'a semblé une bonne idée après ce qui s'est passé hier soir.

Jouer les idiotes était le dernier recours de ceux qui ne savaient pas quoi faire d'autre, ce qui était une bonne description d'elle avant sa première tasse de café, vu que son père n'achetait pas de Red Bull.

— De quoi tu parles ?

— Je suis rentré plus tôt que prévu et je suis monté tout de suite. Vous ne m'avez remarqué ni l'un ni l'autre. Il a l'air assez gentil.

Oh oui. On y était. Le conseil passif-agressif du Midwest présenté comme de l'aide alors qu'il s'agissait en réalité d'un invisible couteau à cran d'arrêt enfoncé dans les reins.

Son mug à la main, Lucy s'assit en face de son père et se prépara à encaisser ce qui allait suivre.

— Mais, poursuivit-il, je ne pense pas qu'il veuille que vous soyez juste amis, alors si c'est tout ce que tu veux, tu devrais probablement le lui dire.

Ce n'était pas ce à quoi elle s'attendait – surtout après ce qui était arrivé la veille, où il s'agissait de relâcher un peu de tension sexuelle, rien de plus. Pas avec lui. Pas quand il s'agissait d'elle. Mais elle était tellement désarçonnée par la sincérité de son père qu'elle se contenta de le regarder en cillant tandis qu'il buvait son café.

Il posa sa tasse et poussa un profond soupir.

— Ce n'est pas sympa de mener quelqu'un en bateau.

Son père parlait d'expérience. Après leur divorce, sa mère avait épousé un magnat grec, oui, un vrai de vrai. Après ça, aucun d'eux ne l'avait plus beaucoup vue – sauf quand le beau-père de Lucy prenait une nouvelle maîtresse. Ces femmes ne restaient jamais bien longtemps dans le paysage, mais tant qu'elles étaient là, sa mère revenait toujours à Antioch pour rendre visite à son bébé chéri et voir ses chers amis, prétendait-elle. En réalité, elle venait chercher la réassurance que seul le père de Lucy pouvait lui fournir.

Elle lui avouait d'un ton confidentiel à quel point sa vie était horrible tout en pressant la main – qui ployait sous le poids des diamants – sur la cuisse de son ex-mari. Lucy les avait surpris dans cette position une fois, deux fois, trop pour les compter toutes. Et chaque fois, son père croyait que c'était différent.

Or, ça ne l'avait jamais été. Sa mère repartait toujours.

Son père avait aimé sa femme. Un soir, il avait raconté à Lucy qu'il était tombé amoureux d'elle dès l'instant où il avait posé les yeux sur elle et qu'il l'avait aimée jusqu'à ce que l'avocat du magnat sonne chez eux pour leur apprendre qu'elle était morte. Elle s'était noyée après être tombée du yacht de son nouveau mari.

Lucy avait seize ans et elle n'avait pas pleuré, même à l'enterrement. Pourquoi pleurer ? Les larmes ne rempliraient jamais le gouffre de l'abandon.

— Je sais que tu agiras comme il faut, Muffin.

Mener quelqu'un en bateau était la dernière chose dont elle avait envie, même si elle avait eu le physique de mannequin lingerie de sa mère et pas l'aspect de la pâtisserie ultra-calorique préférée de son père.

Elle chassa l'émotion qui s'était logée dans sa gorge et retrouva enfin sa voix.

— Frankie n'est qu'un ami.

— Est-ce qu'il le sait ? demanda son père alors que Lucy se penchait pour gratter Gussie derrière les oreilles.

— Tu l'as vu ?

Qu'est-ce que son père mettait dans son café ces derniers temps ?

— On ne joue pas vraiment dans la même catégorie.

Il pencha la tête.

— Pourquoi ?

— Papa, je t'aime mais je ne veux pas avoir cette conversation.

Ils en avaient discuté à de trop nombreuses reprises. Elle

rentrait en pleurant après une journée passée à encaisser tout ce qu'on lui faisait subir – les moqueries, les canulars cruels, la méchanceté générale dont elle était la cible facile. Son père la consolait en lui promettant que ça finirait par s'arranger. Ça s'était arrangé, mais uniquement parce qu'elle avait compris que la meilleure défense était une bonne attaque.

Elle n'était pas effrontée, grande gueule et casse-couilles depuis toujours. Elle l'était devenue pour survivre.

Elle avait dû garder le silence trop longtemps car son père se leva et contourna la table.

— Tu sais que je t'aime.

— Je sais, papa. Je t'aime, aussi.

Zut, voilà qu'elle avait de nouveau la gorge serrée, cette fois-ci accompagnée de la désagréable menace de larmes inopportunes. Elle cligna des yeux pour les refouler, se leva et prit son père dans ses bras comme elle le faisait quand elle allait mal – les jours où ses camarades de collège lui demandaient si elle avait mangé sa mère et si c'était pour ça que cette dernière avait disparu.

— Tu crois qu'elle avait fini par comprendre ce qu'elle ratait ?

Son père la serra contre lui puis recula d'un pas et lui leva le menton pour l'obliger à le regarder dans les yeux.

— Dans le cas contraire, c'était une idiote.

En vingt ans, c'était le mot le plus proche d'un juron qu'elle l'entendait dire contre sa mère. Le menton de Lucy commençait tout juste à trembler lorsque Gussie péta un plomb et se mit à détaler dans la cuisine comme une balle de .44. Son père et elle eurent tout juste le temps de se tourner pour voir le chien se jeter sur Frankie, qui se protégea en attrapant le bouledogue au vol et en le tenant à bout de bras.

— Je vous dérange ? demanda-t-il tandis que le chien se débattait.

Le chien était une distraction, mais pas suffisante pour que Lucy ne puisse pas profiter de la vision qu'offrait Frankie. Debout sur le seuil, il portait un short de course qui tombait bas sur ses hanches et un T-shirt trempé de sueur qui laissait deviner ses tablettes de chocolat.

— Non, répondit son père. C'était juste un petit câlin père-fille.

Frankie s'accroupit pour lâcher le chien et il se releva aussitôt pour l'empêcher de lui lécher le visage.

— Je vais prendre une douche et ensuite, je serai prêt à foutre une raclée à Constance.

Comme ce serait cool. Lucy n'était pas au-dessus d'une petite vengeance sous la forme de jeux de pique-nique débiles.

— C'est un bon plan, commenta-t-elle.

Il ouvrit la bouche comme pour dire autre chose mais il changea manifestement d'avis, parce que au lieu de parler, il lui lança un regard qu'elle sentit jusque dans ses orteils. Puis il pivota et s'éloigna dans le couloir.

Elle n'aurait pas dû se pencher un peu sur le côté pour le regarder s'éloigner. Elle n'aurait pas dû… mais elle le fit quand même.

— Juste amis, hein ? demanda son père en gloussant.

Elle gagna rapidement la table où son café, qui contenait presque autant de sucre qu'une canette de Red Bull, l'attendait.

— Oui, papa. Juste amis.

Le genre à se donner des orgasmes fabuleux et à traverser le pays pour agir comme un faux fiancé à la réunion des anciens élèves du lycée. Qu'est-ce qui pouvait mal tourner, franchement ?

Tout partit en vrille au moment où Frankie ramassa un sac à patates dans la pile aux pieds de Constance.

— C'est une blague ? dit-il en le brandissant devant sa poitrine. Je peux à peine y glisser une jambe. Comment Lucy et moi pourrions-nous y glisser une jambe chacun ?

Constance émit un petit « tss-tss ».

— On ne peut pas avoir de tailles différentes pour les différentes équipes. Ce serait du favoritisme et on aime que les choses soient justes. C'est la taille qui convient à la majorité, donc c'est celle qu'on a choisie.

La majorité des gens petits et maigres. Le sac couvrait à peine son genou.

— Vous savez, il y a deux mots pour qualifier les gens dans votre genre, Constance.

Elle se raidit et croisa les bras.

— Lesquels ?

Il se pencha suffisamment pour que son parfum écœurant menace de le priver d'oxygène.

— Deuxième place.

Puis il pivota et se dirigea vers Lucy, qui attendait près de la ligne de départ de la course en sac qui avait lieu dans le parc d'Antioch. Au petit cri outragé de Constance, il ne put se retenir de sourire, même s'il l'avait voulu.

Lorsqu'il s'arrêta devant Lucy, elle lui jeta un coup d'œil et secoua la tête.

— Qu'est-ce que tu as manigancé ?

Elle ressemblait à un de ses fantasmes qui aurait pris vie avec sa blouse et sa jupe rouge qui virevoltait à la moindre brise.

— J'ai intimidé nos adversaires.

Ça avait fonctionné : ils parvinrent à se glisser dans le sac et terminèrent premiers. Contre toute attente, l'étroitesse du sac avait joué en leur faveur parce qu'ils avaient pu se concentrer sur la vitesse plutôt que de perdre leur temps à empêcher le sac de glisser. Revers de la médaille, il n'avait eu aucune excuse pour mettre la main sur l'ourlet de la jupe de Lucy.

Il n'en eut pas davantage l'occasion durant le jeu suivant. Il s'agissait d'un exercice de construction en aveugle ; il devait bâtir une réplique du lycée d'Antioch à l'aide de bâtons d'esquimaux, les yeux bandés, en suivant uniquement les directives de Lucy. Ils s'en seraient probablement mieux tirés mais avaient terminé deuxièmes derrière Constance et son gratte-papier de mari, Bryce.

C'était la faute de Frankie. La voix de Lucy l'avait perturbé.

Et par « perturbé », il voulait « dire excité ». L'écouter sans imaginer ses lèvres rouges en train de former ces mots s'était avéré super difficile. Il n'y pouvait rien, à force de la côtoyer, il avait l'impression d'être un panneau publicitaire ambulant pour la frustration sexuelle refoulée. Si on ajoutait ce qu'ils avaient fait la veille, Frankie était une cause perdue.

Il n'avait qu'à tenir bon jusqu'à ce soir. Là, il activerait le charme Hartigan qui lui permettait de baiser depuis toujours. Elle avait envie de lui. Il avait envie d'elle. Il n'y avait aucune raison pour que ça ne fonctionne pas. Ils en avaient besoin tous les deux.

Quand il était question des outils relationnels à sa disposition, une bonne baise était la meilleure chose qu'il pouvait utiliser.

— Oh ! quel dommage que les choses tournent ainsi, dit Constance en se faufilant à côté de lui alors qu'il faisait la queue devant le stand de limonade. Il n'y a plus qu'un jeu cet après-midi et Bryce et moi sommes certains de gagner.

— Le parcours d'obstacles ?

Il jeta un coup d'œil de l'autre côté du parc où tout avait été installé.

Il y avait des pneus dans lesquels les participants devaient sauter, une section dans laquelle il fallait ramper sous des cordes comme à l'armée, une escouade de lanceurs de bombes à eau, et plus encore. Quand Lucy avait aperçu tout ça, elle avait filé chez elle se changer : elle ne pourrait rien faire en jupe.

— Il y a un mur d'escalade, déclara Constance en désignant la structure en bois à la fin du parcours. Il est difficile.

Rien dans son ton ne rappelait ses moqueries du premier jour, mais il percevait quand même une animosité sous-jacente.

— C'est quoi votre problème avec Lucy ?

Elle lissa ses cheveux blonds retenus en queue-de-cheval de la paume de la main et regarda autour d'eux comme pour être sûre que personne ne les entendait.

— Je ne comprends pas ce que vous dites.

— Vous devez bien admettre que votre attitude est extrême pour quelqu'un qui n'a pas quinze ans et les hormones en folie. Ce serait extrême même dans ce cas, d'ailleurs.

Quelque chose vacilla dans les yeux bleus de Constance, quelque chose qui ressemblait à une vieille blessure qui avait été tellement grattée qu'elle n'était plus qu'une épaisse couche de tissu cicatriciel.

— Disons juste qu'elle l'a cherché, à venir au lycée avec ses vêtements luxueux et ses bijoux hors de prix que sa mère lui achetait alors que la plupart d'entre nous avaient à peine assez d'argent pour remplir le frigo après la fermeture de l'usine de Pacifica Company.

Bingo. Les insécurités n'épargnaient pas les gens beaux.

— Vous étiez jalouse ?

— Non.

Elle plissa les yeux, le corps tout en entier étincelant de rage.

— J'étais furax.

— On dirait bien que vous l'êtes toujours.

C'était l'euphémisme de l'année.

Au moment où il aperçut Lucy se diriger vers lui, Constance

s'éloigna aussitôt. Lucy avait remplacé sa jupe sexy par un pantalon de yoga et un long débardeur ample.

— Tu badines avec l'ennemi ? demanda-t-elle une fois parvenue à sa hauteur.

Il lui tendit un verre de limonade.

— J'essaie de comprendre des trucs.

— Tu peux faire ça depuis la ligne de départ. Si on veut rester dans la course, il faut gagner cette épreuve. Heureusement que je participe au parcours d'obstacles caritatif en couleur de Waterbury tous les ans. Allons-y.

Et ils gagnèrent. Ce fut difficile, certes, mais Lucy était en pleine forme. Cette femme finirait première de la course d'obstacles d'entraînement de la caserne.

Lucy et lui étaient en train de fêter leur victoire dans le seul bar du centre-ville d'Antioch avant de repasser à la maison se préparer pour la kermesse du soir. Le lendemain, il y avait encore une journée d'activités prévue, puis le bal, qui serait une copie conforme du bal de promo de Lucy, thème « Sous l'océan » compris.

— Avec qui es-tu allée au bal de promo ? demanda-t-il en lui tendant une bière.

— Je n'y suis pas allée.

Elle lui adressa un regard qui hurlait : « T'es con ou quoi ? »

— J'étais la grosse et le punching-ball de la classe, personne ne risquait de me proposer d'être mon cavalier.

— Tout le monde n'était pas comme Constance, non ?

Cette seule idée la faisait grincer des dents.

Il avait vu Lucy dans la journée discuter avec des gens dans le parc, et embrasser de vieux amis. Ces gens-là ne pouvaient pas tous être des connards finis.

Elle sembla y réfléchir un instant en avalant une gorgée.

— Tu as raison. C'était surtout Constance et ses amis les abrutis.

— Tu portais des trucs chers au lycée ? demanda-t-il, sa conversation avec l'ennemie jurée de Lucy lui revenant en mémoire.

— Oh ! tu veux parler des cadeaux de ma mère ?

Elle gloussa d'un rire dur et sans joie.

— Maman nous a quittés pour un riche magnat quand j'étais gamine. Mais elle venait nous voir chaque fois que ça tournait mal entre eux. Elle se sentait soudain coupable et se rappelait mon existence. Du coup, elle m'achetait des fringues ridicules. Elles ne me correspondaient pas vraiment, mais elle avait convaincu mon père que si je m'habillais d'une certaine manière – en bref, comme elle – je me ferais davantage d'amis.

— Sauf que ça n'a pas marché.

Elle secoua la tête en soupirant.

— Même pas en rêve.

— Constance a mentionné ces vêtements.

Il ignorait pourquoi il se mêlait de cette histoire. Ce serait plus simple de ranger Constance dans la catégorie des salopes absolues et de tourner la page, pourtant il en était incapable. C'était un point sensible pour Lucy, et il savait qu'elle ne pouvait s'empêcher d'y revenir encore et encore – et cette situation cesserait de lui faire du mal seulement lorsqu'elle l'aurait réglée. D'ailleurs, c'était aussi mauvais pour elle que pour Constance de rester arc-boutée sur une vieille rancune de lycée.

— Elle m'a dit qu'elle pensait que tu te croyais supérieure quand vous étiez au lycée.

— Elle se trompe complètement. Je pensais que tout le monde – mais vraiment tout le monde – valait mieux que moi. Mon manque de confiance en moi était légendaire.

— Tu as l'air d'avoir changé.

C'était le genre de femme à dire les choses comme elle les

pensait, à tenir tête à tout le monde et à foutre une raclée à quelqu'un sans se casser un ongle verni de rouge. Il était bien placé pour le savoir, vu comment elle se comportait avec lui.

Elle brandit sa bouteille et trinqua contre la sienne.

— C'est fou ce qu'une épaisse couche de « allez vous faire foutre » peut cacher.

Elle le fixa en silence avant de l'interroger.

— Tu fais ça juste pour éviter de parler de ce qui s'est passé hier soir ou tu adores vraiment les ragots vieux de quinze ans ?

C'était sa Lucy, ça, pas de doute. Droit au but. Elle s'était retenue plus longtemps qu'il ne s'y attendait si on considérait à quel point elle était directe d'habitude. Il n'était pas prêt pour autant à abattre son jeu.

— Tu veux parler d'hier soir ? demanda-t-il en avalant une gorgée de la bière locale.

— Je sais que j'ai dit qu'on ne devrait pas, mais une femme a le droit de changer d'avis.

Elle prit une profonde inspiration et un V inquiet creusa l'espace entre ses sourcils.

— Je ne veux pas être celle à cause de qui tu romps ton serment à toi-même.

— Mon vœu de chasteté ?

— Oui, confirma-t-elle en hochant la tête.

— Pas de problème. J'ai quitté le banc de touche.

Et comment.

Cette petite pause lui avait prouvé une chose très importante. Le problème, ce n'était pas ce qu'il faisait, mais avec qui. Le temps qu'il avait passé avec Lucy était différent de celui qu'il avait passé avec les autres femmes, parce que son besoin de compartimenter s'était retourné contre lui. Il avait placé Lucy dans la *friend zone* sauf qu'elle n'y était pas restée. Leur relation – qu'il ne savait pas nommer – allait au-delà de la satisfaction physique. Bon sang, jusqu'à maintenant, elle était même fondée sur le déni de toute relation charnelle. Elle le faisait rire. Réfléchir. Et se demander comment il avait pu ne rien comprendre sur ce qu'était le sexe avant leur petite conversation la veille au soir.

La vérité, c'était qu'elle avait raison. Le sexe était différent quand on appréciait l'autre, et pas seulement dans un sens général.

— Ne tourne pas ça à la blague, répondit-elle. Le consentement, c'est important. Je ne veux pas te mettre dans une situation où tu crois que tu ne peux pas refuser parce que tu es sympa ou juste parce que tu es chaud comme la braise et que je suis consentante.

Putain de oui. Lucy ignorait l'effet qu'elle lui faisait. Il posa la main sur son genou et la glissa vers le haut de sa cuisse. Grâce à leur place sur la banquette d'angle, personne ne pouvait voir ce qu'il faisait – ce qui, de toute façon, n'était presque rien, vu qu'elle portait un pantalon de yoga. Mais ça suffisait à lui rappeler exactement ce qui s'était produit la dernière fois qu'il avait posé la main à cet endroit.

— Tu ne me mets pas la pression.

Sa main atteignit son entrejambe, que ses doigts effleurèrent, et les paupières de Lucy frémirent.

— J'ai une envie folle de me retrouver de nouveau entre tes cuisses – pas les cuisses de n'importe qui, uniquement les tiennes. Et je le ferai, si tu le veux bien.

Il retira sa main, attrapa sa bouteille de bière et espéra de tout son cœur qu'elle ne remarquait pas à quel point il avait du mal à garder son sang-froid.

— Mais pas avant ce soir.

Lucy renversa la tête contre le dossier et ferma les yeux.

— Tu te fous de moi.

Lui aussi sentait la frustration courir dans ses veines. Seulement il devait s'en tenir au plan qu'il avait concocté la veille. Faire monter la pression. Prolonger le désir. Qu'elle le désire avec la même intensité qu'il la désirait.

En d'autres termes, il espérait la convaincre qu'il était davantage qu'un bon coup.

— Combien de fois dois-je te dire que plus on attend, plus c'est bon ?

Prendre son temps, comme il était en train de le découvrir, signifiait savourer, faire monter l'anticipation, transformer le désir en besoin. Merde. Leur voyage n'avait été que préliminaires et il était hors de question de tout gâcher dans la dernière ligne droite.

Ce qui se passait avec Lucy était bien plus qu'une baise dans les chiottes d'un bar. Beaucoup plus. Peut-être. Il n'en savait rien. Tout ce qu'il savait, c'est que c'était différent et qu'il lui tardait vraiment d'être à ce soir.

Dès que Lucy eut fermé la porte de sa chambre, elle actionna aussitôt ses pouces.

Lucy : SOS.

Gina : Voilà qui a l'air prometteur.

Lucy : Dans quel monde ?

Gina : Celui où tu es partie baguenauder avec Frankie Hartigan.

Lucy gagna son armoire en secouant la tête : elle cherchait une robe qui l'aiderait à rester cool pendant la kermesse. Ces festivités qui duraient tout un week-end étaient l'événement de l'année à Antioch et dans d'autres petites villes de l'État. Les familles programmaient leurs sauteries en même temps afin que leurs visiteurs ne se plaignent pas de n'avoir rien à faire. Les habitants avaient hâte qu'elle arrive : c'était une façon bien méritée de se défouler et de rencontrer d'éventuels partenaires. La kermesse du comté était tellement importante que l'emploi du temps des anciens lycéens étaient laissé libre ce soir-là afin que tout le monde puisse s'y rendre – y compris Lucy et Frankie, qui, à sa grande déception, était la cause du temps qu'elle mettait à choisir sa tenue et des envois de SMS aux renforts.

Lucy : Baguenauder ? Avec Frankie ? Tu es une incorrigible romantique.

Gina : Allô ? Je suis organisatrice de mariages. Bien sûr que je suis romantique. Quoi de neuf ? Tu l'as embrassé ?

Elle hésita, les pouces au-dessus des touches, le cœur battant à tout rompre au souvenir du baiser et de ce qui avait suivi.

Lucy : Oui.

Gina : Et ?

Lucy : Plus.

Gina : Je voulais juste savoir si c'était bien. T'as couché avec Frankie Hartigan ?

Lucy : Pas encore.

Mais c'était exactement ce qui se profilait – une perspective à la fois terrifiante et électrisante.

Gina : Fonce !

Lucy : C'est une mauvaise idée.

Gina : Pourquoi ? Tu as quelque chose contre les orgasmes ?

Lucy se laissa tomber sur son lit en poussant un soupir exaspéré. Elle n'était pas énervée contre Gina, non. La cible de sa colère n'était autre qu'elle-même.

Lucy : Non, parce que c'est Frankie.

Gina : Exactement. Si le réseau des commères de Waterbury dit vrai, tu auras des tas et des tas d'orgasmes.

Lucy : C'est bien ça le problème.

Gina : ? ? ?

Lucy : Parce que, contrairement à ce que pensent certains, ce n'est pas le seul mec qui me court après et je ne veux pas que Frankie me saute par pitié, lui qui a certainement couché avec toutes les meufs de la ville.

Gina : 1. Bien sûr que ce n'est pas le seul mec qui te court après. 2. Qui a dit qu'il te sauterait par pitié ? 3. Pas de slut-shaming.

Lucy : Il a accepté de m'accompagner pour me rendre un service étrange pour des raisons inconnues. Et je n'ai pas l'intention de critiquer qui que ce soit. Il peut baiser la terre entière, je ne veux juste pas être un numéro sur sa liste.

Et au final, c'était tout ce qui lui importait. Elle voulait qu'il la désire pour ce qu'elle était et non parce qu'elle était disponible.

Gina : Il te plaît, alors ?

Lucy : Bien sûr. Il est très sympa.

Elle poussa un gémissement et ferma les yeux. C'était injuste. Elle rouvrit les paupières en entendant la sonnerie annonçant un texto.

Gina : Non, tu l'aimes vraiment bien.

Lucy : Ce serait une très mauvaise idée.

Et un débat stérile, vu qu'il était trop tard.

Gina : Arrête d'être aussi prudente et vis un peu. Il n'y a rien de mal à apprécier quelqu'un.

Quand les probabilités d'avoir le cœur brisé étaient à peine moindres que 100 %, si.

Gina : Tu es géniale. Tu le sais. Laisse tomber un peu ta façade de dure à cuire et amuse-toi sans te préoccuper de donner un sens à tout ça.

Lucy : Es-tu en train de dire que je sur-analyse tout ?

Gina : Probablement juste depuis ta naissance.

Sa meilleure amie n'avait pas tort. Se tenir sur le qui-vive pour être toujours prête à riposter à un regard méchant ou à une remarque perfide demandait beaucoup de travail. C'était un talent de survie qu'elle avait investi dans un boulot qu'elle adorait. Grâce aux compétences qu'elle avait développées dans les couloirs du lycée, elle était prête à gérer n'importe quelle crise. Évidemment, se défaire de ce genre d'habitudes était compliqué – surtout quand elles lui permettaient de protéger ses propres points faibles.

Lucy : Merci pour la conversation. Je dois filer.

Gina : Pas de problème. Je dois y aller aussi. Les *cannoli* m'attendent. Bisous.

Lucy se rassit. Elle commença à réfléchir à ce que son amie venait de dire avant de se forcer à arrêter. Gina avait raison. Elle sur-analysait tout. Mais pas ce soir. Elle s'empara de cette idée des deux mains : ce soir, elle se lâcherait.

Chapitre 13

Le soleil se couchait et le centre-ville d'Antioch était bondé de personnes venues assister à l'annuelle kermesse estivale. Lucy, elle, scrutait la foule à la recherche d'un homme en particulier. Ils étaient arrivés un quart d'heure plus tôt et Frankie avait presque immédiatement disparu.

Elle examina Main Street en direction du grand parking public qui avait été transformé en fête foraine avec une grande roue lumineuse surplombant des tasses tournantes. La rue qui menait du parc au parking était fermée à la circulation et bordée de stands proposant tout, de la prédiction de l'avenir aux jeux de réflexion. Il y avait foule, certes, mais repérer un géant roux ne devrait pas être si difficile.

— Tu me cherches ?

Elle poussa un petit cri de surprise et pivota.

— Où étais-tu ?

Frankie leva la main au-dessus de sa tête et déroula d'innombrables tickets qui se balancèrent presque jusqu'au sol.

— Tu te moques de moi.

Elle n'était là que pour boire une bière locale et mater les gens. C'est tout.

Frankie souriait comme un gamin le matin de Noël.

— Qui va à la kermesse sans essayer de faire tomber les

bouteilles de lait avec une batte de base-ball ou faire un tour de grande roue ?

— Cette femme, répliqua-t-elle.

Il n'y avait rien d'amusant pour une femme comme elle à jouer à « devine ton poids » ni à supporter le soupir agacé de l'employé qui essayait de rabattre la barre de sûreté sur son ventre et de boucler la ceinture.

— D'accord, je ne t'obligerai pas à t'amuser, dit-il en enroulant un bras autour de sa taille et en l'attirant étroitement contre lui d'une manière qui fit accélérer considérablement les battements de son cœur.

— Tu peux me regarder gagner un lama géant en peluche pour toi. Je sais que tu meurs d'envie d'en mettre un dans ton bureau pour qu'il regarde tes clients d'un air désapprobateur quand ils viennent te demander de l'aide après avoir merdé.

— Je n'ai besoin d'aucun renfort dans ce domaine. Je fais assez peur à mes clients comme ça.

C'était vrai. Des joueurs de football américain capables de soulever une voiture à mains nues s'étaient répandus en excuses après qu'elle leur avait passé un savon.

— Alors Luke le Lama pourrait détendre l'atmosphère.

Il fourra les tickets dans la poche de son jean et désigna du menton l'alignement de stands.

— Allez, viens.

Elle hésita et regarda autour d'elle. Elle savait qu'on la dévisagerait et qu'un connard ou deux lui demanderaient si c'était une bonne idée pour quelqu'un comme elle de manger ces Oreo frits. Elle en frissonnait déjà.

C'était incroyable. Dans son bureau, elle ne doutait jamais, parce qu'elle était la meilleure dans sa partie. Mais de retour à Antioch ? L'adolescente de quinze ans nerveuse et qui n'avait pas confiance en elle dont elle croyait s'être débarrassée depuis des années surgissait en courant – et elle détestait ça. Elle. Haïssait. Ça.

— D'accord, allons-y, dit-elle.

Et ils jouèrent. Il y avait le stand où il fallait faire tomber avec une batte de base-ball des bouteilles de lait (qui, décidèrent-ils, étaient lestées par des enclumes), une pêche à la ligne magnétique (elle gagna et refusa le poisson rouge) et un marteau pour tester sa force (l'ego de Frankie prit trois tailles lorsque le palet métallique vola le long de la colonne et heurta la cloche). Ils rirent tout du long en débattant de choses idiotes, comme qui était le meilleur personnage de *Bob's Burgers* (Louise, évidemment).

D'une certaine manière, le temps qu'elle passait avec Frankie ressemblait à celui qu'elle passait avec ses copines. Ces dernières années, Gina, Tess et elle se retrouvaient une fois par semaine à la soirée Peinture et Picole où elles buvaient du vin, se racontaient leurs vies et peignaient un truc ridicule – rien ne surpasserait jamais le mammouth laineux dans la baignoire. Ces soirées impliquaient beaucoup de vin, une tonne de commérages et des fous rires.

Se promener à la fête foraine avec Frankie tout en essayant de gagner aux différents stands lui faisait le même effet, la tension sexuelle extrême en plus.

Comme à présent, où elle ne pouvait s'empêcher de remarquer que son short lui donnait un beau cul et que son T-shirt noir mettait en valeur ses larges épaules tandis qu'il se tenait devant le stand de tir. Être excitée par les épaules d'un mec ? Elle ? Ça ne lui était jamais arrivé, mais c'était aussi la première fois qu'elle passait autant de temps avec un homme comme Frankie Hartigan. C'était tout autant une bénédiction et qu'une malédiction. La petite conversation qu'ils avaient eue au bar tournait dans son esprit depuis le déjeuner. Sa philosophie du « plus on attend, plus c'est bon » était en train de la tuer.

Il considéra la rangée de canards éclaboussés de peinture puis se tourna vers elle, fusil à peinture en main et secoua la tête.

— Je suis de Waterbury, pas d'Antioch. Quand aurais-je appris à me servir d'un fusil ?

Il dit ça d'un ton espiègle tout en laissant son regard errer sur le décolleté de Lucy, qui comprit qu'il se moquait d'elle. Il pensait la convaincre de tirer à sa place pour rester derrière elle et mater son cul au lieu de jouer comme il l'avait fait aux autres stands. *C'est ça*. Il pouvait toujours courir.

— C'est facile, répondit-elle sans faire mine de lui prendre le fusil des mains. Tu vises et tu tires. Un peu comme avec une lance.

Un sourire sexy étira légèrement ses lèvres.

— Je sais me servir de ce genre de choses.

Il ne pouvait pas s'en empêcher. Elle leva les yeux au ciel et parvint à réprimer le rire que sa remarque suscitait chez elle.

— Une lance à incendie, espèce de cochon. Pas ta lance personnelle.

— Ne critique pas l'animal qui nous fait don de cette merveille que nous appelons « bacon ».

Il brandit le fusil.

— Bon, comment je fais ? Tu es sûre que tu ne serais pas meilleure que moi ?

— Oh ! pour l'amour des dimanches matin, grommela-t-elle.

Elle avait l'air agacée – ce qui était le cas mais pas pour les raisons qu'on aurait pu croire. Lorsqu'elle attrapa un escabeau en bois, le plaça derrière Frankie puis grimpa dessus, tout son corps bourdonnait. Elle était obligée de se coller à lui, ses seins pressés contre son dos, pour le contourner et mettre ses bras sur les siens afin de lui montrer comment tenir le fusil.

— Tu vois ce petit truc qui sort du canon ?

Ses lèvres touchaient presque le lobe de son oreille.

Il prit une inspiration un peu tremblante.

— Oui.

— Aligne-le avec ta cible.

Elle attendit quelques secondes. Il était temps qu'il souffre de tout ce « plus on attend, plus c'est bon ».

— Expire.

Elle souffla tout près de son oreille, juste pour lui montrer comment faire, bien sûr.

— Et appuie sur la détente.

Pile au moment où il s'apprêtait à faire feu, elle lui lécha le lobe de l'oreille. Il bondit. Le coup partit. La pastille de peinture explosa sur le lama en peluche géant suspendu dans un coin du stand.

En moins de temps qu'il n'en faut pour respirer, Frankie pivota et enroula un bras autour de sa taille afin qu'elle ne tombe pas de l'escabeau. Leurs visages étaient à la même hauteur et Lucy pouvait admirer les moindres détails du sien, des taches de rousseur qui parsemaient son nez à l'esquisse de cicatrice sur le menton en passant par la promesse enivrante de son regard qui affirmait qu'il se vengerait de la manière la plus lente possible.

Les battements de son cœur devinrent chaotiques et l'anticipation courut sur sa peau jusqu'à ce que tout son corps soit devenu un câble chargé d'électricité.

— Tu l'as fait exprès, dit-il d'une voix basse, la bouche presque assez près pour pouvoir l'embrasser.

— Oui.

C'était ce qu'elle voulait répondre mais dans sa bouche, le mot ressembla plus à un soupir. Que pouvait-elle dire ainsi soumise à toute l'intensité de l'attention de Frankie, pressée contre lui de la manière la plus intime possible sans se déshabiller ? C'était beaucoup pour une seule femme.

Elle entendait à peine la musique métallique et la foule alentour. Tout était assourdi alors qu'elle était là, sur cet escabeau, le bras de Frankie autour de sa taille, emplie de la certitude qu'un baiser – pas n'importe lequel, un baiser à vous faire perdre la tête et à vous faire souhaiter qu'il ne finisse jamais – était sur le point de se produire.

— Eh bien, voilà votre prix, s'écria le type qui tenait le stand, un homme âgé qui portait un T-shirt aux couleurs de l'église baptiste d'Antioch. Je ne peux plus le faire gagner.

Le reste du monde se rappela à elle en hurlant. Il existait d'autres personnes sur Terre qu'elle et Frankie. *Ah bon ?* Cette information la surprit le temps que son cerveau se remette à fonctionner.

Lucy descendit, échappa à l'étreinte de Frankie et ramassa l'escabeau.

— Je suis désolée.

Le mec, qui, comme tous les autres bénévoles de la fête foraine, était un habitant de la ville, récupéra l'escabeau et lui tendit la peluche en échange. Une lueur amusée brillait dans ses yeux.

— Ne vous inquiétez pas, moi aussi j'ai été jeune et plein de fougue.

Frankie et elle étaient en train de se disputer en riant pour savoir lequel des deux était le plus culotté tout en marchant entre les tasses tournantes et le Marteau en direction de la grande roue, lorsqu'une voix reconnaissable entre mille les arrêta.

— Je ne savais pas qu'on faisait des peluches aussi grosses, constata Constance, dont la diction était pâteuse. Elle est presque aussi grosse que toi, Muffin.

Lucy et Frankie se retournèrent. Constance, comme d'habitude, était absolument parfaite, de sa tenue décontractée mais ravissante à ses cheveux blonds ondulés. Pourtant, si on y regardait de plus près, elle avait la bouche pincée, son front était maculé de sueur et ses yeux bleus étaient vitreux. La parfaite Constance était bourrée comme un coing – et ressemblait de nouveau à l'adolescente cruelle qu'elle avait été.

À ses côtés, Bryce blêmit et leur adressa un regard désolé.

— Je pense qu'il est temps de rentrer à la maison, chérie.

Constance ignora totalement la remarque de son mari. Elle leva les yeux vers Frankie.

— Je ne sais pas quel est ton problème, mais pour sortir avec elle, il doit être énorme. Pourquoi quelqu'un dans ton genre serait avec une femme qui ressemble à ça ?

Un uppercut dans l'estomac ; ce n'était pas la métaphore qui décrivait le mieux ce que ressentait Lucy en cet instant. Renversée par un train ? C'était plus proche de la réalité, mais pas tout à fait. Quoi que ce fût, la souffrance la réduisit au silence.

Frankie, de son côté, n'était pas en proie à la même détresse.

— Espèce de sal…

Lucy posa une main sur son bras pour l'arrêter. Ce n'était pas la peine. Bryce entraînait Constance loin d'eux, la tête tout près de la sienne en lui murmurant quelque chose qui la faisait avancer.

Lucy était paralysée, en état de choc. Les paroles haineuses tournaient en boucle dans sa tête.

Il doit avoir un problème.

Il lui fallut une seconde avant que sa colère se mette soudain à bouillonner en vagues brûlantes. Évidemment que Frankie avait un problème s'il était avec elle, parce que les gens semblaient penser qu'elle-même en avait un. Ses diplômes, ses succès professionnels, ses amis, rien ne comptait aux yeux de ceux qui ne voyaient en elle qu'une grosse à ignorer ou à corriger de manière passive-agressive. Elle n'était pas une personne. Elle était une vivante leçon de morale de ce qui se passe quand une femme se laisse aller et n'est pas à la hauteur des attentes de la société.

Au moment où Constance et Bryce disparurent de leur champ de vision, l'estomac de Lucy n'était plus qu'un mélange de bile et d'humiliation.

— Je n'ai plus envie de faire un tour de grande roue, dit-elle en se cramponnant trop fort à la peluche de mauvaise qualité – ça valait mieux que de poursuivre la connasse pour l'étrangler. Il faut que je me calme.

La plupart des gens auraient minimisé ce qui venait de se passer en prétendant que ce n'étaient que des divagations d'ivrogne – ou ils auraient regardé Lucy avec pitié. Pas Frankie. Il posa la main au creux de ses reins, lui offrant le réconfort dont elle avait désespérément besoin.

— Est-ce qu'il y a une piscine dans cette ville ? demanda-t-il. Je n'aurais rien contre un petit rafraîchissement.

— Il y a une piscine, mais je connais un meilleur endroit.

Le lac Emerson n'était pas vraiment un lac, plutôt un grand étang avec un pont flottant, à un peu plus d'un kilomètre au bout d'un sentier poussiéreux qui serpentait dans les bois. Quand elle était gamine, tous les ados cool traînaient au lac Woodson, qui était plus grand et possédait une plage. Lucy et son petit groupe d'amis – dont aucun n'était venu assister à la réunion – avaient fait du lac Emerson leur fief.

Sa colère bouillonnante n'était plus qu'un frémissement lorsque Frankie se gara sur le parking de fortune entre deux bosquets. Une fois qu'elle eut ôté ses chaussures et mis les pieds dans l'eau, sa vision perdit ses contours rouges. C'était presque ce dont elle avait besoin, mais pas tout à fait. Il lui fallait plus. Il lui fallait de l'eau jusqu'au menton, faire la planche et lâcher prise.

— Tourne-toi, ordonna-t-elle en essayant de dégrafer la fermeture à glissière de sa robe.

Évidemment, il pivota pour se retrouver face à elle.

— Pourquoi ?

— Parce que je me déshabille.

Le bruit de la fermeture lui semblait beaucoup plus fort que le clapotis de l'eau contre le rivage.

Les paroles n'avaient pas de valeur. Elle ne laisserait pas le vomi verbal de Constance la blesser davantage, et elle ne laisserait pas les beaux discours de Frankie la duper. Prendre les choses avec philosophie ? Elle aurait dû se méfier. C'était pour ça qu'elle attaquait toujours la première. Être toujours sur la défensive signifiait ne pas être frappée en traître par les connards qui ignoraient tout d'elle mais se sentaient autorisés à la juger. Elle savait qui elle était. Elle était la femme qui avait réussi, alors que tous ceux qui ne le supportaient pas aillent se faire foutre.

Se. Faire. Foutre.

— Et je ne peux pas regarder ? répliqua Frankie d'un ton léger, pourtant la faible lueur de la lune ne pouvait dissimuler la ligne dure de sa mâchoire.

— Même s'il s'est passé quelque chose l'autre soir, c'est différent quand on me voit tout entière et j'en ai fini avec les gens incapables de m'accepter comme je suis.

Elle avait déjà vécu ça. Elle avait même parfois eu droit à des commentaires. Elle s'était barrée en laissant ces ordures tenir leur bite sèche à la main. Ça ne voulait pas dire que ça ne l'avait pas blessée – ni que ça ne continuait pas à la blesser.

— Et tu ne crois pas que je pourrais aimer ce que je vois ? demanda Frankie, agacé. Est-ce que tu as écouté tout ce que je t'ai dit ces derniers jours ?

Ces derniers jours, durant lesquels il n'avait pas baisé – une première absolue. Et puis ce n'était pas comme s'ils venaient juste de se rencontrer. Il avait eu l'occasion de l'approcher avant et il ne l'avait pas fait jusqu'à ce vœu de chasteté. La souffrance, la colère, le doute et le vieux manque d'assurance qui avaient refait surface depuis qu'elle était rentrée chez son père lui martelaient la cage thoracique, l'oppressaient et lui serraient la gorge. Depuis que Ford et Gina sortaient ensemble, ils avaient fréquenté les mêmes barbecues et les mêmes fêtes pendant des mois mais il ne lui avait jamais adressé un seul regard – du moins, pas ce *genre* de regard. Et maintenant, il prétendait qu'il ne pouvait se lasser de la regarder ?

— Tu veux voir ? demanda-t-elle, d'une voix tendue, pleine d'une émotion refoulée.

La tension se déversait sur lui par vagues.

— Oui, répondit-il lentement, avec une conviction absolue.

D'accord. Si c'était ce qu'il voulait, c'était ce qu'il aurait.

Frankie disait exactement ce qu'elle voulait entendre, seulement il ne le faisait pas exprès. Chez lui, la drague était une seconde nature. À sa naissance, il ressemblait probablement au fils roux d'Apollon. Il ignorait ce que c'était que de grandir dans l'ombre d'une femme dont les affiches ornaient les murs des chambres d'adolescents. Il n'avait pas vu la déception dans le regard de sa mère quand il mangeait un cookie de plus. On ne lui avait jamais acheté exprès des fringues trop petites pour l'encourager à perdre quelques kilos. Il n'avait pas causé une fracture entre ses parents, fracture qui s'était achevée en divorce, parce qu'il était un embarras pour sa mère.

Mais elle, si.

Elle avait vécu tout ça.

Et soudain, elle en eut plein le dos. Plein le dos des « c'est bon pour toi » que lui assénaient ses collègues quand elle quittait le bureau plus tôt pour aller à la salle de sport. Plein le dos de la façon dont les conversations semblaient toujours s'achever sur leurs exercices de gym préférés et « faciles » et leurs recettes minceur chaque fois qu'elle était dans les parages. Plein le dos de s'entendre demander si elle avait perdu du poids parce qu'elle avait l'air en forme, comme si c'était un compliment. Mais elle en avait surtout plein le dos des regards apitoyés.

Pourquoi Frankie serait-il différent ?

S'il voulait la voir entièrement nue, eh bien, d'accord. Et quand elle lirait de la pitié dans ses yeux, elle pourrait enfin maîtriser ses hormones et les faire descendre de ces montagnes russes qui n'avaient qu'une destination possible : le chagrin.

Parce qu'elle savait pertinemment que le rejet de Frankie la blesserait plus que tout. Autant en finir tout de suite. Et s'il y avait une chose que Muffin Kavanagh savait mieux que quiconque, c'est que l'attaque était toujours la meilleure défense.

— Comme tu veux.

Elle lâcha sa robe et la fit glisser sur ses hanches. Elle tomba en corolle sur l'herbe humide.

— Voici ce qui t'attend.

Elle dégrafa son soutien-gorge.

— Des bourrelets.

Elle ôta son soutien-gorge et le laissa tomber à son tour.

— Des vergetures.

Elle glissa les pouces dans l'élastique de sa culotte haute censée contenir son ventre pas-du-tout-parfait et la fit coulisser avec force le long de ses jambes. Elle lui donna ensuite un coup de pied si fort que la culotte vola dans la nuit comme une balle en coton rouge et atterrit près du buisson devant lequel Frankie s'était garé.

— Des courbes à la place des creux.

Elle écarta grand les bras.

— Je suis comme ça et je ne m'excuserai pas – ni devant toi ni devant personne.

Avait-elle l'air d'être sur le point de faire une crise de nerfs ? Oui, et elle s'en fichait. C'était comme ça. Elle était comme ça.

Plus Frankie la fixait, impassible pour une fois, plus ses démons hurlaient dans ses oreilles. Mais elle pouvait le supporter. Elle était forte, faite d'un bois dur et – les premières larmes lui brûlèrent les yeux. Non. Pas question. Elle ne s'autoriserait pas à pleurer. Les dents serrées pour refouler ses émotions, elle regarda Frankie ne rien faire de plus que la fixer, immobile.

Il fixait son corps taille 50.

Nu.

Sans prononcer un putain de mot.

Son nez se contracta et elle dut ciller pour refouler ses larmes. Elle ne parviendrait peut-être pas à les retenir, cependant elle ne pleurerait pas devant lui. C'était pire que ce qu'elle avait imaginé. Elle se sentait mise à nu, exposée et vulnérable – tout ce contre quoi elle se battait tous les jours.

— Ouais, dit-elle d'une voix rauque. C'est bien ce que je pensais.

Sans attendre une réponse qui de toute façon ne viendrait pas, elle se dirigea vers le lac d'un pas vif et attendit d'avoir de l'eau jusqu'à la taille avant de plonger et de se mettre à nager vers le pont flottant, loin du fantasme idiot de représenter plus qu'une baise charitable de la part de Frankie Hartigan.

Chapitre 14

Frankie ne comprenait pas ce qui venait de se passer. Non. Ce n'était pas ce qu'il avait voulu dire. Il savait très bien ce qui venait de se produire, mais ne comprenait pas comment il était devenu le connard dans cette affaire.

Que se passait-il, bordel ?

Une fois que son cerveau se remit à fonctionner correctement, il se déshabilla. Ça ne lui prit pas longtemps puisqu'il n'était pas ralenti par la nécessité d'engueuler la personne qui avait été tellement excitée par la vision du corps nu de Lucy qu'elle en avait été incapable d'articuler deux pensées, et encore plus des mots.

Lorsqu'il fut entièrement nu, la femme en question était parvenue au pont flottant. Elle se hissa dessus et le cerveau de Frankie cessa de nouveau de fonctionner.

Le clair de lune illuminait chaque parcelle de sa peau, humide et appétissante après sa baignade. Il se peut qu'il ait été – d'accord, il était – hypnotisé, mais pas une fois elle ne tourna les yeux vers le rivage. Elle ouvrit la petite boîte métallique fixée au milieu du pont et en sortit une couverture qu'elle étendit sur le bois avec efficacité avant de s'y installer, le dos tourné, comme s'il n'existait pas.

Oh ! non. Ça n'allait pas se passer comme ça.

Lucy Kavanagh n'allait pas lui dire qu'il ne pouvait pas avoir envie d'elle quand chaque partie de lui – y compris celle qui pointait dans sa direction – la désirait follement.

Ce désir, brûlant et impérieux, le poussa dans l'eau. Dans d'autres circonstances, le sol spongieux et tous les trucs bizarres qui effleuraient ses jambes dans les profondeurs vaseuses du lac auraient certainement arrêté un citadin dans son genre qui n'avait jamais nagé que dans des piscines chlorées. Mais ce soir, c'était une autre histoire.

Il était à bout de patience.

Il atteignit le pont dans un temps record, enfin, si quelqu'un enregistrait les temps des nageurs nus qui s'apprêtaient à se disputer avec une femme qui les rendait dingues. Il plaqua ses paumes sur le pont flottant et sauta dessus.

— Lucy Kavanagh, tu me rends fou.

Elle sursauta en couinant de surprise comme si elle pensait vraiment qu'après l'avoir vue nue, il avait disparu dans la nuit. Cette réaction ne fit qu'aggraver sa colère.

— Je ne suis pas cette salope de Constance ni le gars chez *Marino's* qui t'a conseillé de manger une salade, ni aucun des autres abrutis trop débiles pour ne pas te voir comme tu es.

Elle se leva, se drapant dans sa couverture, et fit volte-face.

— Ah oui, et je suis comment ?

— Tu es le genre de femme pour qui les hommes se font la guerre.

Elle poussa un petit cri de surprise. Il mourait d'envie de franchir les trois pas qui les séparaient pour la toucher mais il ne le ferait pas. La situation était plus que précaire et il ne voulait pas l'intimider par sa taille ou le fait qu'ils étaient nus tous les deux et qu'ils se dévisageaient comme s'ils étaient chacun la réponse à la question que se posait l'autre.

En tout cas, elle était la sienne. Il en était certain et il était prêt à le jurer devant un tribunal – juste un peu plus habillé.

— Lucy Kavanagh, tu es le genre de femme qui provoque un désespoir si profond chez un homme qu'il est prêt à abandonner avec joie tout bon sens contre une chance de te caresser.

Elle poussa un soupir et toute tension l'abandonna.

— Je ne suis pas mince.

— Tu as peut-être remarqué, dit-il en se redressant de toute sa taille, que je prends beaucoup de place moi aussi.

Elle baissa les yeux et il réagit à l'appréciation qu'il lut dans son regard lorsqu'elle le plongea de nouveau dans le sien. Un petit sourire étira sa bouche tendre sur laquelle il ne pouvait s'empêcher de fantasmer, au détriment de sa santé mentale, et elle avança d'un pas.

— Tu sais t'en servir au moins ? Et si toutes ces rumeurs étaient exagérées ?

Sa voix était devenue rauque.

Il haussa un sourcil, ce qui était la seule réponse possible à sa question idiote. Mais il y répondit quand même.

— Et si tu essayais, histoire d'avoir la réponse à ta question ?

Elle s'approcha encore, la couverture toujours enroulée autour d'elle comme un bouclier, mais presque assez près pour qu'il puisse la toucher. Ne pas bouger et ne pas profiter de son avantage le tuait, mais il devait la laisser venir. Heureusement, elle fit encore un pas en avant, puis un autre et encore un autre, et le corps de Frankie ne fut plus qu'anticipation. Puis elle tendit le bras et fit glisser le doigt sur son torse en suivant la ligne de taches de rousseur qu'il détestait enfant mais qu'il adorait à présent qu'elle semblait fasciner Lucy.

— Et la patience, alors ? demanda-t-elle d'une voix aussi légère que sa caresse.

Il ne lui en fallut pas plus pour venir à bout du peu de sang-froid qui lui restait.

— Voilà ce que j'en fais.

Dans le battement de cœur qui suivit, ses doigts plongèrent dans ses cheveux humides, sa bouche trouva la sienne et plus rien n'eut d'importance. Ils se touchèrent, se léchèrent, se goûtèrent avec frénésie. Il fit courir ses mains sur le corps de Lucy et il adora la voir réagir en gémissant et en le caressant à son tour.

Il n'en avait pas assez d'elle, de la rondeur de ses hanches, du poids de ses seins qui emplissaient ses mains tandis qu'il lui ravageait la bouche. Il avait envie de lui faire tellement de choses qu'il ne savait pas par quoi commencer. Avec les autres femmes, il n'était jamais pris au dépourvu, sauf que là, ce n'était pas de la séduction mais un incendie de première catégorie qui faisait rage et il était plus que ravi d'être en train de se consumer.

Lucy avait perdu l'esprit. Si tant est qu'elle en ait eu un jour. Elle n'en était plus sûre, plus depuis qu'elle avait vu Frankie sortir de l'eau pour se hisser sur le pont flottant.

Il était nu. L'avait-elle précisé ?

Et il l'était toujours.

Et il l'embrassait.

Et la caressait.

Et transformait son cerveau en bouillie radoteuse : elle avait une conversation avec elle-même parce qu'elle ne pouvait pas embrasser cet homme et ne pas être en train de faire quelque chose d'un peu fou.

Avait-elle précisé qu'ils étaient nus ? Oui. Tant mieux, parce qu'ils l'étaient et le sexe long, dur et épais de Frankie était pressé contre son ventre. Quant à ses mains ? Elles étaient partout à la fois et sa caresse n'était ni tendre ni timide ni hésitante comme s'il n'était pas certain d'en avoir vraiment envie. Non. Frankie était du genre à la saisir à pleines mains et elle s'en délectait.

Il posa les paumes sur ses fesses, les agrippa puis les serra et elle rompit le baiser avec un gémissement approbateur.

Il la lâcha immédiatement et son regard scruta son visage.

— C'est trop ?

Comme si c'était seulement possible.

— Loin de là. Je ne suis pas une fleur délicate qui ne peut pas prendre un homme comme toi.

— C'est un défi ? gronda-t-il.

— Une promesse.

C'était une réponse nase mais elle pouvait s'estimer heureuse d'être capable d'aligner deux mots.

— Et si tu me montrais ce dont tu es capable ?

Il lui adressa un grand sourire qui aurait enflammé sa culotte si elle en avait porté une.

— Tout ce que tu veux.

Il étendit la couverture contre la boîte métallique, s'assit et l'attira à lui de façon à ce qu'elle se retrouve assise à califourchon sur lui. Certaines cellules de son cerveau fonctionnaient encore assez pour qu'elle répartisse son poids sur ses propres jambes au lieu de l'écraser.

— Oh ! putain, arrête, gronda-t-il avec un regard brûlant qui lui promettait un million de cochonneries. Je te veux – il s'empara de ses hanches et l'attira à lui de telle manière qu'elle se retrouva pressée contre lui sans aucune retenue – ici pour sentir ta chatte humide et glissante contre moi pendant que je goûterai enfin tes merveilleux seins. Donne-les-moi.

Elle n'eut pas besoin d'y réfléchir à deux fois. Elle les empoigna et les souleva ; ses tétons durcirent sous le regard brûlant de

Frankie. Pendant un instant, il les considéra comme s'il avait finalement obtenu ce qu'il désirait le plus au monde. Il pencha la tête et lécha ses tétons douloureux l'un après l'autre. Le plaisir la foudroya et elle fut incapable de se retenir de se cambrer et d'onduler contre lui.

— Tu aimes ça, pas vrai ?

Oh ! putain, oui ! fut le cri qui lui traversa l'esprit, pourtant tout ce qui sortit de sa bouche fut un autre gémissement. Il recommença encore et encore avant d'aspirer son téton et de lui faire des choses avec la langue qui envoyèrent des décharges électriques à travers tout son corps. Ce n'étaient pas des préliminaires. C'était une expérience religieuse.

— Un jour, je les baiserai et je jouirai sur eux.

L'image mentale de sa bite en train de coulisser entre ses seins tandis qu'elle les tenait pressés l'un contre l'autre était presque trop excitante. Ce n'était pas seulement qu'elle en avait envie. Elle en avait *besoin*. Mais avant qu'elle ait eu le temps d'exiger qu'ils fassent ça tout de suite, Frankie pinça un de ses tétons tout en faisant rouler l'autre entre deux doigts et le plaisir qu'elle ressentit la priva de toute pensée cohérente.

— Il me tarde de voir ces nichons rebondir quand je te baiserai et que j'enfoncerai ma queue en toi si profondément que tu la sentiras encore le lendemain.

Elle lutta pour trouver ses mots, pour reprendre le contrôle avant de sombrer dans l'abîme de sensations qui lui faisait tout oublier, tout sauf l'homme entre ses cuisses.

— Peut-être que j'aime faire l'amour lentement, doucement et tendrement.

Il haussa un sourcil.

— Vraiment ?

Il mit sa main en coupe sous son sein et l'approcha de sa

bouche sans la quitter des yeux. Ses dents effleurèrent le téton sensible avec juste assez de force pour lui faire pousser un petit cri tandis qu'elle se frottait contre lui. Elle avait besoin de trouver du soulagement loin de la chaleur brutale de ses attentions.

— Je ne suis pas certain que tu me dises la vérité.

Son souffle contre sa chair était comme une vague de feu contre son téton humide qui réclamait davantage d'attention.

— Tu es sincère, Lucy ?

Il fit glisser les mains le long de son corps, sur ses hanches plus que généreuses, et il la souleva et l'éloigna sans ciller. Être loin de lui était une torture qui la fit presque crier.

— Si tu veux que je te baise, tu dois être honnête. C'est la seule façon d'obtenir ce que tu désires.

Son regard erra sur sa peau nue et, lorsqu'il plongea de nouveau ses yeux dans les siens, le bleu de ses iris s'était assombri et sa mâchoire durcie comme si s'interdire de la jeter au sol pour la prendre sauvagement lui coûtait.

— Mais tu dois me le dire.

Bon sang. Chaque fois qu'elle mouillait, cet homme faisait une crise d'autoritarisme. D'accord, ce qui la faisait mouiller, c'était aussi son autoritarisme, mais elle n'était pas prête à l'admettre.

— Je ne veux pas une baise douce et tendre.

Elle n'avait pas prévu de dire ça, mais son cerveau en avait décidé autrement.

Il la rassit sur lui et la positionna de telle manière qu'elle ne pouvait pas ne pas sentir son sexe contre elle, si près et cependant si loin de l'endroit où elle le désirait ardemment.

Il poussa un gémissement en marmonnant quelque chose qui ressemblait à « putain » et lui caressa le dos le long de sa colonne vertébrale.

— Qu'est-ce que tu veux ?

— Que tu me baises comme un dingue.

C'était bien la preuve que se retrouver à poil avec Frankie Hartigan agissait comme un sérum de vérité, parce que non seulement elle voulait qu'il ait envie d'elle, mais elle voulait qu'il la désire comme si ça faisait des années qu'il l'attendait. Ce n'était pas juste de la baise. C'était plus que ça, et ce n'était pas bon mais incroyable – et c'était important. Il posa de nouveau le regard sur elle et elle y lut une acuité qui lui prouva qu'il avait très bien compris ce qu'elle voulait dire.

— J'ai envie de toi depuis que tu as garé ta voiture ridicule dans mon garage.

La tension s'étira entre eux tandis que le moment qu'ils vivaient cette nuit se transformait en quelque chose de plus important. Cette découverte lui fit rater un battement de cœur et ce vieux ruban de doute qui liait ses entrailles se déploya de nouveau.

— Ça n'a pas dû être confortable pour conduire.

Sarcasme de défense ? Elle ? Mais oui. C'était exactement ça.

— Tu n'imagines pas.

Il empoigna ses cheveux pour lui renverser la tête en arrière et lui vola les mots de la bouche.

— Maintenant, je veux que tu descendes, que tu allonges ton corps magnifique et que tu écartes grand les jambes.

Avec une grâce dont elle ne se savait pas capable, elle pivota et obéit. En général, elle ne recevait pas d'ordres, mais l'idée de ne pas obtempérer ne lui vint même pas à l'esprit.

— Putain, dit-il en la contemplant. Je n'arrive pas à croire que je suis le veinard qui te saute. Si tu n'en as pas envie, tu ferais bien de me le dire maintenant, parce que je ne peux penser à rien d'autre.

Elle appréciait de savoir qu'elle n'était pas la seule. Et même si c'était assez fabuleux d'être contemplée telle Vénus personnifiée, elle n'était pas certaine de pouvoir supporter son regard intense beaucoup plus longtemps. Elle planta les pieds sur la couverture et leva les hanches, s'offrant à lui tout entière. Il ravala un juron et s'agenouilla entre ses cuisses. Il glissa les mains sous ses fesses et la souleva encore plus avant de poser la bouche sur sa chatte.

Il ne se contenta pas de lécher ni de goûter ni d'enrouler sa langue sur son clitoris. Il festoya. Il lui fit des choses avec sa langue et sa bouche qu'elle aurait été bien en peine de décrire en dehors du fait qu'elles transformaient son corps tout entier en conducteur vivant d'électricité sexuelle. Plus rien n'existait en dehors des mains de Frankie sur son cul qui la maintenaient en place, même quand la sensation était trop forte, sa bouche s'activant de manière magique et probablement illégale sur sa chatte. La sensation de plus en plus intense lui nouait le ventre et les poumons. Elle y était. Elle était au bord du précipice dans lequel il allait la faire basculer et elle était très heureuse de s'envoler parce qu'elle savait, sans l'ombre d'un doute, que lorsqu'elle le ferait enfin, Frankie serait là pour la rattraper.

Et elle jouit ; son orgasme la fit vibrer des mollets jusqu'à la chatte avant de se répandre dans son corps cambré et d'exploser en Technicolor. Il emporta avec lui toutes les horreurs qu'elle avait endurées durant la semaine et ne laissa qu'une paix béate. Il lui fallut une éternité mais Lucy finit par sortir du coma qui s'ensuivit et par ouvrir les yeux. Ce qu'elle vit détruisit sa somnolence et raviva son désir affamé en une fraction de seconde.

Assis sur ses talons, Frankie la contemplait en se branlant lentement, le gland luisant. Aucune femme ne pouvait voir ça sans en réclamer davantage.

— Frankie.

Lucy ne fut pas du tout ennuyée par le fait que son nom

résonne plus comme une supplique qu'une requête. Pas maintenant. Pas alors qu'il la regardait comme ça.

— Je te veux en moi tout de suite.

— J'aimerais bien, répondit-il en grimaçant. Crois-moi, tu n'as pas idée à quel point j'aimerais.

— Qu'est-ce qui t'arrête, alors ?

— On n'a pas de préservatif.

Putain. De. Merde. Sur. Un. Bâton. Ce serait comique si ce n'était pas super frustrant. Elle était tendue et voulait jouir. Il n'était pas question de laisser un petit morceau de latex empêcher la seule personne qui le pouvait lui donner exactement ce qu'elle voulait, ce dont elle avait *besoin*. Elle décida donc de briser sa règle « pas de capote, pas de baise ».

— Je prends la pilule, dit-elle. Et je suis clean.

— Tu es certaine que ça ne t'embête pas ? demanda-t-il d'un ton plus préoccupé qu'implorant. Je te promets que je suis clean aussi.

Les mots étaient son fonds de commerce, ils lui permettaient de transformer des situations cauchemardesques en rêves, mais ce n'était pas le moment de s'en servir. Il était temps d'agir. Elle se mit à quatre pattes, enroula la main autour de la base de son sexe et le lécha de bas en haut. Puis, sans le quitter des yeux, elle glissa une main entre ses cuisses et se caressa tout en le suçant profondément. Continuer ainsi était très excitant mais elle n'avait pas l'intention d'en rester là. Du moins, pas maintenant.

— C'est bon, mais je ne serai pas satisfaite tant que tu ne m'auras pas prise et que je ne t'aurai pas supplié de m'en donner davantage. Est-ce que ça répond à ta question ?

Pour toute réponse, il la fit pivoter et appuya sur ses épaules pour l'obliger à se pencher en avant. Elle posa les mains sur la boîte métallique et s'y cramponna. Elle écarta les jambes et regarda par-dessus son épaule l'homme qui la mettait dans cet état. Il avait l'air féroce et la contemplait avec une intensité qui faillit la faire jouir. Elle se cambra pour lui envoyer une invitation universellement compréhensible mais il ne bougea pas. Non, M. Patience, tel un géant têtu, l'examinait à la lueur de la lune.

— Frankie, supplia-t-elle dans un souffle. S'il te plaît.

Frankie était prêt à tomber à genoux de soulagement quand elle avait accepté sauf que sa bite avait d'autres idées. Comme d'habitude. Et maintenant, en voyant son cul délicieux, tellement rond et plein, quelque chose changea en lui. Il aurait aimé dire que c'était sa détermination galante à aller lentement et à lui donner ce dont elle avait besoin. Mais ce n'était pas ça.

Ce qui changea, ce fut son lien avec la civilisation. Le « mienne » qui rugit en lui en cet instant était si puissant, si viscéral qu'il ne pouvait se mentir à lui-même et prétendre être un homme moderne. Ce besoin, ce sentiment d'être une partie d'elle était trop réel pour être autre chose que primitif.

— Frankie, supplia-t-elle d'un ton qui l'atteignit jusqu'aux couilles. S'il te plaît.

Qui était-il pour lui refuser quoi que ce soit ? Il en était incapable.

Le cœur battant à tout rompre, il s'agenouilla, se positionna près de ses replis humides et pour la première fois de sa vie, pénétra une femme sans capote.

Putain de merde. Le plaisir le secoua jusqu'aux orteils tandis qu'il s'enfonçait de plus en plus profondément dans sa chaleur accueillante. Il n'avait jamais rien expérimenté de tel. Correction. *Elle* ne ressemblait à aucune des femmes avec qui il avait couché. L'instinct et le besoin de sortir afin de pouvoir plonger de nouveau en elle firent couler une goutte de sueur le long de sa nuque, mais il n'était pas prêt à s'abandonner. Pas encore. Il n'était pas certain de l'être un jour.

Cependant, Lucy – étant Lucy – prit les choses en main et s'agita d'avant en arrière sur son sexe, contrôlant le rythme et la profondeur tandis qu'il se repaissait de cette douce torture.

— Tu es tellement bonne, parvint-il à dire avant qu'elle lui coupe de nouveau le souffle en formant un huit avec ses hanches.

— Je pourrais te chevaucher toute la nuit. Je vais jouir comme une folle.

Sa sincérité sans retenue alluma en lui une étincelle, lui rappelant qu'il n'était pas juste question de sa bite. Il y avait davantage, un truc qu'il était incapable de nommer. Il agrippa la chair de ses hanches plus fort et la ramena brutalement contre lui. Elle poussa un gémissement approbateur et il recommença, encore et encore, jusqu'à ce qu'elle lui rende coup de reins pour coup de reins, s'abandonnant tout entière. Elle était tellement belle, son désir brandi comme un étendard à la vue de tous, qu'il faillit jouir. Puis, alors qu'il pensait ne pas pouvoir se retenir plus longtemps, elle se mit à le supplier avec des mots sans queue ni tête qui en exprimaient davantage que n'importe quelles suppliques bien formulées.

Il ferma les yeux pour repousser l'orgasme en train de prendre naissance dans ses reins et plongea en elle encore et encore. Il se pencha pour changer l'angle de pénétration et approfondit ses va-et-vient jusqu'à ce qu'elle pousse un râle de plaisir et jouisse sur son sexe qu'elle pompa tandis que son corps était submergé par des vagues de plaisir. Il eut à peine le temps de s'en rendre compte qu'il perdit sa dernière goutte de sang-froid et lorsqu'elle cria son nom, il jouit en elle avec force.

Lorsqu'il revint à lui, Lucy et lui étaient assis sur la couverture. Il s'était adossé à la boîte métallique et elle était installée entre ses jambes, la tête contre son épaule. Il la serra étroitement contre lui.

— Je ne sais pas combien de temps il me reste encore à

vivre, dit-il en se penchant pour lui embrasser la nuque, mais je n'oublierai jamais cette nuit.

Elle éclata d'un rire qui ricocha sur l'eau.

— Tant mieux, parce que ça me ferait mal d'être la seule à m'en souvenir.

— La prochaine fois, on trouvera un endroit où on peut passer la nuit. Je veux pouvoir te réveiller de la meilleure manière possible.

— La prochaine fois, hein ?

Elle se blottit davantage contre lui et leva les yeux vers les étoiles.

— Ce n'est pas un peu présomptueux de ta part ?

— Non.

Pas s'il avait son mot à dire sur la question. Ce n'était que la première nuit d'une longue série.

Elle se redressa un peu et pivota pour lui faire face, un sourire moqueur aux lèvres.

— Ton ego est encore plus gros que ta…

— Bite, l'interrompit-il.

Elle renversa la tête et éclata de rire.

— J'allais dire que ta voiture mais oui, il est plus gros que ça, aussi.

Il répondit à cette remarque impertinente par un baiser et elle se blottit de nouveau contre lui. Ils restèrent assis dans un silence agréable et contemplèrent les étoiles qui brillaient au-dessus d'eux. Frankie se livrait parfois au câlin post-coïtal. D'habitude, son cerveau cherchait une façon de se barrer le plus vite possible. Cette fois-ci, cependant, il avait juste envie de laisser le monde continuer à tourner. Aussi, lorsque Lucy fit mine de s'écarter, il la serra encore plus étroitement contre lui et se creusa la tête pour dénicher un sujet de conversation afin de la garder plus longtemps près de lui.

— Quoi que ton père puisse dire, commença-t-il sans savoir vraiment où ces mots allaient le mener, tandis que le besoin de la maintenir avec lui sous le ciel étoilé d'où le reste du monde ressemblait à un rêve était trop fort, je n'ai pas peur de prendre des risques.

Elle leva les yeux vers lui et la pointe de ses cheveux sombres lui chatouilla le torse.

— Tu as parlé à mon père de ton « truc » ?

— Tu veux dire mon idée débile de ne plus baiser ?

Parce que en la tenant dans ses bras de cette façon, il était convaincu que dresser un obstacle entre eux était la pire idée du monde.

— Quand est-ce que c'est devenu une idée débile ?

— À la minute où tu es montée dans ma voiture.

Et c'était vrai.

Elle l'embrassa à l'endroit où elle sentait battre son cœur avant d'y poser la joue.

— De quoi vous avez parlé ?

— C'est lui qui a parlé. Moi, je me suis contenté de lui répéter que je ne lui dirais rien.

— Et ça l'a fait taire, bien sûr ?

Elle gloussa contre sa peau nue et son souffle le picota.

— Non. Il est un peu comme toi pour ça.

Non, il était *vraiment* comme elle.

— Il m'a dit que j'avais peur de prendre des risques émotionnels.

— Et ce n'est pas le cas ?

— Non.

Il n'était pas idiot. Certaines choses l'effrayaient – les plus humiliantes étant sa peur panique des clowns et des écureuils parlants.

— Je ne veux juste pas infliger à la femme que j'aime ce que mon père a fait subir à ma mère.

L'air quitta sa poitrine. Il n'avait jamais prononcé ces mots à haute voix. Devant personne. Il transportait ce noir secret depuis si longtemps qu'il ne s'était pas rendu compte qu'il était devenu aussi lourd avant de le déposer aux pieds de Lucy. Il se sentait un peu étourdi par la légèreté qui envahissait désormais son corps, mais c'était peut-être juste parce qu'il avait oublié comment respirer. Il prit une profonde inspiration et se concentra sur la femme blottie dans ses bras.

Lucy, qui était toujours en mouvement même assise, se figea.

— De quoi tu parles ? C'est le couple le plus heureux que je connaisse.

De l'extérieur, c'était exactement l'impression qu'ils donnaient. Frank et Katie, mariés depuis des décennies avec une famille tapageuse et soudée qui ignorait la vérité. Ils ne savaient pas quel genre d'homme présidait aux déjeuners de famille tous les week-ends. Lui, si, et ce qui l'effrayait encore plus que les clowns ou les écureuils parlants, c'était le risque de ressembler un jour à l'homme dont il portait le prénom.

— C'est ce que je pensais moi aussi, répondit-il en gardant le visage levé vers les étoiles qu'il ne voyait plus. Quand j'étais au lycée, je suis passé à la caserne et je l'ai surpris en train d'embrasser une des secrétaires du siège.

Ils étaient pressés l'un contre l'autre. Son père était adossé au mur et la femme – il croyait se rappeler qu'elle s'appelait Becky – était collée à lui des pieds aux lèvres, cramponnée à son père comme s'il était l'oxygène dont elle avait besoin pour respirer. L'image refit surface après des années et le frappa comme un uppercut servi par Godzilla. Il en eut de nouveau le souffle coupé.

— Comment tu as réagi ? demanda Lucy d'une voix douce et réconfortante.

Il avait été furieux. Il l'avait maudit. Il avait eu envie de lui arracher la tête. Mais il ne l'avait pas fait. Une fois la colère retombée, il avait pensé à sa mère, à ses frères et sœurs. Comment réagiraient-ils si son père partait ? Son départ leur aurait brisé le cœur. Et s'il y avait bien une chose pour laquelle il se battrait de toutes ses forces, c'était pour les protéger. Il avait distrait son frère avec une mission à la con, en lui demandant d'aller acheter un truc à la supérette du coin avant qu'il aperçoive leur père en train de rouler une pelle à Becky. Puis il avait affronté son père.

— Je lui ai dit que s'il y mettait fin, je ne dirais rien à personne.

Oh ! son père avait bien essayé de lui raconter des conneries en affirmant que ce n'était pas ce qu'il croyait, mais Frankie était assez vieux à l'époque pour comprendre ce qu'il avait vu.

— Et il l'a fait ?

— Oui.

Frankie avait surveillé son père comme le lait sur le feu après cet épisode, sans jamais laisser les autres deviner ce qui se passait ni même qu'il y avait un problème.

Le silence s'étira entre eux tandis que les fantômes de ce vieux cauchemar flottaient à la surface, accompagnés de la culpabilité d'avoir gardé ce secret pour lui. Une partie de lui avait voulu – et le voulait toujours – le révéler aux autres pour se délivrer de ce fardeau, mais il en avait été incapable. C'était assez terrible de savoir que, pour son père, la famille comptait si peu qu'il était prêt à agir de cette manière. Frankie, lui, ne pourrait jamais se comporter ainsi. Et oui, pour protéger les siens, il était capable de ravaler la bile qui montait dans sa gorge chaque fois qu'il voyait sa mère regarder son père comme si le soleil se levait et se couchait dans son sourire. Si, grâce à ça, ils pouvaient vivre leur vie comme ils l'entendaient, il était prêt à se sacrifier.

— Tu es sûr qu'il avait une liaison ? Ça ne peut pas avoir été un moment d'égarement ?

Combien de fois s'était-il posé la question, surtout lorsque son père n'avait jamais réitéré ni ne s'était plus comporté de manière louche ?

— Même à l'époque, je savais faire la différence entre un simple baiser et une pelle du genre « j'ai envie de te sauter contre le mur ».

— Ouah, répondit-elle d'un ton tout sauf impressionné. Je n'aurais jamais cru un truc pareil venant de ton père.

— Dans ma famille, personne non plus.

Il l'enlaça plus étroitement et posa le menton sur le sommet de son crâne.

— Tu es la seule à qui j'ai raconté ça.

— Et pourquoi tu n'as rien dit aux autres ?

— Je ne voulais pas faire de mal à ma mère.

Apprendre que Frank Hartigan père avait embrassé une autre femme l'aurait dévastée.

Lucy embrassa sa poitrine juste au-dessus de son cœur.

— Tu es protecteur jusqu'à la moelle, pas vrai ?

— Je suis loyal. Je sais faire la différence entre le bien et le mal.

Il s'interrompit et écouta les cris des crapauds, des criquets ou autres animaux des bois que son âme citadine était incapable d'identifier.

— Et ce jour-là, je me suis juré que je ne ferais jamais subir à aucune femme ce que mon père a fait à ma mère.

— Tu ne veux pas être seul, mais tu ne veux blesser personne. Tu n'as jamais pensé à te faire confiance plutôt que de t'en tenir à la règle « pas de petite amie » ?

Il n'avait jamais pensé à la situation en ces termes, mais c'était sensé.

— Ce n'est pas vraiment une règle, plutôt une politique jusqu'à ce que je rencontre quelqu'un qui représenterait l'alpha et l'oméga pour moi.

Une femme qui le ferait rire tout le temps et le rendrait parfois dingue. Qui le mettrait sans arrêt au défi et verrait clair dans son jeu. Avec qui il partagerait ses secrets, nu sur un pont flottant, parce que lui ouvrir son âme était la seule chose à laquelle il aurait pensé pour passer encore quelques minutes en sa compagnie. Une femme qu'il apprécierait.

— Frankie Hartigan, tu es vraiment le dernier des romantiques, constata-t-elle d'un ton dont la douceur ne parvenait pas totalement à cacher l'amertume sous-jacente.

— Tu ne crois pas au grand amour ?

Elle poussa un soupir d'incrédulité contre sa poitrine.

— Moi qui suis l'enfant d'un couple divorcé et dont la mère revenait pour, disons, trouver du réconfort dans les bras de son père chaque fois que son nouveau mari prenait une nouvelle maîtresse ? Le grand amour me paraît bien peu réaliste.

Aïe. Ça piquait, mais quand même…

— C'est super cynique.

— D'accord, tu veux la vérité ?

— Oui.

Pourquoi serait-il le seul à se mettre à nu, littéralement et métaphoriquement ?

Elle tira sur le coin de la couverture, la ramena à elle et l'enroula autour d'elle, non pas pour se protéger du froid, mais pour se cacher. Elle s'écarta de lui, se leva et se mit à faire les cent pas sur le pont comme si les mots avaient besoin de mouvement pour sortir.

— Je voudrais vivre une grande histoire d'amour, mais je suis sceptique, expliqua-t-elle d'une voix à peine plus forte qu'un murmure.

Il se leva pour passer le bras autour de ses épaules, de la manière la plus naturelle du monde.

— Il faut juste que tu rencontres la personne qui te prouve que c'est possible.

OK, peut-être que le fait d'être avec elle et toujours sous l'effet d'un orgasme de folie le rendait plus sentimental que d'habitude.

— Tu poses ta candidature ?

En s'entendant prononcer cette phrase, elle poussa un petit cri et lui lança un regard horrifié.

— Je ne voulais pas dire ça, se rattrapa-t-elle. Je sais que ce qu'il y a entre nous n'est pas sérieux. Tu ne m'as pas menée en bateau. Je sais que tu ne veux rien de plus.

Les mots se précipitèrent hors de sa bouche si vite qu'ils manquèrent de trébucher tandis qu'une énorme plaque rouge se répandait du décolleté plus qu'impressionnant de Lucy à son visage. Parce qu'il était humain et qu'il possédait donc des yeux et qu'elle était magnifique et nue devant lui, son regard se posa sur ses tétons, puis plus bas sur son ventre et sur ses hanches larges qui lui donnaient des picotements dans les mains tant il avait envie de s'emparer de leur douceur pour l'idolâtrer. Même après avoir vidé son sac et alors qu'elle était en plein milieu d'une déclaration embarrassée, il avait envie de la jeter à terre pour la baiser sauvagement.

— Et si j'ai envie de poser ma candidature ? Tu as un formulaire sous la main ?

Elle ricana et leva les yeux au ciel.

— Très drôle.

Il avait effectivement employé un ton badin pour alléger

l'atmosphère et la sortir de sa gêne mais cette idée se nicha quelque part au creux de lui et prit racine.

Lucy, les joues toujours roses, lui adressa un clin d'œil effronté.

— Le dernier sur le pont devra plier la couverture et la ranger.

Il n'eut qu'à baisser les yeux sur le tissu à carreaux bleu et vert pour que ce qu'ils venaient d'y faire lui revienne en mémoire et que ses couilles se mettent à picoter par avance.

— Tu crois qu'on devrait la laisser là après…

Lucy explosa de rire et il n'acheva pas sa phrase. Sérieusement. Elle riait tellement qu'elle était presque pliée en deux. Quand elle reprit enfin son souffle, elle lui lança un regard qui signifiait clairement qu'elle le prenait pour un idiot et secoua la tête.

— Le lac appartient à ma famille, expliqua-t-elle. J'y reviendrai en bateau avant qu'on parte et je fourrerai les preuves dans la machine à laver.

La stupéfaction de Frankie dut se lire sur son visage car elle s'esclaffa de nouveau.

— Tu pensais vraiment que j'étais le genre de nana à prendre un bain de minuit en public ? Allons, j'ai une réputation à maintenir. Imagine-moi en train d'essayer de ficher la frousse à un des joueurs de l'équipe des Ice Knights qui a merdé si des photos de moi à poil circulaient sur Internet. C'est hors de question.

Elle n'avait rien laissé au hasard. Typique de sa Lucy.

— Tu es vraiment un phénomène.

— Oui, répondit-elle en franchissant rapidement les trois pas qui la séparaient du bord du pont. Et toi, tu es vraiment le dernier sur le pont.

Puis, avec un sourire moqueur, elle sauta dans l'eau sombre, refit surface quelques mètres plus loin et se mit à nager en direction du rivage. Évidemment, Lucy étant Lucy, elle roula sur le dos pour lui faire un petit salut de la main avant de repartir.

Et Frankie ne put rien faire d'autre que regarder, parce que la vue de son cul délicieux parfaitement mis en valeur par le clair de lune suffit à court-circuiter son cerveau et à le faire bander.

S'il avait eu en main le formulaire pour postuler au job de petit ami de Lucy Kavanagh, il l'aurait rempli. En triple exemplaire. Tout de suite.

Mais il ne pouvait s'empêcher de se demander si elle aurait encore envie de le voir une fois qu'ils seraient rentrés à Harbor City. Et si elle aussi ne voyait en lui que sa faille ? Celle que Shannon avait soulignée – pas avec joie mais avec pitié – et qui le déclarait inadéquat au grand amour.

Chapitre 15

Une chose était certaine : la sobriété ne rendait pas Constance moins cruelle. Aujourd'hui, cependant, Lucy n'avait pas l'intention de laisser cette vieille peau l'atteindre. C'était fou comme quelques orgasmes époustouflants pouvaient transformer l'état d'esprit d'une femme.

Lorsque Constance rejoignit Lucy d'un pas désinvolte près de la scène où l'étape suivante du décathlon allait se dérouler, cette dernière l'ignora.

— Intéressant, déclara Constance. Je pensais plutôt que ce serait toi qui t'inscrirais à cette épreuve.

Sans le vouloir, Lucy serra les poings et elle dut inspirer profondément plusieurs fois afin de pouvoir desserrer les paumes. Au lieu de répondre, elle se concentra sur Frankie, qui attacha un bavoir en plastique autour de son cou puis s'assit devant la tarte aux fruits rouges pour le concours de mangeurs de tartes. Elle croisa son regard et il lui fit un clin d'œil : elle sentit ses organes se liquéfier et les endorphines s'emparer de son clitoris.

Le petit vrombissement de plaisir lui donna la force de se tourner vers la femme déterminée à faire de sa vie un enfer comme si elles étaient de nouveau au lycée et, au lieu de lui offrir un sandwich aux phalanges, elle lui adressa un sourire mielleux.

— Frankie a de nombreux talents, y compris celui de manger

de la tarte. Beaucoup de tartes. Avec enthousiasme. Et il y a toujours un énorme plaisir à la clé.

Il fallut une seconde à Constance pour comprendre le sous-entendu. Du moins, Lucy estima qu'elle avait saisi, vu que son visage se colora de rouge et qu'elle laissa échapper un soupir de dégoût avant de s'éloigner au pas de charge. Cette femme n'essayait même pas d'être subtile. Elle avait décidé de monter à l'assaut de manière frontale. Délicieux.

Baiser avait décidément un impact positif sur l'humeur de Lucy.

Elle avait rendu la monnaie de sa pièce à sa persécutrice et, sans surprise, Frankie gagna le concours de mangeurs de tartes : ce fut certainement pour ces raisons-là qu'elle accepta le défi suivant. Quelles autres raisons aurait-elle eues pour se retrouver le front pressé contre une batte à tournoyer sur elle-même tandis que les autres participants comptaient jusqu'à dix ? Une fois le décompte terminé, elle se redressa et se mit à courir vers Frankie, qui l'attendait à trente mètres de là – la longueur entre la troisième base et le marbre sur un terrain de base-ball. Du moins avait-elle l'intention de courir. Ses jambes chancelaient et le monde tournait comme sur un bateau en pleine tempête.

— Allez, Lucy, hurla Frankie. Tu peux le faire !

— Lu-cy ! Lu-cy ! scandèrent les gens tout en tapant des mains et en l'encourageant.

Les bras tendus devant elle comme si cette position pouvait empêcher le sol de bouger dans tous les sens, elle avança en trébuchant vers le géant roux flou qui la pressait de se hâter. Heureusement qu'il formait une grande cible, parce que sinon, elle n'y serait pas parvenue. Mais elle réussit.

Elle faillit bien renverser Frankie sous la force de son impact maladroit mais elle réussit. Et, cerise sur le gâteau, elle battit Bryce, qui vomissait toute la tarte qu'il avait gobée lors du précédent défi à un mètre de Constance.

Lorsque l'avant-dernier défi fut achevé, un jeu d'adresse, Frankie et elle étaient ex aequo avec Constance et Bryce. Le dernier jeu, qui aurait lieu lors du bal le soir même, devrait les départager.

— Tu es prête à rentrer et à te motiver pour gagner ? demanda Frankie alors qu'ils se dirigeaient vers la voiture.

Elle réfléchit un instant. Lorsqu'elle avait reçu le mail l'invitant à participer à cette réunion, son seul but avait été de prouver à tous ceux qui lui avaient pourri la vie au lycée qu'elle se fichait d'eux. Sauf qu'en y pensant, elle confirmait, à elle-même au moins, que c'était faux.

Cependant, le décathlon lui avaient montré quelque chose.

Elle avait discuté – pour de bon – avec beaucoup de personnes avec qui elle avait passé le bac. Ce n'étaient plus les mêmes, et elle non plus. Tout le monde avait changé et mûri. Elle n'était pas unique en son genre. Lorsqu'elle avait compris ça, quelque chose qui ressemblait beaucoup à de la satisfaction avait remplacé une bonne partie de l'ancienne amertume.

— Tu sais, ça n'a pas vraiment d'importance, dit-elle en attendant qu'il ouvre la portière pour elle. Je pensais que si, mais ce qui compte, c'est ma vie à Waterbury, pas de frimer devant mes anciens camarades de lycée pour flatter mon ego.

— J'espère pouvoir quand même t'aider à t'amuser ce soir, répondit-il d'un ton sexy.

Elle s'installa sur le siège passager.

— Ça veut dire que tu participeras au karaoké du dernier défi à ma place ?

— Certainement pas, répliqua-t-il en souriant. Mais je t'aiderai à t'amuser après.

Ça, elle n'en doutait pas une minute.

Frankie n'avait pas assisté à un seul bal de promo après l'année de seconde – non pas parce qu'il n'avait pas de cavalières potentielles, mais parce que les religieuses de St Mary l'en avaient privé dès la troisième après une expérience malheureuse impliquant un masque de plongée et un extincteur en plein milieu de la cafétéria. Finian et lui s'en seraient peut-être tirés si, pour mener à bien leur test, ils n'avaient pas fait appel à leur plus jeune et beaucoup-trop-discipliné-frère, Ford – à l'insu de ce dernier.

Et voilà que Frankie se tenait dans le salon des Kavanagh, en costume, un petit bouquet de trois renoncules rouges à la main. Il avait découvert leur existence aujourd'hui quand il était passé chez *Wolfsbane Antiques and Collectibles* pour demander à Henrietta où il pouvait se procurer un petit bouquet pour Lucy. La petite vieille grincheuse avait grommelé lorsqu'il avait expliqué qu'il voulait lui offrir des roses.

— Cette femme mérite quelque chose d'un peu plus spécial que la fleur qu'offrent par défaut les gens qui n'ont jamais eu une idée originale de leur vie, vous ne croyez pas ?

Même si ça lui coûtait de l'admettre, Henrietta avait raison.

Elle avait soupiré en secouant la tête.

— Les hommes sont si facilement déroutés. C'est pour ça que je n'ai jamais dit oui à Henry, malgré le nombre incalculable de fois où il m'a demandée en mariage. Sans parler du fait que nos noms de famille sont presque identiques. Vous vous rendez compte ?

Elle sortit un iPad à l'écran gigantesque.

— Demandons à Google, d'accord ?

Comme l'idiot qu'il était en cet instant, il opina en silence.

— Comment vous décririez notre Lucy ?

Il n'avait nul besoin de réfléchir pour répondre.

— Jolie. Drôle. Intelligente. Géniale.

La vieille femme tapait sur son écran, beaucoup plus vite qu'il ne s'y attendait pour une femme de son âge. Elle dut trouver quelque chose parce que ses doigts cessèrent de s'agiter et elle désigna le bas de l'écran. Frankie essaya de jeter un coup d'œil à la dérobée et elle lui lança un regard agacé.

— Puis-je ajouter « sexy comme c'est pas permis » à votre liste ?

Il éclata de rire. Non pas parce qu'elle avait dit une plaisanterie – c'était super vrai –, mais parce que l'entendre dire par une femme qui avait probablement passé un million de décennies entourée d'antiquités était hilarant.

— Et comment !

— Vous avez bien raison, acquiesça-t-elle en souriant de toutes ses dents avant de reporter son attention sur l'écran. Et vous êtes ébloui par son charme ?

Il lui avait adressé son sourire le plus séduisant.

— Sans aucun doute.

— Alors, c'est celle-là, la renoncule.

Elle posa son iPad entre eux sur le comptoir, tourné vers le haut pour qu'il puisse voir la fleur rouge vif avec des pétales serrés qui formaient une grosse fleur.

— On dit qu'elle est sexy et effrontée. Et elle gagne des points bonus à cause de sa signification.

Elle tapota le texte sous la photo.

SIGNIFICATION : JE SUIS ÉBLOUI PAR VOS CHARMES.

C'était un excellent résumé.

— Madame Campher, vous êtes une déesse parmi les mortelles.

Elle leva ses sourcils blancs, une manière universelle de dire « sans blague, fiston ».

— J'en sais quelque chose.

Et c'est ainsi qu'il s'était retrouvé dans le salon, avec l'impression d'être un acteur qui avait été projeté en arrière dans le temps coincé dans une version plus jeune de lui-même. Il n'avait pas éprouvé autant d'impatience à l'idée de voir une femme depuis qu'Alice Evers avait ôté son soutien-gorge pour lui montrer des seins pour la toute première fois de sa vie. En cet instant précis, dans le bus qui les ramenait d'une visite au musée d'Histoire naturelle de Harbor City, il avait eu un aperçu d'un monde nouveau dont il ignorait jusqu'alors l'existence. Ça l'avait bouleversé et avait changé sa vision des choses.

Pourtant cet épisode n'était rien, comparé à la vue de Lucy entrant dans le salon dans une robe rouge tomate qui aurait été simple si elle avait été portée par une autre femme. La robe à bretelles avait un décolleté en V qui mettait en valeur les courbes plus que généreuses de ses seins. Le tissu la moulait jusqu'à la taille, où il s'évasait jusqu'aux genoux, dévoilant les superbes jambes qu'elle avait enroulées autour de sa tête la veille au soir.

— Ouah.

Ce n'était pas la repartie la plus brillante, mais il était entièrement sincère.

Lucy tourna sur elle-même, faisant remonter sa jupe de quelques centimètres, et Frankie en oublia comment respirer. Elle baissa les yeux sur les renoncules attachées par un ruban argenté et poussa un petit cri de surprise.

— Tu m'as acheté des fleurs ? Pourquoi ?

Elle écarquilla les yeux, ravie.

— Juste pour voir l'expression sur ton visage.

Elle s'immobilisa, une main sur la poitrine. Il pouvait presque déchiffrer ses émotions comme si elle avait un téléscripteur sur le front. Elle pensait quelque chose de l'ordre de « oh putain ». Elle avait été très claire la veille. S'engager n'était pas réaliste. Elle était sceptique, comme elle l'avait elle-même formulé. Il avait pensé la même chose toute sa vie d'adulte. Puis il s'était assis chez *Marino's* face à une femme qui lui avait pété les couilles tout en partageant ses frites et en le faisant rire à gorge déployée.

Sans surprise, parce que Lucy ne se laissait jamais désarçonner plus d'une seconde, elle rompit le charme.

— Frankie, dit-elle, d'une façon qui tenait à la fois de la supplique et de la promesse (et en gloussant un peu). À cause de toi, plus aucun mec ne m'intéressera.

Il commençait vraiment à l'espérer. Il ne comptait certes pas le lui dire et la faire flipper, mais il était bel et bien là. L'idée que c'était peut-être sérieux entre eux s'était définitivement enracinée en lui.

Fidèle à son sens inné du timing qui lui dictait quand il fallait causer un chaos joyeux et absolu, Gussie choisit cet instant pour débouler dans le salon dans l'un de ses inexplicables sprints canins. Le chien se jeta sur Frankie avec ce qui était devenu sa marque de fabrique – en bondissant et en visant ses couilles.

Tu es jaloux parce que tu n'en as pas, c'est ça ?

Frankie leva la jambe pour protéger ses bijoux de famille tout en hissant le bouquet. Après la réaction de Lucy, il était hors de question de sacrifier les fleurs rouges sur l'autel d'un mini-chien démoniaque à la langue épaisse.

— Gussie, non, s'écria Lucy en se précipitant vers lui et en attrapant le chien en plein vol au moment où il rebondissait sur Frankie comme sur un château gonflable humain. Tu es un gros vilain.

— Il protège sa sœur, c'est tout, constata Tom en entrant dans le salon.

Il regarda tour à tour Frankie et elle avant de l'épingler au mur par l'intensité de son regard : Frankie eut vraiment l'impression de venir chercher sa cavalière pour le bal de promo de terminale. Heureusement que Tom tenait un téléphone et pas un flingue.

Cet homme était peut-être sexologue mais Frankie ne pouvait se défaire de l'idée qu'il n'en était pas moins réticent à l'idée que sa fille ait une vie sexuelle.

— Je veux juste prendre quelques photos de vous avant que vous partiez, déclara Tom.

— Papa, ce n'est pas vraiment le bal de promo, protesta Lucy sans lâcher Gussie, qui essayait désespérément de se libérer, sans aucun doute pour mener à bien sa Mission : Nez Dans L'Entrejambe. Ce n'est même pas un vrai rencard.

Frankie ne put s'empêcher de se raidir en entendant ça.

Tom lui lança un regard noir.

— C'est ça.

Frankie avait envie de dire à Tom qu'il partageait ses doutes mais le père de Lucy avait une vision claire de la situation, contrairement à sa fille. Tom continua donc à la fusiller du regard tout en prenant des photos avec son téléphone, et chaque fois qu'il malmenait le pauvre engin, c'était un message directement adressé à Frankie qui disait : « Ne joue pas au con avec ma fille. »

Frankie avait peut-être raté quelques bals de promo quand il était jeune, mais il avait droit à l'expérience au grand complet ce soir, et à moins qu'il ne merde royalement, il pourrait aussi baiser – mais pas à l'arrière d'une voiture.

— Hé, Muffin, je peux te dire deux mots avant que vous partiez ?

Le sourire béat que Lucy affichait depuis qu'en entrant dans le salon, elle avait vu Frankie, un bouquet dans les mains, s'évanouit. Muffin. Elle détestait ce surnom. Chaque fois que son père le prononçait, il lui faisait mal.

— Bien sûr.

Elle lança un regard à Frankie, qui était si sexy en jean et à mourir en costume.

— Ça t'ennuie si je te rejoins dans deux secondes ?

Frankie lui adressa un clin d'œil et lui pressa la main avant de prendre Gussie sous le bras et de se diriger vers la véranda. Une fois qu'il eut disparu, son père se tourna vers elle, l'air sérieux, et elle comprit que cette conversation n'allait pas être drôle.

— Je sais que je l'ai déjà dit, mais est-ce que tu es sûre que vous êtes juste amis ?

— Ça suffit.

La tension s'installa dans ses épaules qui devinrent tellement raides qu'elles en étaient douloureuses.

— Ce n'est qu'un copain, papa, rien de sérieux. Pourquoi tu fais une fixette là-dessus ?

— Peut-être parce que je suis passé par là.

Et tout ce qu'elle avait avalé, toutes les promesses qu'elle s'était faites de ne jamais laisser personne entrer dans sa vie comme son père, lui tordit le cœur. Contrairement à ceux qui ne connaissaient de cette situation que ce qu'ils en avaient lu, elle n'avait jamais trouvé romantique l'amour non partagé. Elle l'avait vu de trop près en observant ses parents et en assistant à la reconstruction de son père après le départ de sa mère – encore et encore.

— Crois-moi. Je ne suis pas le genre de femme avec qui un homme comme lui veut une histoire à long terme. Je ne suis même pas sûre qu'il s'engage un jour avec qui que ce soit.

Son père lui lança un regard pensif.

— C'est juste un plan cul, alors ?

Discuter de ça avec son père n'était pas du tout gênant, même s'il était sexologue. Non. Pas du tout.

— Oui, juste un plan cul, répéta-t-elle, les joues brûlantes d'embarras.

S'il te plaît, mon Dieu, fais que ce soit la fin de cette conversation.

Malheureusement pour elle, Dieu devait être occupé, parce que alors qu'elle se rapprochait de la porte pour s'éclipser, son père lui barra le chemin.

— Tu sais, quand j'ai rencontré ta mère, c'était comme ça.

Il s'empara d'une photo encadrée posée sur la bibliothèque près de la porte. C'était un des rares clichés d'avant le divorce : ils étaient tous les trois (son père et elle tenaient des cônes de glace dégoulinants) dans un parc.

— C'était juste un plan cul. Puis les choses sont allées très vite et j'ai cru que je pourrais la changer, la convaincre de vouloir quelque chose de plus sérieux. C'est difficile, voire impossible, de changer les gens, mais on peut changer soi-même pour le meilleur.

La tristesse dans la voix de son père lui transperça les deux ventricules du cœur avec une efficacité qui lui coupa le souffle. Même après toutes ces années, même après tout ce que sa mère lui avait fait subir – et à elle aussi – il l'aimait encore. Et c'était pour cette raison que Lucy ne pouvait pas s'engager avec Frankie, parce que si leur relation devenait sérieuse, alors elle ne pourrait que mal se terminer. Et si elle avait pensé qu'il y avait encore ne serait-ce qu'un faible espoir, l'histoire du père de Frankie l'aurait anéanti.

Ces pensées provoquèrent une étincelle de colère que Lucy ne savait expliquer mais qui brûla immédiatement avec force, et elle la déversa sur la personne la plus proche, exactement comme quand elle était au lycée.

— Frankie et moi ne sommes pas toi et maman, dit-elle d'une voix débordant de rancœur et de fureur.

L'expression neutre toute professionnelle de son père ne bougea pas.

— Je sais bien, Muffin, mais…

— J'aimerais que tu arrêtes de m'appeler comme ça.

Elle détestait ce surnom. Depuis toujours. Les pères n'étaient-ils pas censés aimer leurs filles de manière inconditionnelle ?

— Muffin ?

Un V se dessina sur le front de Tom sous l'effet de la confusion.

— C'est l'abréviation de Muffin Top.

— Je sais très bien ce que ça veut dire et pourquoi tu m'appelles comme ça.

Elle prit une inspiration pour ralentir son cœur affolé et essaya de refouler toutes les fois où les mots Muffin ou Muffin Top, qui désignait le bourrelet au-dessus de la taille, avaient été utilisés contre elle à l'école, chaque syllabe tranchante de cruauté comme si elle ne s'était pas rendu compte que sa morphologie – pour laquelle elle ne voulait plus s'excuser, même si elle n'aurait jamais dû le faire, mais la société se chargeait de remettre à leur place les femmes jugées non désirables – ne correspondait pas aux canons de beauté en vigueur. Son père ne l'avait jamais traitée ainsi, néanmoins le surnom qu'il lui attribuait la blessait quand même.

— J'aimerais que tu cesses, poursuivit-elle.

— Mais je t'appelle comme ça depuis toujours et ça décrit exactement ce que je ressens pour toi.

Elle eut l'impression d'avoir été percutée par un camion.

— Quoi ? s'écria-t-elle dans un souffle. Tu es déçu par mon poids, comme maman ?

— Pas du tout, protesta son père, la voix tremblante d'émotion en prenant ses mains entre les siennes. J'ai commencé à t'appeler Muffin Top car c'est la meilleure partie du muffin. Et le temps passant, je l'ai raccourci en Muffin. Ça n'a jamais eu aucun rapport avec ton poids.

Il l'attira à lui et la serra étroitement contre lui, dans une étreinte qui la transperça jusqu'à la moelle.

— Lucy, continua-t-il d'une voix secouée par la sincérité, je t'aime quel que soit ton physique parce que tu es ma fille – et la meilleure que j'aurais pu souhaiter avoir. Je suis vraiment navré que le surnom que je t'ai donné avant même que tu saches marcher ait sonné comme une critique concernant ton poids. Je vais arrêter de l'utiliser. Maintenant. Aujourd'hui. Tout de suite.

Des larmes se mirent à couler sur les joues de Lucy, lavant avec elles toute la rancœur accumulée depuis longtemps à propos de ce surnom haï. Ses amis à l'école élémentaire avaient entendu son père l'utiliser et ils s'en étaient emparés. Il l'avait suivi durant tout le lycée. Les gens *en ville* l'appelaient Muffin Kavanagh. Et elle était certaine que pour eux, il avait un tout autre sens. Ce n'était pas pour autant la faute de son père.

— Tu n'es pas obligé, papa.

Il fit un pas en arrière. Les mains toujours posées sur ses épaules, il la regarda bien en face.

— Il est hors de question que je fasse quoi que ce soit qui te fasse douter de la femme extraordinaire que tu es devenue. Je suis très fier de tout ce que tu as accompli. Je sais que je n'ai pas toujours été à la hauteur…

— Papa, l'interrompit-elle. Tu as été un père merveilleux.

Et parce qu'il avait l'air sur le point de protester, elle enroula les bras autour de sa taille et enfouit le visage dans son cou pour respirer le parfum à la fois boisé et sucré qu'elle lui associait depuis toujours.

— Qu'est-ce que tu penses de Petit Pois ? Non, c'est encore de la nourriture. Et Lulu ?

Elle recula en gloussant, s'essuya les joues du dos de la main – merci le meilleur mascara waterproof du monde – et lui sourit.

— Que dirais-tu de Lucy ?

Il ouvrit la bouche, la referma puis lui lança un regard chagriné.

— Tu as raison. Tu n'es plus la petite fille qui dansait dans la cuisine, pas vrai ?

Elle remercia de nouveau silencieusement l'inventeur du mascara waterproof parce que les vannes étaient sur le point de se rouvrir. Elle avait appréhendé de revenir chez son père, parce qu'elle avait craint de retomber dans d'anciens travers et d'affronter les mêmes démons que l'adolescente de quinze ans mi-effrontée mi-perdue qu'elle avait été, et voilà que son père avouait avoir toujours vu en elle la gamine de CM1 avec ses couettes qui dansait en vidant le lave-vaisselle. Rentrer n'était pas sans danger – elle regarda son père, qui la dévisageait avec tellement d'amour et d'espoir qu'elle se remit à pleurer –, mais ce n'était pas sans récompense non plus.

— Je ne danse peut-être plus dans la cuisine, papa, mais je serai toujours ta petite fille.

Et c'était vrai. On ne pouvait pas dépasser certaines choses et il y avait une véritable bénédiction à vieillir : on apprenait enfin à quelles vieilles blessures se cramponner et lesquelles on pouvait lâcher.

— Amuse-toi bien ce soir, dit-il en la serrant contre lui. À demain.

Lorsqu'elle atteignit la véranda, ses yeux étaient secs, son maquillage retouché et son humeur bien meilleure que depuis longtemps.

— Tout va bien ? demanda Frankie en tendant Gussie à Tom avant de conduire Lucy vers Scarlett et de lui tenir la portière ouverte.

Comment répondre à ça ? Un million de possibilités s'offraient à elle mais, en regardant Frankie, une seule lui parut adaptée.

— La seule chose qui pourrait encore améliorer cette soirée, ce serait que Constance reste chez elle.

— Avec un peu de chance, elle décidera peut-être de ne pas assister au bal, répondit Frankie avec une grimace.

— Ça n'a pas d'importance.

Et c'était vrai.

C'était ce qu'elle avait mis du temps à comprendre et il fallait maintenant qu'elle s'en rende compte. La conversation avec son père, cependant, aidait à évacuer un peu les débris émotionnels qui l'encombraient depuis aussi longtemps qu'elle s'en souvienne.

Bien sûr, la jeune fille qui avait arpenté les couloirs du lycée d'Antioch vivait toujours en elle. Mais elle avait grandi, appris à se défendre et prospéré. Elle avait un job génial et des amis en or. Rentrer chez son père n'y changeait rien. Elle n'y pouvait rien si Antioch n'avait pas bougé d'un iota en son absence. Elle n'allait pas abandonner tout ce qu'elle avait acquis juste parce qu'elle avait franchi les frontières de la ville.

— Qu'est-ce qui nous vaut ce sourire ? demanda Frankie, sur le point de fermer sa portière.

— Je suis juste heureuse.

Un sourire étira sa bouche espiègle.

— Alors, que la fête commence.

— Meilleure idée du monde.

— Je ne sais pas.

Il baissa la voix et son regard devint brûlant.

— J'ai plutôt apprécié celle que tu as eue hier soir. Il me tarde de recommencer. J'ai planifié quelque chose impliquant un hôtel.

Sa culotte s'enflamma. L'idée de passer toute la soirée à penser à ce qu'il avait en tête et à espérer que ce soit le même genre de choses orgasmiques que la veille fit battre son cœur plus vite. Mais à en juger par le niveau de chaleur du baiser qu'il lui donna avant de refermer la portière, elle n'avait pas de souci à se faire. Il suffisait d'être patiente. Cet homme adorait faire durer les choses et elle avait le pressentiment que le bal ne serait qu'une longue suite de préliminaires.

Qui sait, elle pourrait peut-être l'entraîner derrière les gradins pour lui faire subir les derniers outrages ?

Chapitre 16

Le gymnase avait été transformé en une réplique améliorée du bal de promo de terminale de Lucy, dont le thème avait été « Sous l'océan ». Elle en était réduite à le supposer, avec les sirènes et les étoiles de mer accrochées sur les murs, les ballons bleus et blancs et les confettis en forme de poissons éparpillés sur la table des inscriptions.

— Quelle chanson vous allez chanter ? demanda Haven Sheraton en tendant son badge nominatif à Lucy. Pour la dernière épreuve du décathlon.

Oh merde. Elle tourna brusquement la tête en direction de Frankie, qui la regarda, bouche bée et horrifié. Avec tout ce qui s'était produit entre-temps, ça leur était complètement sorti de la tête.

— Chanter ? parvint-elle à dire.

— Oui, tu te rappelles que Constance adore chanter, poursuivit Haven avec un soupir mélancolique. Je pensais qu'elle ferait carrière à Broadway avant qu'il lui arrive ce qui lui est arrivé.

Alors que la panique liée au karaoké commençait à diminuer, Lucy se souvint effectivement que Constance paradait dans les couloirs du lycée avec ses amies en chantant tout le temps, des classiques de Broadway aux derniers tubes. Même adolescente, elle était persuadée que ses rêves se réaliseraient.

— C'est l'heure de chanter, donc ? demanda Frankie sans aucune trace d'humour.

— Exactement, répondit Haven avant de se pencher vers eux et de baisser la voix en un murmure. Bonne chance, on est nombreux à espérer que vous allez gagner.

Lucy aurait probablement passé les cinq minutes suivantes à regarder Haven d'un air hagard si Frankie ne l'avait pas entraînée dans un coin à l'extérieur du gymnase. Tandis que les gens se déversaient autour d'eux, elle acheva de digérer le choc « comment ça, les gens espèrent qu'on va gagner » pour se rendre compte que Frankie « M. Confiance En Soi » Hartigan était sur le point de vomir sur ses chaussures.

— Oh mon Dieu.

Elle pressa ses paumes sur ses joues pour voir s'il avait de la fièvre.

— Ça va ?

— Il faut que je te dise quelque chose.

Il jeta un coup d'œil vers les gens autour d'eux comme si c'étaient des extraterrestres à la recherche d'une nouvelle enveloppe humaine.

— Je ne peux pas chanter.

Elle poussa un soupir soulagé et l'inquiétude qui s'était emparée d'elle s'évanouit.

— Moi non plus je ne sais pas chanter, ce n'est pas grave. On sera nuls ensemble.

— Non.

Il secoua la tête et déglutit.

— Je. Ne. Peux. Pas. Chanter.

C'est alors qu'elle comprit. L'homme capable de convaincre le diable en personne de ne pas l'envoyer en enfer pour l'éternité était pétrifié à l'idée de chanter en public. Genre, sur une échelle de un à dix, il était terrifié à onze. S'il n'avait pas l'air de penser que c'était la fin du monde, elle aurait ri. Mais ce n'était pas le moment de glousser. Son trac était sérieux. Et pour quoi ? Une couronne débile ? Ça n'en valait absolument pas la peine.

— Aucun problème, dit-elle en posant un baiser sur sa joue. On n'a qu'à passer notre tour.

Il lui lança un regard perplexe.

— Mais alors Constance gagnera.

Quelques jours plus tôt, l'idée de laisser sa vieille ennemie l'emporter aurait été l'une des pires choses possibles. Mais maintenant ? Lucy avait vécu un sacré retour à la réalité et voyait les choses sous un autre angle. Ces vieilles conneries n'avaient aucune importance. Elle avait une bonne vie, des amis géniaux et elle était sur le point de passer la soirée à danser avec un homme qui lui faisait pousser des soupirs heureux, même si cette situation entre eux ne durerait pas. Tout ça valait bien mieux que de vieilles rancunes et d'anciennes blessures.

— Ce n'est pas grave du tout, affirma-t-elle. Je préfère passer la soirée à danser avec toi.

— Tu es sûre ? demanda Frankie d'un ton qui disait qu'il ne l'était pas du tout.

— On reprend la route pour Waterbury demain matin, déclara-t-elle d'un ton aussi léger que possible, sans évoquer ce que ça signifiait pour elle et à quel point il lui manquerait quand ils auraient repris le cours de leurs vraies vies. Je préfère m'amuser le plus possible ce soir et me créer de bons souvenirs plutôt que de me retrouver prise dans une compétition de lycéennes idiotes.

Qu'il ait compris qu'elle ne lui avait pas tout dit ou pas n'avait aucune importance, parce qu'il l'embrassa, balayant ses inquiétudes et adoucissant la réalité douce-amère dans laquelle tout serait bientôt terminé. Et quel baiser. Il pourrait être prof de baiser et elle serait son étudiante préférée – et la seule. Lorsqu'il la lâcha, elle était à bout de souffle et écarlate.

— On pourrait passer toute la soirée à faire ça, dit-il en baissant les yeux sur son décolleté. Tu penses pouvoir avoir accès à la bibliothèque ? J'ai toujours eu envie de trousser une fille entre deux rayonnages.

— Tu es incorrigible, répondit-elle en gloussant.

Il l'embrassa de nouveau, rapidement cette fois-ci.

— Et tu adores ça.

Maudit soit son corps rebelle, c'était la vérité. Il lui faudrait des années avant de cesser de se caresser en y pensant. Et comme franchir la porte du gymnase dans l'optique d'un *quickie* dans la bibliothèque ne figurait pas sur sa *to-do list* de la semaine, elle s'éloigna du champ d'action de ses baisers.

— Je reviens tout de suite.

Heureusement, les toilettes étaient juste de l'autre côté du couloir. Ignorant les regards curieux des gens qui étaient avec elle en terminale – et une femme qui brandit son verre de vin à demi plein dans un toast de félicitations –, elle se hâta de pénétrer dans les toilettes. Un coup d'œil dans le miroir suffit à lui faire ouvrir son sac à main. Son rouge à lèvres rouge avait migré durant ce baiser fabuleux. Elle était en train de sortir une lingette démaquillante, un indispensable pour celles qui, comme elle, étaient accros au rouge à lèvres rouge lorsqu'elle entendit du bruit dans une des cabines.

Elle s'immobilisa et pencha la tête sur le côté, l'oreille tendue. Encore ce bruit. Comme un reniflement. Non, c'était plus que ça. On aurait dit un sanglot à fendre l'âme, de ceux qui suivent les pires ennuis. Hors de question de s'éclipser sans s'être assurée que la femme cachée dans la cabine allait bien.

— Tout va bien ? demanda-t-elle.

Il y eut un silence, puis la porte s'ouvrit sur Constance, les yeux rouges et le menton haut mais tremblant.

— Oui, dit-elle en sortant de la cabine, cependant sa voix tremblait et elle tenait un mouchoir froissé et trempé dans la main. Et dans le cas contraire, tu serais la dernière personne sur Terre qui pourrait m'aider.

Quelque chose en Lucy se rompit en entendant cette remarque désagréable. La peur résiduelle que lui inspirait la salope du lycée s'évanouit complètement. C'était comme si un poids de la taille du Titanic qu'elle ignorait porter sur ses épaules venait de disparaître.

— Mais c'est quoi ton problème, Constance, en fait ? demanda-t-elle, curieuse malgré tout. Je comprends qu'on puisse être une salope sans raison valable au lycée mais tu ne crois pas qu'il est temps de grandir ? La vie est assez difficile comme ça sans rajouter toutes ces conneries.

L'autre femme lui lança un regard noir dans le miroir.

— Comme si tu savais ce que c'était d'avoir une vie difficile.

Elle plaisantait ? C'était forcément une blague.

— Je pense que je sais ça mieux que beaucoup.

— Vraiment ? ricana Constance, incrédule, en arrachant une longueur de papier brun au distributeur avant de le placer sous le robinet automatique. Tu as pu quitter Antioch.

Elle ôta le papier de sous le robinet et l'essora.

— Tu as une vie en dehors de cette petite ville.

Elle tapota le papier sous ses yeux bouffis tout en continuant de fusiller Lucy du regard.

— Tu es autre chose que la femme qui a connu son heure de gloire au lycée.

De toutes les pleurnicheries possibles ? La femme qui avait fait de la vie de Lucy un enfer au lycée se plaignait parce que c'étaient les meilleures années de sa vie et qu'elles étaient terminées ? Quel tas de conneries.

— Tu aurais pu partir, toi aussi, riposta-t-elle. Rien ne te retenait.

Constance froissa la serviette en papier et resserra le poing, les phalanges blanches.

— Juste une bricole qu'on appelle chimiothérapie et, quand ça a échoué, une double mastectomie à dix-neuf ans. Oui, t'as raison, je n'ai eu que l'embarras du choix – sauf que les miens concernaient mon traitement contre le cancer.

Tout l'air disparut de la pièce à la simple mention du mot commençant par la lettre *c*, et Lucy en fut oppressée. D'accord, elle ne s'attendait pas à ça – elle n'avait jamais entendu ne serait-ce qu'une rumeur à ce sujet. Ça n'excusait pas le comportement de Constance au lycée mais, si elle avait subi une mastectomie à dix-neuf ans, elle avait certainement été diagnostiquée à dix-huit, quand elle était encore au lycée. Seigneur. Elle avait dû être terrifiée.

— Je l'ignorais, dit Lucy. Je suis désolée.

— Tu crois que ce que tu penses a de l'importance pour moi ? répliqua Constance en balançant la serviette roulée en boule dans la poubelle, tout en évitant soigneusement le regard de Lucy, le menton tremblant.

— Oui, répondit Lucy d'un ton le plus neutre possible, tout en se demandant comment quelqu'un qui avait traversé une maladie aussi dévastatrice pouvait encore se comporter comme une salope absolue tant d'années après. Je pense que pour toi, l'opinion des autres compte plus que tout et que ça te tue de voir tout le monde revenir et de comprendre que tu n'as rien vécu de ce que tu voulais. Je suis navrée que tu aies été malade. Je suis contente que tu ailles mieux. Ne t'inquiète pas, ce sentiment me choque moi-même. Mais qui tu étais et ce qui s'est passé avant n'a pas à avoir une influence sur qui tu es aujourd'hui et ta façon d'agir.

Le seul bruit dans les toilettes était le bourdonnement des néons tandis que Lucy voyait le visage de son ennemie jurée se marbrer de plaques rouges sous le coup de l'émotion.

— Pourquoi tu ne...

C'est tout ce que Constance put dire avant que le barrage ne cède et qu'elle se mette à pleurer à chaudes larmes. Peut-être était-ce parce que Lucy était la seule personne présente, ou peut-être que Constance avait besoin de se rattraper à quelque chose de solide pour résister au terrible tourbillon de sa vie ; toujours est-il qu'elle se précipita sur Lucy, la prit dans ses bras et se cramponna à elle en sanglotant.

— Ma fille a hérité du gène de ce cancer du sein agressif, dit-elle en tremblant comme une feuille. C'est héréditaire. C'est ma faute.

Lucy comprit alors. Si cette réunion d'anciens lui avait rappelé tout ce qu'elle avait subi au lycée, c'était bien pire pour Constance. Si on ajoutait à ça le diagnostic de sa fille, alors... se comporter comme une véritable salope n'était peut-être pas la meilleure réaction possible face à ce genre de nouvelles, mais c'était compréhensible, même si c'était nase.

— Oh mon Dieu, Constance, dit-elle en la serrant étroitement contre elle. Je suis tellement désolée.

Elles restèrent ainsi – anciennes ennemies de jeunesse, dans les bras l'une de l'autre dans les toilettes des filles sous des néons à la lumière vive. Ce n'était pas l'embrassade la plus étrange qu'ait connue Lucy – la palme revenait à l'étreinte de groupe entre les défenseurs de première ligne qui se haïssaient et dont la rancune avait failli coûter la victoire à leur équipe – mais pas loin. Qui l'aurait cru ? Constance et elle ? S'étreindre ?

La situation aurait dû être bizarre, pourtant elle ne l'était pas. C'était la preuve qu'elles pouvaient toutes les deux tourner la page et avancer – voire devenir amies.

— Je ne sais pas quoi faire, avoua Constance quand elles se séparèrent tout en s'essuyant le visage avec un autre morceau de papier. Comment lui dire que tout va bien se passer alors que ce n'est peut-être pas vrai ? Et si elle doit abandonner tous ses rêves, comme moi ? Et si son avenir est terminé avant même d'avoir commencé ?

— Que disent les médecins ?

Constance serra les dents et carra les épaules comme si elle s'apprêtait à entrer dans l'arène.

— De faire des autopalpations tous les mois, des examens réguliers et de prier.

— Alors, faisons-le.

Et elles prièrent en se tenant par la main, au beau milieu des toilettes. Lucy priait rarement – pour être honnête, elle ne se rappelait pas quand elle l'avait fait pour la dernière fois –, mais le moment s'y prêtait. Si sa voix était le seul réconfort qu'elle pouvait offrir à Constance, alors Lucy se dit que Dieu l'écouterait. Une fois la prière achevée, elles retouchèrent leur maquillage et leurs regards se croisèrent dans le miroir.

Constance lui adressa un sourire confus.

— Je te demande pardon pour tout – cette semaine, hier soir, le lycée. J'ai auparavant laissé mon amertume, et ma peur pour ma fille maintenant, trouver un exécutoire en m'en prenant à toi. C'était injuste. Peux-tu me pardonner ?

Quelques jours plus tôt, la réaction de Lucy aurait été différente mais ce soir, elle n'eut même pas besoin de réfléchir avant de répondre :

— Absolument.

Elles signèrent le traité de paix avec une autre embrassade, puis sortirent ensemble dans le hall désert. Une foule s'était amassée juste devant la porte à double battant ouverte qui menait au gymnase d'où s'élevait un son épouvantable. Il fallut à Lucy une seconde pour comprendre ce qu'elle entendait, mais dès qu'elle saisit, elle se rua à l'intérieur. Là, transpirant sous le projecteur braqué sur la scène, un micro en main, les yeux rivés à l'écran du karaoké comme un homme contemplant les phares d'un semi-remorque incontrôlable, Frankie imitait de son mieux Danny Zuko se vantant de ses conquêtes estivales auprès de ses potes. Elle n'avait jamais entendu un tel massacre de sa vie et elle adorait ça.

Elle l'adorait, lui.

Oh ! merde. Impossible. C'était idiot, c'était – comme ça et pas autrement, comprit-elle, l'estomac noué. Elle était tombée amoureuse du mec qui avait couché avec presque toutes les femmes de Waterbury et avait traversé le pays pour faire semblant d'être son fiancé parce qu'il avait pitié d'elle.

C'était affreux.

Vraiment.

Mais elle refusait d'y penser maintenant, pas alors qu'il était monté sur scène et qu'il chantait – comme un pied – pour *elle*. Elle gérerait tout ça plus tard.

Tout rentrerait naturellement dans l'ordre une fois qu'ils seraient revenus à Waterbury ; il se remettrait à sortir avec des femmes aux jambes démesurées à qui jamais un inconnu n'irait reprocher de manger des cheeseburgers.

Jusque-là, elle avait la ferme intention de faire comme si, en dehors d'Antioch, le monde n'existait pas.

Il y avait deux choses universellement reconnues dans la famille Hartigan. Un, les Ice Knights étaient la meilleure équipe de hockey de la ligue. Deux, un chat en train de miauler à la mort en se noyant était plus agréable à l'oreille que Frankie en train de chanter. Et en entendant les bruits hideux et faux qui sortaient de sa bouche pour se déverser des enceintes, il ne pouvait qu'approuver. Pourquoi s'était-il mis à poil, métaphoriquement sinon littéralement, devant ces gens ? Pour le regard que Lucy lui adressait en cet instant.

L'amusement étirait le coin de sa bouche pleine et sexy depuis le seuil d'où elle le regardait, au côté de Constance. Elle avait l'air aussi un peu abasourdie, mais il ne pouvait se méprendre sur l'appréciation qu'il lisait sur son visage, appréciation à la limite d'autre chose, d'un sentiment qui le poussa à beugler plus fort que nécessaire – au grand désespoir des gens assis aux tables autour de la piste de danse.

— Aie pitié de ces pauvres gens, dit-il dans le micro durant un solo instrumental. Tu ne peux pas être pire que moi.

Heureusement, elle le prit au mot. Il éprouva cependant un vrai choc en la voyant passer le bras sous celui de Constance pour la faire monter sur scène avec elle. Elles parvinrent sur l'estrade juste à temps pour que Lucy chante le couplet racontant comment elle avait rencontré un garçon durant l'été et pour que Constance se joigne au chœur lui demandant d'en dire davantage. Il était certain qu'il y avait une histoire derrière cette trêve, toutefois il n'était pas vraiment surpris.

Lucy avait une façon bien à elle de faire bouger les choses.

Ça se voyait dans tout ce qu'elle faisait, de sa façon de gérer les athlètes rebelles à Gussie, en passant par lui. Elle n'avait pas sa pareille dans le monde entier.

Il fallait qu'il envoie une caisse de bières à ce connard de chez

Marino's parce que, s'il n'avait pas été là, Frankie n'aurait peut-être jamais découvert cette femme incroyable.

Lorsqu'ils parvinrent au chœur final, plus de la moitié des femmes présentes dans le gymnase accompagnèrent Lucy et un bon quart des hommes se joignirent à Frankie. Une fois les dernières notes chantées, il saisit la main de Lucy et descendit de scène plus vite que la fois où il était sorti d'un immeuble en flammes avec une portée de chiots dans les bras.

— Je préférerais me faire épiler les couilles plutôt que de recommencer, dit-il avant d'avaler d'un trait la bière glacée que le type qui tenait le bar dans un coin lui avait tendue.

Lucy qui, elle, n'était absolument pas affectée par le fait d'avoir chanté en public, sirotait la sienne.

— Pourquoi tu l'as fait, alors ?

Il pourrait lui répondre qu'il n'avait pas eu le choix, qu'il était monté sur scène sous la menace d'une arme. Il pourrait lui dire que c'était parce qu'elle méritait de gagner cette couronne. Il pourrait avouer que c'était pour se venger de Constance et de toutes les saloperies qu'elle avait faites à Lucy. Tout aurait été vrai – bon, sauf pour l'arme. Mais au lieu de ça, il lui avoua la vérité.

— Je l'ai fait pour voir cette expression sur ton visage.

Les yeux de Lucy se mirent à briller et tout, dans l'univers connu, changea pour lui. Il n'était qu'un salaud égoïste. Il ne s'était pas ridiculisé en public pour elle. Il l'avait fait pour lui, parce qu'il voulait être celui grâce à qui elle se sentait ainsi. Et il voulait recommencer. Encore. Et encore. Il voulait le faire jusqu'à ce qu'ils soient vieux et qu'ils hurlent aux jeunes de foutre le camp de leur pelouse.

— Ouah. On va parler de cette performance pendant un long moment, commenta le gars qui jouait le rôle de maître de cérémonie en se glissant presque entre Frankie et Lucy. Mais vous devriez vous activer. On a besoin de vous sur scène.

Il se dirigea fièrement vers l'estrade dans son horrible smoking vert menthe qui faisait mal aux yeux. Main dans la main, Lucy et Frankie se frayèrent un chemin jusqu'à la scène où tous les participants du décathlon attendaient. Les couples furent présentés l'un après l'autre, on annonça leurs scores puis ils quittèrent l'estrade sous les applaudissements polis de l'assistance. Au final, il ne resta plus que Lucy et Frankie, Constance et Bryce.

Comme pour gagner il fallait avoir obtenu le vote du public à l'épreuve du karaoké, Frankie ne retint pas son souffle. Il avait fait de son mieux, et si Lucy voulait vraiment une couronne, il irait lui en acheter une.

— Et le roi et la reine de la réunion des anciens du lycée d'Antioch sont – le maître de cérémonie marqua une pause pour laisser la place à un roulement de tambour préenregistré – Frankie Hartigan et Lucy Kavanagh !

Frankie pivota vers Lucy sous les applaudissements et les hurlements de la foule. Elle articula « oh ! mon Dieu » en lui serrant la main comme si c'était la seule chose qui la retenait de s'envoler. Il ne voulait pas la lâcher mais il fut obligé de la laisser aller recevoir sa couronne.

Heureusement qu'il n'avait pas à en porter une ; ce n'était pas vraiment son truc. Mais danser avec Lucy ? Ça, oui.

Il se coula aisément dans le rythme d'un slow et ne put s'empêcher de l'attirer plus étroitement contre lui afin de sentir son corps. Dans ses bras, elle était à sa place. C'était peut-être le bal du lycée de Lucy, mais il ne voulait pas qu'il se termine. Pourtant, la fin approchait et cette perspective était suspendue au-dessus de lui comme une enclume de quinze kilos.

— Tu as passé une bonne semaine ? demanda-t-il sans réfléchir.

— Oui, répondit-elle doucement en se hissant sur la pointe des pieds pour effleurer ses lèvres. Grâce à toi.

— J'ai juste servi de beau gosse de service.

Était-ce défensif ou humble ? Il ignorait laquelle des deux versions il préférait. La vérité, c'était qu'il ne voulait plus être un mec facile, et le pire qui puisse arriver serait que Lucy le voie de cette façon.

— Beau gosse de service ? répéta Lucy en secouant la tête. Tu as été beaucoup plus.

— Et une fois qu'on sera rentrés ?

Merde. Il n'avait pas eu l'intention de poser la question – pas ici, du moins – et à en juger par l'expression circonspecte de Lucy, elle aurait aimé qu'il s'en dispense. Il ne savait pas trop comment enchaîner, aussi se contenta-t-il de plonger le regard dans les yeux marron de Lucy. Mais il ne put se débarrasser du sentiment désagréable qu'un événement tragique était sur le point de se produire, sentiment auquel il avait appris à se fier la première fois qu'il avait mis le pied dans une maison en feu. Si un pompier ne prêtait pas attention à son sixième sens, ses chances de s'en sortir carbonisé augmentaient drastiquement.

— Cette semaine, ici, ce n'était pas la vraie vie, constata-t-elle d'une voix si basse qu'il dut pencher la tête pour saisir ses paroles. C'était un petit cocon.

C'était vrai, mais il n'était pas prêt à abandonner, sixième sens ou pas.

— Et d'après toi, qu'est-ce qui sera différent à Waterbury ?

Avant qu'elle ait eu le temps de répondre, la musique changea, remplacée par une chanson rapide qui avait quelques années, et les danseurs envahirent la piste. Pendant une seconde, ils se regardèrent, immobiles, le poids de tous les futurs possibles pesant sur leurs épaules. Puis Lucy lui adressa le sourire expérimenté qu'elle avait certainement utilisé des milliers de fois dans son bureau pour désamorcer des situations tendues.

— L'absence de course en sac à patates.

Elle sourit de toutes ses dents puis l'attira dans une ronde avec les autres danseurs.

C'était une réponse maligne – subtilement défensive –, mais Frankie n'était pas dupe. Entre eux, il y avait plus que des jeux de pique-nique et du sexe torride.

Il fallait juste qu'il trouve le moyen de la persuader que leur histoire représentait davantage qu'un bon moment.

Chapitre 17

Une heure plus tard, Frankie était cramponné au volant de Scarlett. Il y avait la nuit, puis il y avait les routes de campagne la nuit. Il n'y voyait absolument rien à l'exception du petit morceau de route illuminé par les phares, un million d'étoiles et Lucy, assise près de lui sur le siège passager. Elle portait toujours cette robe rouge ultra-sexy qui l'enveloppait comme une promesse et une provocation – oh, et ses yeux étaient dissimulés par un bandeau de fortune qu'il avait fabriqué avec l'écharpe qui allait avec sa couronne.

— Tu sais, je ne ferais pas ça pour n'importe qui, dit-elle.

Le « ça » impliquant de monter dans sa voiture sans savoir – et sans voir – où ils allaient. C'était une véritable preuve de confiance de la part d'une femme habituée à livrer ses batailles seule et il prit ça pour un excellent signe concernant leur voyage de retour du lendemain.

— C'est à cause de mes talents inouïs de chanteur, n'est-ce pas ? demanda-t-il en tournant à gauche pour emprunter un sentier étroit au début duquel un panneau indiquait « Hôtel Laughlin ».

Lucy gloussa.

— Tu es nullissime et tu le sais.

— Vrai.

Il posa la paume sur sa cuisse et vit du coin de l'œil qu'elle se mordait la lèvre inférieure.

— Mais heureusement, j'ai d'autres talents.

— Y compris celui de conduire des femmes aux yeux bandés au milieu de la nuit dans un endroit inconnu ?

Ses paroles étaient désinvoltes mais son ton était sexy, et ça l'emballait. Merde. Il était plus qu'emballé, il était partant. Pour ça. Pour elle. Toujours. Il poussa un soupir de soulagement lorsqu'au bout du chemin surgit l'hôtel de luxe caché dans la forêt comme un palais de conte de fées. Haut de trois étages, il était construit comme un véritable château. Frankie avait réservé la chambre dans la tour : sa carte bleue en avait pleuré de douleur mais il savait que la dépense en valait la peine.

Il gara Scarlett dans l'une des rares places de parking disponibles, coupa le moteur et défit sa ceinture. Puis il se pencha pour ôter le bandeau des yeux de Lucy.

— On est arrivés.

Elle cilla à plusieurs reprises puis regarda autour d'elle. Deux secondes après avoir aperçu l'hôtel, elle se tourna vers lui, un peu bouche bée, les yeux brillants de joie.

— Comment as-tu réussi à obtenir une chambre ici ? demanda-t-elle avec un petit gémissement d'approbation. Il y a une liste d'attente de plusieurs années.

C'était exactement la réaction qu'il espérait. Demander de l'aide à sa sœur en avait valu la peine.

— Felicia, répondit-il avant de descendre de la voiture.

Lucy l'imita avant qu'il ait eu le temps de lui ouvrir la portière.

— Explique-moi, s'il te plaît.

Il la prit par la main et l'entraîna vers le coffre, où il avait rangé un sac de voyage dans lequel il était parvenu à lui faire prendre un change en lui faisant croire qu'ils se rendraient au lac après le bal et qu'elle aurait besoin d'une tenue plus confortable.

— La famille de son fiancé est riche et m'a aidé à réserver une chambre à la dernière minute.

Il ouvrit le coffre, prit leurs bagages et le referma.

— Felicia me devait une faveur.

— Pourquoi ? demanda Lucy alors qu'ils se dirigeaient vers l'entrée. Tu as sauvé son chat complètement fou coincé au sommet d'un arbre ?

— Ouh là là, non. Si Honeypot était coincé, je le laisserais où il est.

C'était faux, mais le chat de Felicia était vraiment sauvage et cruel.

— Je l'ai aidée à choisir une robe.

Elle s'immobilisa, le forçant à en faire autant, devant les énormes portes en chêne.

— Tu as fait du shopping avec ta sœur ?

Par habitude, il jeta un coup d'œil autour de lui pour vérifier que personne n'avait entendu.

— Si jamais tu caftes, je nierai en bloc.

Elle se hissa sur la pointe des pieds, enroula les bras autour de son cou et sa bouche succulente se retrouva à quelques millimètres de la sienne. S'il n'avait pas porté leurs bagages, il aurait empoigné ses fesses rondes et l'aurait attirée à lui pour sentir les contours de son corps contre le sien.

Il voulait juste un avant-goût – du moins, tant qu'ils ne seraient pas dans leur chambre.

— Comme si tout le monde ignorait que tu es un grand tendre, répliqua Lucy.

— Pas tout le temps.

Elle glissa un bras entre eux pour effleurer son sexe.

— Heureusement.

Ça l'avait peut-être tué un petit peu mais il parvint à garder son sang-froid et à ne pas entraîner Lucy vers la surface horizontale la plus proche. Au lieu de ça, ils gagnèrent l'opulente réception. Frankie n'avait qu'à donner son permis de conduire et laisser un numéro de carte bleue pour les faux frais – et il trouva déjà que ça prenait trop de temps. Il n'avait qu'une envie : monter avec Lucy dans la chambre.

Il se précipita vers l'ascenseur, et aussitôt les portes refermées, il laissa tomber les sacs et la pressa contre le mur. Trois étages à monter, ce n'était pas suffisant pour entreprendre quoi que ce soit d'intéressant, mais il parvint néanmoins à glisser les mains sous sa robe qu'il remonta sur ses cuisses et ses hanches pleines tout en l'embrassant passionnément, voire désespérément.

Les doigts agiles de Lucy étaient en train de déboutonner son pantalon lorsque l'ascenseur tinta et que les portes s'ouvrirent sur un petit palier avec deux portes.

Comment réussit-il à cesser de l'embrasser avant que les portes se referment ? Il n'en avait aucune putain d'idée. Tout ce qu'il savait, c'est qu'à un moment, il était à quelques centimètres du petit morceau de paradis le plus doux et le plus humide du monde et que l'instant suivant, il portait Lucy dans ses bras tout en tenant maladroitement les bagages d'une main et il marchait à grandes enjambées vers la porte – dernier obstacle avant de la déshabiller.

Comme un idiot, il avait glissé la clé de la chambre dans la poche de sa veste. C'était un bon plan afin d'avoir les mains libres pour la peloter dans l'ascenseur mais qui se révélait nase en fin de compte : il voulait garder son corps plaqué contre le sien tout en ouvrant la porte en même temps, or c'était impossible.

— Si tu ne me poses pas pour ouvrir la porte, entrer et me baiser jusqu'à ce que je sois enrouée, je ne te parlerai plus jamais.

Il reconnaissait bien là sa Lucy. Elle ne ressemblait à aucune autre.

— Oui, madame.

Il la posa à terre, sortit la clé, l'introduisit dans le boîtier noir et tourna la poignée de la porte... qui ne s'ouvrit pas. *Putain de merde.* Il recommença. Rien. Juste une petite lumière rouge clignotante. Pendant ce temps, Lucy avait glissé les mains sous sa robe pour ôter sa culotte. *Merde.* La vue de la petite boule de satin dans sa main lui coupa le souffle.

Sans le quitter des yeux, un sourire amusé sur ses lèvres délicieuses, elle mit les mains derrière son dos et fit un geste de pincement et de torsion : les bretelles de son soutien-gorge tombèrent le long de ses bras et elle parvint il ne savait comment à l'enlever sans ôter sa robe. Le regard de Frankie fut comme aimanté par ses tétons durs qui se pressaient contre le tissu fin de sa robe rouge. Il avait déjà vu ces tétons, il savait à quoi ils ressemblaient avec leur large aréole couleur pêche. Ce savoir, sans pouvoir ni les voir ni les toucher, remplissait son cerveau de brouillard. Il passa de nouveau la clé dans le boîtier, comme si elle allait fonctionner par magie.

Ses sous-vêtements dans une main, Lucy lui prit la clé magnétique de l'autre.

— Essaie l'autre clé.

Sexy *et* brillante. Oh ! oui.

Il sortit l'autre carte du porte-cartes et essaya. La lumière devint verte. En une fraction de seconde, il ouvrit la porte et l'entraîna à l'intérieur. Mais Lucy n'avait pas fini de le torturer ; elle prit soin de marcher juste devant lui – sa culotte et son soutien-gorge à la main comme une provocation gentiment cruelle – suffisamment loin pour être hors de portée.

La chambre était splendide. Du moins, il le supposa, à en juger par l'expression sur le visage de Lucy quand elle pivota vers lui, parce qu'il était incapable de la quitter des yeux pour le constater par lui-même. Il n'existait pas plus belle vue que celle qu'il avait devant lui.

— C'est fabuleux, dit-elle en tournant lentement sur elle-même pour examiner la pièce. Mais pourquoi ?

— Pour des raisons purement égoïstes.

Il se cramponna si fort à la poignée de la porte qu'il fut surpris de ne pas la tordre. Il avait besoin de rester là où il était, sinon il serait capable de traîner Lucy sur la moquette comme un homme des cavernes et de remonter sa robe pour la prendre tout de suite.

Sauf qu'il ne voulait pas que la nuit se déroule ainsi. Ce n'était pas uniquement de la baise. C'était de la séduction. C'était sa chance de la convaincre qu'ils n'étaient pas obligés d'en finir, qu'il y avait une place pour eux à Waterbury.

— Ah bon ?

Elle gagna l'immense lit en face des fenêtres donnant sur la vaste forêt nationale et fit courir ses doigts sur le couvre-lit.

— Et quelles sont-elles ?

— Je veux te prouver à quel point ça pourrait être bien, toi et moi.

Elle serra les dents, très légèrement mais il s'en rendit compte.

« Tu n'es pas le genre de mec qu'on a envie d'épouser. »

Les paroles de Shannon revenaient le hanter au pire moment possible, mais il les repoussa. S'il était capable de s'engager avec quelqu'un, c'était avec Lucy.

Elle se ressaisit plus vite que lui, laissa tomber ses sous-vêtements sur le lit et porta les doigts au décolleté en V de sa robe.

— Et si tu me le prouvais, alors ?

Le sang-froid auquel il se cramponnait comme à une bouée céda et il se précipita vers elle. Il encadra son visage de ses mains et posa la bouche sur ses lèvres, la revendiquant comme sienne autant qu'il le pouvait en cet instant, approfondissant le baiser, la goûtant, l'excitant, lui avouant silencieusement tout ce qu'il voulait qu'elle sache.

Pourtant, ça ne suffisait pas. Il n'était pas certain qu'avec elle, ça suffise un jour.

Sans rompre le baiser, il la fit reculer jusqu'au lit. Il caressa sa peau douce. Il aimait la façon dont ils s'emboîtaient parfaitement. Il finit par s'écarter avant d'être tellement perdu qu'il en oublierait ce qu'il voulait vraiment lui dire. Ce qui était vraiment en jeu.

— Je veux t'avertir que je ne joue pas.

Il baissa les mains et commença à faire lentement remonter l'ourlet de sa robe.

— Il y a plus entre nous qu'une simple histoire de cul.

Il fit passer sa robe par-dessus sa tête pour l'admirer. Il prit une profonde inspiration et se contenta de ça, la contempler ; ses yeux s'attardèrent sur ses seins lourds, la courbe tendre de son ventre, ses épaisses jambes écartées juste ce qu'il fallait pour qu'il puisse s'agenouiller devant elle et enrouler la langue autour de son clitoris dur et mouillé – mais pas tout de suite. Il devait d'abord s'assurer qu'elle comprenne que c'était davantage qu'un plan cul.

— Cette relation ne se terminera pas en quittant Antioch.

Lucy était sur le point d'imploser, d'exploser ou de s'enflammer spontanément : elle ignorait lequel des trois, mais quelque chose était sur le point de se produire. Elle ne pouvait pas laisser Frankie la regarder comme *ça* après une *telle déclaration* sans réagir. Maudit soit cet homme, c'était injuste. Comment était-elle censée protéger son cœur et sa tête quand il disait ce genre de truc ?

C'était Frankie Hartigan, merde, un géant roux sexy, dragueur, pompier et canon. Elle était Lucy Kavanagh, ce qui, la plupart du temps, était génial, mais elle ne jouait pas du tout dans la même catégorie que lui, même s'il ne s'en rendait pas compte pour le moment parce que les beautés de Waterbury qui se jetteraient à son cou dans une semaine n'étaient pas là.

— Frankie.

Son prénom résonna comme une supplique à ses propres oreilles.

— Prenons cette nuit pour ce qu'elle est.

— Du sexe à faire fondre le cerveau ? demanda-t-il en déposant le long de son cou un sillage de baisers légers et mortels.

— Oui. S'il te plaît.

— Mais c'est toi qui as dit que le sexe était bien meilleur quand on y mettait de l'émotion.

Il dessina du bout du doigt un cercle autour de son téton puis souffla dessus pour l'exciter.

— Tu ne le pensais pas ?

Bon sang, il lui était impossible de penser. Pas quand ils étaient dans cette position. Elle se cambra pour rapprocher ses seins de sa bouche, mais ce démon se contenta de rire et sa bouche fit un détour, lécha et mordilla le côté de son sein – si désespérément près de là où elle le voulait et pourtant si loin.

— Tu n'as pas répondu à ma question, Lucy.

C'était parce qu'elle était incapable d'articuler deux idées.

— Si, mais…

— Alors pas de « mais ».

Il posa la main sur sa cuisse, ses doigts effleurèrent sa chair brûlante et elle n'essaya même pas de tenter de réprimer un gémissement.

— Je t'apprécie beaucoup, Lucy.

Ses doigts se posèrent plus haut mais s'immobilisèrent avant d'effleurer les boucles serrées qui recouvraient sa chatte.

— J'éprouve même plus que ça pour toi.

Elle mourait d'envie qu'il lui touche la chatte. Même une caresse involontaire du dos de la main l'aurait fait jouir. Le souffle court, elle écarta les jambes en espérant qu'il comprendrait. Bien sûr, cet homme têtu n'obéit pas. Et lorsqu'elle glissa ses propres doigts entre ses replis humides, il s'empara de ses poignets d'une seule main et leva ses bras au-dessus de sa tête.

— C'est injuste, gémit-elle.

Elle avait autant envie de l'étrangler que de le chevaucher.

— Un homme doit utiliser les outils mis à sa disposition.

Il enfouit le visage contre son cou et embrassa l'endroit où son épaule rencontrait sa gorge.

— C'est quoi le problème ? Tu es désespérée, Lucy ? Tu veux être soulagée ?

Bon sang, c'était l'euphémisme du siècle.

— Oui.

— Donc ? demanda-t-il d'une voix grave qu'elle sentit autant qu'elle l'entendit. Quel est le mal à rapporter ça à la maison ?

Oh ! en dehors d'avoir le cœur brisé, ce qui ne manquerait pas d'arriver, parce que c'était comme ça que la vie fonctionnait ?

— C'est injuste.

— Tout est juste en amour comme à la guerre, répliqua-t-il en faisant glisser ses mains de ses hanches à ses cuisses tout en s'agenouillant. Allez, donne-nous une chance. Donne-moi une chance.

Elle remarqua à la petite pause qui précéda le dernier mot qu'il était aussi incertain et optimiste qu'elle.

— Tu crois vraiment que ça pourrait marcher ?

Était-elle folle pour ne serait-ce que l'envisager ? Peut-être. Mais même si son corps la poussait à lui dire ce qu'il avait envie d'entendre pour qu'ils puissent enfin baiser, ce n'était pas ce qui dictait ses paroles. C'était l'émotion étrange et étrangère qui ressemblait à s'y méprendre à de l'espoir et qui grandissait en même temps que son désir.

Il embrassa l'intérieur de sa cuisse, si près de sa chatte qu'elle faillit crier.

— Sans l'ombre d'un putain de doute.

C'était dingue. Elle devait refuser. C'était plus malin. Et c'était exactement ce qu'elle allait faire.

— Oui.

Ce mot les rendit frénétiques.

Elle avait beau avoir envie de sentir sa bouche entre ses jambes, ça ne suffirait pas à assouvir le désir qu'elle éprouvait. Elle avait besoin de lui, dur et profond, qu'il la remplisse jusqu'à ce qu'ils ne soient plus deux personnes séparées mais qu'ils ne fassent plus qu'un.

— Installe-toi sur le lit.

Elle n'avait pas besoin de se l'entendre dire deux fois. Frankie se leva, enroula un bras autour d'elle et l'entraîna avec lui. Elle atterrit sur lui mais l'impact ne le fit pas sourciller. Il se contenta de mettre la main en coupe derrière sa tête et d'attirer son visage à lui pour ravager sa bouche comme un homme affamé qu'elle seule pouvait rassasier.

Elle fit passer une jambe sur lui et se redressa juste assez pour glisser un bras entre eux et saisir son sexe épais. D'une poigne ferme, elle fit courir sa main de haut en bas sur son membre, caressant le gland du bout du pouce pour y étaler le liquide préséminal qui y perlait. Puis elle se positionna comme il fallait et le fit glisser en elle. Cette union lui procura une telle décharge de plaisir qu'elle fut obligée de rompre le baiser en gémissant son nom.

— Baise-moi, ordonna-t-il. Tu es si bonne, mouillée et étroite.

Elle se mit à aller et venir sur lui et les mots leur manquèrent à tous les deux.

Il posa les mains sous ses seins tandis qu'elle se relevait puis se laissait tomber en un long et lent mouvement, enfouissant profondément sa bite en elle. Elle se balançait et faisait de petits mouvements de bassin, se soulevait un peu, vagin contracté autour de sa queue, en essayant de l'immobiliser tout en ayant besoin de le sentir bouger. Elle voulait que ça dure, aller lentement, mais elle en était incapable. Le désir se transformait déjà en une boule dense et électrique. Elle s'y abandonna. Rejetant toute circonspection, elle le chevaucha – brutalement, sans relâche – et il se cambrait chaque fois qu'elle s'abaissait et gémissait chaque fois qu'elle remontait. Puis il glissa la main qui maintenait sa hanche et accompagnait ses mouvements sur son clitoris et le caressa. Encore et encore, il encercla cet endroit si sensible jusqu'à ce qu'elle n'en puisse plus et elle jouit avec violence avant de retomber une dernière fois sur lui tandis qu'il jouissait à son tour.

C'est alors que des applaudissements et des acclamations s'élevèrent de l'autre côté du mur. Avaient-ils été si bruyants que ça ? Elle baissa les yeux sur Frankie, qui arborait un sourire arrogant et satisfait. Oh oui, ils avaient été très très bruyants.

Oh mon Dieu.

— Ça t'arrive souvent ? demanda-t-elle à Frankie.

— Uniquement avec toi.

Elle s'effondra en gloussant, épuisée, en prenant bien garde de ne pas l'écraser, cependant il grommela quelque chose qu'elle ne comprit pas et l'attira à lui.

La joue contre son torse, elle écouta le martèlement régulier de son cœur. Ses poils frisés lui chatouillaient les narines mais elle refusait de se laisser aller à l'éternuement qui ne manquerait pas de gâcher le moment qui était tout simplement parfait.

Quand ils rentreraient à Waterbury, ils sortiraient de la parenthèse enchantée de ces vacances et leurs vraies vies reprendraient. Frankie serait assailli par un milliard de femmes, des femmes grandes dont les courbes étaient au bon endroit, portant des jeans skinny qui réussissaient l'exploit d'être trop grands, et à qui aucun étranger jamais n'adressait un regard signifiant « dis donc tu te laisses bien aller quand même ». Voudrait-il encore d'elle ? Serait-elle celle qui attend, comme son père ? C'était ainsi que les choses fonctionnaient : les contraires s'attiraient mais la nouveauté finissait toujours par disparaître, et quand ça arriverait, ce serait trop tard pour elle. Mais il était déjà trop tard de toute façon. Elle était tombée amoureuse de lui, comme un mouton tombant d'une falaise dans un gros nuage d'amour duveteux.

Elle pouvait juste se préparer à la fin inévitable et essayer de profiter du temps qu'ils passeraient ensemble tant que leur relation durerait.

Frankie pouvait l'entendre réfléchir, tant ses pensées résonnaient dans la chambre silencieuse.

Il s'abandonna à l'envie de la serrer plus étroitement contre lui mais parvint à garder le silence. S'il lui avouait tout ce qu'il ressentait, elle flipperait encore plus. Il garderait donc pour lui ses sentiments. À savoir qu'elle avait entièrement raison. Le sexe n'était pas juste du sexe, pas quand on le pratiquait avec quelqu'un qu'on aimait. C'était idiot et ringard à dire, même dans sa tête, seulement ça ne changeait rien au fait que c'était vrai.

Mais puisqu'il ne comptait pas balancer sa carte d'Irlandais têtu aujourd'hui, il se tut, ferma les yeux et imagina l'avenir qui les attendait à Waterbury.

Chapitre 18

Le lendemain, après avoir dit au revoir à Tom et Gussie, ils prirent la route. Pour sa part, Frankie avait passé les derniers millions de kilomètres à espérer que la pompe à carburant de Scarlett tomberait de nouveau en panne. Les dieux de l'automobile, cependant, avaient d'autres plans en tête et les kilomètres défilaient, champ de blé après champ de blé, jusqu'à ce qu'ils soient presque de retour dans le fuseau horaire de la côte Est.

Chaque fois qu'ils dépassaient une petite ville ou qu'ils s'arrêtaient à une station-service, il voyait Lucy de plus en plus consciente du fait qu'ils sortaient de leur réalité alternative. Depuis une demi-heure, elle était silencieuse et songeuse – fait d'autant plus apparent que cette partie du pays ne possédait aucune station de radio.

Il fallait qu'il agisse ou elle changerait d'avis et refuserait de leur donner une chance une fois qu'ils seraient parvenus à Waterbury. Lucy n'avait pas l'intention de les saboter mais il sentait ce gros nuage menaçant planer dans l'air, aussi évident que l'odeur du feu qui laissait présager un danger imminent. Frankie pianotait sur le volant en cherchant comment la ramener à lui.

Il trouva soudain.

— Quel est ton plus grand fantasme ?

Lucy pivota sur son siège, une expression entièrement neutre sur son beau visage, comme si elle n'avait pas compris de quoi il parlait – ce qui bien sûr, n'était pas le cas.

— Posséder l'avion invisible de Wonder Woman.

Il reporta son attention sur la route pour dépasser un tracteur et ils furent de nouveau seuls sur le long ruban de bitume.

— Je croyais que tu détestais l'avion.

— Non, je hais les sièges minuscules, répondit-elle. Ce n'est pas pareil.

— Tu veux dire que dans l'avion de Wonder Woman, je pourrais étirer mes jambes et ne pas me contorsionner comme un bretzel humain ?

Diana était une princesse amazonienne après tout. Avoir de la place pour les jambes devait être un sujet important pour elle.

Lucy opina.

— Oui.

— C'est mon deuxième fantasme préféré, déclara-t-il en tapotant le volant du bout du pouce pour s'empêcher de caresser la cuisse de Lucy dont il apercevait une partie sous l'ourlet de sa jupe.

— Uniquement le deuxième ? demanda-t-elle de ce ton sexy qui mettait sa bite au garde-à-vous. Quel est le premier ?

Il avait passé une heure à y penser et avait développé quelque chose à mi-chemin entre le paradis et l'enfer.

— Il implique que tu sois nue.

— Quelle surprise, répondit-elle en riant. Et qu'est-ce que je fais pendant que je suis nue ?

— Tu n'es pas tout à fait nue. Tu es en partie habillée et on roule sur l'autoroute.

Original ? Pas vraiment, mais avec elle, tout était prétexte à fantasme pour lui.

— D'accord, je joue. Donne-moi les détails.

Évidemment qu'elle était partante. Cette femme était ardente. Et plus que tout le reste, c'était son attitude qui l'excitait.

— Ton chemisier est déboutonné.

Du coin de l'œil, il la vit lever la main droite et la poser sur le premier bouton de sa blouse bleue fluide. Elle le défit, puis passa au suivant et encore au suivant, jusqu'à ce que son chemisier soit entièrement ouvert, dévoilant ses seins fabuleux pris dans un soutien-gorge rouge. Rouge. Forcément. Cette couleur, comme cette femme, était à la fois un avertissement et une promesse. Il adorait ça.

Il s'agrippa plus brutalement au volant et observa la longue route droite. Il n'y avait personne d'autre en vue.

— Ensuite, dans mon fantasme, tu déballes tes merveilleux nichons.

Lucy ne cilla même pas. Elle tira sans hésiter sur le satin jusqu'à ce que ses seins jaillissent. Il conduisait, certes, mais il était hors de question qu'il ne la mate pas correctement. C'était exactement comme il l'avait imaginé, elle à moitié dévêtue, le regard plein de désir, en train de se mordre la lèvre inférieure.

Son sexe douloureux se pressa contre sa cuisse à ce spectacle. Puis elle pimenta le jeu. Elle s'empara d'un de ses tétons, le pinça et le fit rouler entre ses doigts.

Dans un geste de sacrifice extrême, il détourna le regard pour se concentrer de nouveau sur l'ennuyeuse autoroute toute droite qui se déroulait pour l'éternité. Il aurait dû fermer sa grande gueule. Aucun endroit pour s'arrêter et pas d'hôtel avant des kilomètres.

Lucy se déplaça pour se retrouver dos à la portière du passager et face à lui, les jambes écartées le plus possible malgré l'exiguïté de l'habitacle.

— Et si j'ajoutais un peu de ça.

Avant qu'il ait eu le temps de rêver à ce qui pourrait se produire, elle améliora son fantasme en faisant lentement remonter l'ourlet de sa jupe jusqu'à ce qu'elle finisse par découvrir sa culotte en satin rouge. Et comme si l'effort fourni pour ne pas la toucher ne suffisait pas à faire blanchir ses phalanges, il aperçut la tache révélatrice au beau milieu de sa culotte.

S'il avait trouvé ça difficile avant, il révisa son jugement parce que la surenchère mutuelle avec laquelle ils mettaient en scène son fantasme le faisait bander comme un dingue. Elle ne se contentait pas de lui faire plaisir en lui donnant un petit aperçu de ce qu'il voulait. Non. Ce n'était pas le genre de Lucy. Elle donnait tout ce qu'elle avait et ça la faisait mouiller.

— Ça t'excite, Lucy ?

Elle se détendit contre la portière, une main sur la cuisse et l'autre sur son téton.

— Encore plus que l'avion invisible de Wonder Woman.

Il allait mourir de frustration au volant de Scarlett au beau milieu de nulle part dans une région agricole.

— Au moins, tu peux y remédier. Moi, je conduis.

— Tu veux dire, comme ça ? demanda-t-elle en continuant de jouer avec ses seins, qu'elle pelotait et pressait tout en faisant durcir ses tétons entre ses doigts.

La vitesse limitée autorisée était de cent cinq kilomètres-heure mais Scarlett avançait à cinquante-cinq kilomètres-heure depuis qu'il regardait Lucy le torturer avec tant de jubilation enthousiaste qu'il en oubliait presque qu'elle avait pris le contrôle de son petit fantasme pour le rendre plus grand, meilleur et presque insupportable.

— Ou peut-être, poursuivit-elle d'une voix grave et sexy, que tu voulais dire que je pouvais aller plus loin.

Et c'est à ce moment-là qu'elle essaya de le tuer en déplaçant la main qui reposait sur sa cuisse nue. Il retenait tellement son souffle que ses poumons le brûlaient, mais en la voyant glisser les doigts sous sa culotte, il sut qu'il ne pouvait faire que deux choses à la fois, et c'était regarder Lucy et maintenir la voiture sur la route. De toute façon, respirer, c'était surfait.

Chaque fois qu'il devait détourner son attention de ses doigts en train de caresser son clitoris sous sa culotte pour la reporter sur la route, il voulait hurler de frustration. Il n'avait qu'une envie, se garer, enfouir le visage entre ses cuisses et lécher sa douceur. Il était plus que tenté par l'idée de le faire mais Lucy était la maîtresse de son fantasme. Il avait commencé et elle avait pris la direction des opérations. Si elle avait voulu qu'il s'arrête, elle le lui aurait dit.

— Dis-moi ce que tu ressens, ordonna-t-il.

Il n'était peut-être pas capable de la toucher mais il pouvait lui offrir sa voix et ses pensées cochonnes pour accroître un peu l'intensité comme elle aimait.

— Est-ce que cette chatte est bien humide ?

— Oh oui.

Sa main s'agita de plus en plus vite sous la culotte rouge.

— Elle est tellement prête.

Elle ferma les yeux en renversant la tête contre la vitre.

— Et douce.

— Tu me tues.

C'était la vérité. La vision d'elle en train de se caresser sur le siège avant, le chemisier déboutonné, les tétons suppliant d'être titillés et léchés resterait imprimée à jamais dans sa mémoire.

— Garde un œil sur la route histoire de ne pas nous faire tuer parce que je suis sur le point de jouir.

Il obéit. Bon, peut-être un demi-œil, parce qu'il ne pouvait pas vraiment détourner le regard quand elle jouit violemment.

C'était la meilleure et la pire des choses qu'il ait vue de sa vie. La meilleure, parce qu'il n'y avait rien de plus sexy que de voir Lucy avoir un orgasme. La pire, parce que sa queue n'avait jamais réclamé autant d'attention de toute sa vie. Il conduisait bien et était un expert en branlette mais il ne pouvait pas faire les deux sans les tuer tous les deux.

— Je dois t'avouer, dit Lucy, un sourire satisfait étirant sa bouche sexy comme le péché, que même si *mon* deuxième fantasme – après l'avion invisible – est bon aussi, c'était fantastique.

Son fantasme ? Elle s'était approprié le sien alors qu'elle en avait un ? Il ne devrait pas lui poser la question. Il n'était pas certain de pouvoir survivre à un autre spectacle de ce genre. Oui, lui demander de le raconter n'était pas du tout une bonne idée – mais est-ce que les bonnes idées étaient drôles ?

— Quel est ton fantasme ? interrogea-t-il.

Un éclat coquin et beaucoup plus amusant que ne le permettait la loi brilla dans ses yeux.

— Et si je te montrais ?

Lucy se cramponna à son siège lorsqu'en réponse à sa question, la voiture fit une embardée sur la gauche. L'érection qui tendait le tissu du short de Frankie était bien visible et elle saliva.

Elle savait très bien ce qu'il faisait ; il utilisait le sexe pour atténuer ses inquiétudes. Heureusement, elle s'en fichait. C'était trop bon.

— Bien sûr, je ne sais pas si tu es à la hauteur de mon fantasme, dit-elle en s'approchant un peu de lui tout en rabattant sa ceinture afin de pouvoir se pencher en avant. Tu conduis déjà de manière erratique.

— J'entre dans des immeubles en feu, répondit-il d'une voix grave qui lui fit serrer les cuisses. Je suis à la hauteur de tout.

— Tu en es certain ?

Il braqua sur elle toute la puissance de son regard bleu sexy en diable.

— Oh ! putain, oui.

— D'accord. Dans mon fantasme, je suis assise comme ça sur le siège du passager de ta voiture et mes cuisses sont humides parce que je viens de jouir.

— J'aime la direction que ça prend.

— Et je glisse le doigt dans ma chatte comme ça.

Elle introduisit un doigt en elle pour l'humidifier avec le résultat de son plaisir.

— Et je te le fais goûter.

Elle leva le bras et brandit son doigt luisant juste devant sa bouche.

Sans lâcher le volant auquel il se cramponnait avec tant de force qu'il se demandait s'il ne finirait pas par y laisser ses empreintes, il suça son doigt.

Putain de bordel de merde. Qui aurait cru que c'était aussi bon et pourquoi personne ne le lui avait dit avant ? se demanda Lucy. Un gémissement lui échappa avant qu'elle ait pu le retenir. Elle retira la main et la laissa reposer sur la jambe de Frankie. Elle avait un programme.

— Ensuite, toujours dans mon fantasme, je t'ordonne de ne pas lâcher le volant.

Pour une fois, il ne fit aucune remarque maligne ou dragueuse. Il serra les dents et maintint son attention à cent pour cent sur la route comme si le fait de lui jeter ne serait-ce qu'un coup d'œil à la dérobée risquait de les envoyer directement dans les champs qui bordaient l'autoroute.

— Quoi qu'il arrive, poursuivit-elle en dessinant une ligne droite jusqu'à sa braguette, ne le lâche pas.

Elle ouvrit son short et sortit sa queue raide, ce qui était beaucoup plus facile à faire dans son imagination que dans la réalité. Heureusement que les jambes de Frankie étaient très longues et que son torse était à bonne distance du volant. Elle dut s'agiter de manière un peu maladroite pour s'adapter à certains angles bizarres mais ça en valut entièrement la peine quand elle le prit en bouche et qu'il lâcha un juron dans un sifflement. Elle l'enfourna, enroula sa langue autour de sa queue puis le suça jusqu'à la base, où sa bouche rencontra sa main enroulée. Encouragée par ses ordres à moitié sourds de « le prendre tout entier » et de « continuer comme ça », elle fit coulisser sa queue jusqu'au fond de sa gorge – et déglutit.

— Putain, Lucy, recommence.

Elle obéit puis le suça de haut en bas, l'excita, le goûta jusqu'à ce qu'il articule son nom d'une voix tendue. Elle scella ses lèvres sur son gland quelques secondes avant qu'il ne jouisse.

Lorsqu'elle se redressa, elle remarqua que le compteur n'affichait plus que seize kilomètres-heure. Elle lissa sa jupe en riant sous cape et reboutonna son chemisier tandis que Frankie se rajustait. Et quand le paysage se remit à défiler suffisamment rapidement pour qu'elle ne puisse plus distinguer les tiges du truc vert qui poussait, elle rabattit le pare-soleil, sortit son rouge à lèvres de son sac en ayant vraiment l'impression d'être une *badass* qui venait de conquérir le monde.

— Nos fantasmes sont bien assortis, constata-t-elle en ouvrant son tube de rouge préféré.

— Oh ! putain, oui. Comme nous, acquiesça Frankie en contournant une berline qui roulait lentement et qui, heureusement, n'était pas là quelques minutes plus tôt. Rien ne t'arrête. Il me tarde de découvrir quels autres fantasmes tu as en réserve.

Elle faillit faire déborder son rouge en entendant ces mots. Son cœur se mit à battre plus vite et sa température corporelle augmenta. Combien de fois avait-elle entendu des remarques semblables ? La première fois, c'était au lycée et elle y avait droit encore et encore à l'université. La rumeur disait que quand on baisait des grosses, on passait toujours du bon temps pour pas grand-chose parce qu'elles étaient tellement contentes qu'on s'intéresse à elles qu'elles vous laissaient faire tout ce que vous vouliez, comme vous le vouliez, et on n'avait même pas besoin de préliminaires.

« Rien ne t'arrête. »

Était-ce ce qu'il voulait dire par là ? Elle prit une profonde inspiration et expira avant de finir de mettre son rouge tout en essayant de comprendre. Jusque-là, Frankie n'avait rien fait qui laisse penser une seconde qu'il croyait ce genre de choses. Il ne ressemblait pas aux connards qui se vantaient auprès de leurs amis de ce qu'ils avaient fait à la grosse. Elle lui jeta un coup d'œil à la dérobée. Son sourire béat n'était ni narquois ni cruel. Juste heureux. Il se tourna vers elle, la surprit en train de le regarder et lui adressa un clin d'œil.

— Il me tarde de te voir dans mon lit, dit-il. Je l'ai fait fabriquer sur mesure et il est tellement grand qu'on peut se perdre dedans.

Son cœur se remit à danser la sarabande, mais pour une autre raison. Elle était ridicule. Frankie ne ressemblait pas aux autres enfoirés. Sauf qu'elle ne pouvait pas ignorer cette partie d'elle-même qui agissait comme un signal d'alarme et qui l'avait avertie que les choses seraient différentes une fois qu'ils seraient de retour dans leurs vraies vies.

— Comment on va faire pour que ça marche à Waterbury ?

La bouche de Frankie se réduisit à une ligne.

— Comme à Antioch. Pourquoi ?

Limiter les dégâts. Elle gagnait sa vie comme ça. Rien de mal à appliquer les leçons qu'elle avait apprises de ses années d'experte en gestion de crise dans les relations publiques – et, soyons honnête, de ce qu'elle avait vu en grandissant – à sa vie personnelle. La dernière chose qu'elle voulait, c'était obliger les gens qui comptaient pour elle à choisir un camp entre Frankie et elle lorsqu'il la larguerait. Si le mariage de ses parents lui avait appris quelque chose, c'était que les opposés ne restaient pas longtemps ensemble.

Elle pouvait gérer le sexe avec Frankie. L'amour ? C'était chercher les ennuis.

— Tu as fini de planifier notre rupture ? demanda-t-il d'un ton acerbe.

Oui. Non. Peut-être. Elle se préparait, c'est tout.

— Ce n'est pas ça…

— Bien, l'interrompit-il sans la regarder.

Pendant quelques secondes, Lucy contempla son profil têtu, comme sculpté dans le granit, avant de reporter son attention sur la route qui se déroulait devant eux et la bretelle toute proche qui leur permettrait de rejoindre l'autoroute qui les ramènerait à Waterbury en quelques heures. À moins que la pompe à carburant ne rende de nouveau l'âme. Ils pourraient avoir cette chance.

— Tu es sûr que ça peut marcher en dehors de la parenthèse enchantée d'Antioch ? Tu n'as aucun doute ? demanda-t-elle.

— Aucun.

Tant mieux. C'était bien. Non ? Si, complètement… sauf qu'elle avait parfaitement remarqué qu'il était tendu, qu'il lui avait répondu sans la regarder et qu'il avait recommencé à pianoter sur le volant.

Tout ça signifiait clairement qu'il n'était pas très assuré.

Mais elle garda le silence et décida de profiter du bon temps tant qu'elle le pouvait, parce qu'elle savait mieux que personne qu'il ne durait jamais.

Chapitre 19

D'habitude, après un long trajet en voiture, Lucy trouvait qu'il n'y avait rien de mieux que de s'étaler en étoile de mer sur son propre lit, dans son propre appartement, et de faire exactement ce qu'elle voulait toute seule. Chaque fois qu'elle passait trop de temps avec des gens, elle essayait de ne plus en fréquenter le plus longtemps possible – ou du moins jusqu'à ce qu'elle se lève et aille travailler.

Mais cette fois-ci ? Son lit lui paraissait trop grand. C'était étrange. Avant de partir, il avait une taille normale, mais maintenant qu'il n'y avait plus un pompier canon d'un mètre quatre-vingt-dix-huit à côté d'elle, il y avait trop de place.

Frankie n'était plus dans son lit depuis 6 heures ce matin. Il avait été rappelé par la caserne, ses vacances forcées réduites, parce qu'un autre pompier s'était blessé pendant l'entraînement et qu'ils avaient besoin d'une paire de bras supplémentaire. L'idée de la quitter ne l'enthousiasmait pas, mais il était évident qu'il mourait d'envie de reprendre ce travail qu'il aimait tant. Comment le savait-elle ? Il s'était habillé et avait filé en cinq minutes montre en main.

Bien sûr, il n'était pas plus tôt arrivé dans le couloir de l'immeuble qu'il avait fait demi-tour en courant pour l'embrasser comme un homme possédé pendant dix bonnes minutes, l'enflammer et l'exciter puis lui dire d'être patiente, qu'il serait de retour dans vingt-quatre heures. Cet homme était purement et simplement diabolique.

Elle était en train de contempler le plafond lorsque son téléphone vibra sur la table de chevet.

Frankie : Je te manque déjà ?

Lucy : Non. Je fais l'étoile de mer.

Il avait un ego assez gros comme ça, elle n'avait pas besoin de le gonfler.

Frankie : Jambes écartées et tout ?

Était-ce étrange d'entendre son ton moqueur dans sa tête et de sentir un frisson parcourir son dos ?

Lucy : Tu es incorrigible.

Frankie : C'est vrai.

Lucy : On peut déjeuner ensemble demain ?

Frankie : Petit-déjeuner ? Je peux te retrouver chez toi à la fin de mon service.

Lucy : À demain, alors.

Frankie : Je dois y aller, j'ai un appel.

Lorsque Frankie sortit de l'ascenseur à l'étage de Lucy, il portait six sacs pleins de nourriture dans les bras. Il aurait pu laisser la moitié des sacs dans sa voiture et faire deux trajets mais ça, c'était pour les mauviettes et il avait trop envie de voir Lucy.

Après avoir souri à la vieille dame qui monta dans l'ascenseur quand il en descendit, il se hâta de gagner la porte de l'appartement de Lucy et leva la main pour frapper. La porte s'ouvrit avant même que ses phalanges aient touché le bois.

Elle portait un long sweat-shirt sur lequel était écrit Boss Babe et un pantalon de yoga. Ses cheveux étaient relevés en queue-de-cheval et elle portait ses lunettes rouges sexy. Elle était canon.

Pourtant ce n'est pas pour ça qu'il se détendit.

Le sentiment de rentrer chez lui effaça toute tension dans ses épaules et relâcha l'étreinte qui emprisonnait ses poumons.

— Hé, dit Lucy avec un sourire nerveux mais excité.

Il détestait ce sourire mal assuré. Sans réfléchir, il pencha la tête pour l'effacer de son visage. Elle poussa un gémissement approbateur, ce qu'il prit pour un encouragement à glisser la langue dans sa bouche. C'était tellement bon de la toucher de nouveau et d'être près d'elle qu'il en oublia presque que l'un des sacs qu'il était sur le point de laisser tomber contenait une douzaine d'œufs.

Il rompit le baiser et baissa les yeux sur elle, ravi de découvrir que son sourire était redevenu celui de l'impertinente Lucy.

— Tu ouvres toujours la porte comme ça ? demanda-t-il.

Elle leva un sourcil.

— En embrassant quiconque frappe ?

— Techniquement, je n'ai pas frappé, la taquina-t-il. Tu as ouvert avant que j'aie eu le temps de le faire. Je pense que tu es tout excitée à l'idée de me revoir.

Elle leva les yeux au ciel.

— Cet ego.

Elle lui prit deux sacs des bras.

— Tu as fait des courses ?

— Je vais te préparer le petit déjeuner.

Il avait acheté beaucoup plus que nécessaire mais il avait

pris un peu de tout au cas où elle n'aurait pas aimé une chose ou une autre.

— J'ai fait des réservations pour aller bruncher, répondit-elle en l'entraînant à l'intérieur. Je pensais que tu serais fatigué après ton service et que tu n'aurais pas envie de cuisiner.

Il ferma la porte et la suivit dans la cuisine. Il posa les sacs sur l'îlot central.

— Quand il s'agit d'être avec toi, je ne suis jamais fatigué.

Il se pencha pour l'embrasser de nouveau.

— En fait, on pourrait être arrêtés pour ce que j'ai prévu de te faire après le petit déjeuner. Du coup, ça ne t'embête pas de rester ici ?

Debout de l'autre côté de l'îlot, elle pencha la tête et tenta vainement de prendre un air innocent.

— Tu as des plans pour moi ?

— De toutes sortes.

Il lui adressa un clin d'œil tout en commençant à vider les sacs.

— Mais c'est d'abord l'heure du pain perdu aux pommes.

Lucy l'aida à déballer le pain, les œufs, les pommes, le sirop d'érable, le lait, le jus d'orange, les croissants, le bacon, les saucisses de dinde, les galettes de pomme de terre, les muffins et tout le reste. Une fois tout étalé sur le plan de travail, ils éclatèrent de rire.

— Bon, constata-t-il en contemplant l'étalage monstrueux. Il se peut que j'aie vu un peu large pour deux.

— Tu crois ? demanda-t-elle en gloussant. S'il te plaît, dis-moi que tu sais cuisiner parce que je suis une bille.

— Tous les pompiers savent cuisiner.

Il contourna l'îlot, la prit dans ses bras et l'embrassa.

— C'est un des trucs qui nous rend sexy.

— Prouve-le, ordonna-t-elle d'un ton autoritaire que démentait le désir qu'il entendait dans sa voix.

Oh ! défi accepté.

Et c'est comme ça qu'il lui apprit à faire du pain perdu. Elle se chargea de battre les œufs pendant qu'il pelait et découpait les pommes en tranches tellement fines qu'elles étaient presque transparentes. Vinrent ensuite la vanille et la crème qu'elle ajouta aux œufs. Puis il mit en place une chaîne de production pour tremper le pain dans le mélange avec les œufs, étaler les tranches sur le gril électrique, ajouter les pommes avant de le retourner et de le laisser rôtir.

— Tu es sûre que tu as compris ? demanda-t-il tandis qu'il la surveillait, placé derrière elle, si près qu'il posa ses mains sur ses hanches d'un geste naturel.

— Tant que tu ne me distrais pas, je ne ferai rien brûler.

C'était le genre de commentaire auquel il fallait répondre, mais pas avec des mots. Il pencha la tête et déposa une ligne de baisers de la base de son cou jusqu'au lobe de son oreille. Quand il arriva là, elle faillit laisser tomber sa spatule.

— Frankie, le réprimanda-t-elle, tu n'as pas du bacon à faire cuire ?

— Si, madame.

Il lui mordilla le lobe et lui donna une petite tape sur les fesses avant de se diriger vers la gazinière pour mettre le bacon dans la poêle.

Au final, ils se contentèrent du jus d'orange et des œufs brouillés parce que le temps que le pain perdu soit prêt, leur estomac criait famine. Ils s'installèrent sur la petite table bistrot du balcon, face à Harbor City, et mangèrent dans un silence agréable – en oubliant les gémissements de plaisir de Lucy quand elle mordit pour la première fois dans son pain perdu.

C'était simple et sympa. Il n'avait jamais préparé le petit

déjeuner avec quelqu'un qui ne portait pas le même nom que lui. Comme tout le reste avec Lucy, c'était juste… naturel.

Il était en train d'essayer de trouver les mots pour exprimer ce qu'il ressentait quand une photo de Lucy et de son père surgit sur l'écran de son téléphone. Elle baissa les yeux, pinça les lèvres et retourna le portable. Vu comment ils s'étaient révélés proches l'un de l'autre à Antioch, Frankie trouva cette réaction bizarre.

— Tu ne veux pas répondre ?

Elle détourna le visage en direction de la ville.

— Je le rappellerai après le petit déjeuner.

Ah. Toutes les alarmes se mirent à sonner dans sa tête. Il croyait que Tom l'appréciait ; il lui avait quasiment donné la permission de séduire Lucy. Pourquoi ce changement ? À moins qu'il ne se soit trompé. Après tout, il n'aurait jamais deviné ce que toutes les femmes de Waterbury racontaient sur lui dans son dos si Shannon n'avait pas craché le morceau.

— Qu'est-ce qui se passe ?

Il se força à relâcher sa prise sur sa fourchette.

— Il n'aime pas l'idée que je sorte avec sa fille ?

— C'est ça qu'on fait ? répondit-elle d'un ton un peu taquin.

— Oui.

Il n'avait aucun doute là-dessus. Mais pourrait-il ne pas sombrer dans les travers de son père ? Il l'ignorait. Une partie de lui pensait qu'il était différent, cependant il avait du mal à oublier le fantôme familial qui le hantait depuis le lycée.

— Je te demanderais bien de porter ma chevalière universitaire mais Dieu sait où ma mère l'a rangée. Quel est le problème avec ton père ?

— Il veille sur moi.

Elle ne le regardait toujours pas.

— Il ne veut pas que j'émette la même hypothèse que lui a faite concernant ma mère.

Comme si les signaux non verbaux qu'elle lui envoyait ne suffisaient pas à provoquer un picotement désagréable sur sa nuque, il fallait qu'elle évoque sa mère. La tension autour de ses yeux et dans sa voix chaque fois qu'elle parlait d'elle était plus que suffisante pour faire comprendre à Frankie que la comparaison était tout sauf positive.

— Quelle hypothèse ?

— Qu'on peut changer les gens.

Elle poussa un soupir torturé et cessa de contempler les bateaux qui mouillaient dans le port pour poser les yeux sur lui.

— La vérité, c'est qu'on ne peut que se changer soi-même – pour le meilleur ou pour le pire.

Il en revenait toujours là. Serait-il capable de changer ce qui paraissait prédéterminé ? Pourrait-il éviter de devenir un homme qui possédait toutes les apparences de la franchise mais qui trompait sa femme en secret ? Pour Lucy, il en avait envie. Rien n'était assez bon pour elle. Il ne serait pas assez bon pour elle.

Le pain perdu qui était si délicieux une demi-heure plus tôt s'était transformé en plomb dans son estomac.

— Qu'est-ce qui s'est passé entre tes parents ?

Du bout de sa fourchette, elle joua avec ce qui restait de son petit déjeuner.

— C'est une longue histoire.

— J'ai le temps.

Quand il s'agissait d'elle, il avait l'éternité – du moins, il l'espérait.

Elle posa la fourchette dans son assiette et laissa tomber ses mains sur ses genoux. Elle les serra l'une contre l'autre comme si elle avait besoin de se raccrocher à quelque chose.

— Ils étaient jeunes quand ils se sont rencontrés, deux opposés attirés l'un par l'autre. Mon père était un psychiatre intello et ma mère un mannequin lingerie sexy. Une rencontre hallucinante dans un train qui traversait le pays. Leur histoire a commencé à Harbor City, et quand ils sont arrivés à Los Angeles, ils étaient fous amoureux. Ils se sont mariés à Las Vegas.

Elle prit une profonde inspiration et expira lentement.

— C'était un tourbillon – qui n'aurait jamais pu se terminer par une fin heureuse. À l'époque où je suis entrée à l'école primaire, ils menaient des vies très différentes. Mon père venait d'ouvrir son cabinet et elle faisait des allers-retours à Paris pour des shootings. Cette séparation n'aidait pas, ni le fait d'avoir une gamine potelée, ce qui pour ma mère était un affront odieux. C'est ce qui a précipité leur séparation, du moins d'après ce que j'ai entendu ma mère raconter à ses amies une des rares fois où je suis allée la voir après le divorce. C'est pour ça qu'elle gardait ses distances avec moi. Quand j'allais la voir, on ne quittait pas son appartement, et les rares photos qu'elle avait de moi étaient toujours coupées : on ne voyait jamais mon corps, juste mon visage, toujours pris de haut pour me maigrir un peu. Est-ce que tu peux imaginer avoir un enfant dont tu as honte à ce point ?

Frankie sentit son estomac se nouer en voyant le menton de Lucy trembler. Elle détourna rapidement la tête et cilla pour refouler les larmes qu'elle n'avait pas réussi à cacher. Frankie savait que ce n'était pas bien de penser du mal des morts, mais la mère de Lucy était une véritable salope pour avoir donné une idée pareille à une petite fille. Il se leva sans réfléchir et l'attira à lui.

— Tu n'es pour rien dans leur divorce, affirma-t-il en la prenant dans ses bras.

Elle enfouit le visage contre son épaule et poussa un petit soupir.

— Mais ça n'a pas aidé.

— Les gens sont responsables de leurs actions et de leurs réactions, pas toi.

Il la serra très fort contre lui pour toutes ces fois où sa mère aurait dû le faire.

— Ton père a raison. On ne peut pas changer les autres, juste soi-même.

Ils restèrent ainsi assez longtemps pour que le câlin se transforme en autre chose lorsque les doigts prestes de Lucy se faufilèrent sous le T-shirt de Frankie et commencèrent à explorer le creux de ses reins.

— Intelligent et sexy, tu es une double menace, Frankie Hartigan.

— Correction, dit-il en la soulevant et en la transportant à l'intérieur. Je suis une triple menace – et comme tu as omis de le mentionner, je suis obligé de te donner une petite leçon de rappel dans la chambre pour que tu ne l'oublies plus.

Ils finirent nus avant d'arriver à la chambre.

Après le petit déjeuner, qui donnait l'impression qu'un ouragan s'était abattu sur la cuisine, et leur leçon en orgasmes qui avait duré la journée, les textos sexy étaient les temps forts des journées de boulot de Lucy. Les nuits où il n'était pas en service, les SMS s'achevaient généralement quand Frankie frappait à sa porte, armé du dîner ou de son code Netflix. Ils ne parvenaient jamais à sortir de l'appartement, mais vu la rapidité avec laquelle ils se retrouvaient à poil, elle ne s'appesantit pas sur la question.

Mais ce soir, elle avait dû annuler. Zach Blackburn avait été arrêté après avoir frappé un fan – pas un des siens –, et Lucy devait justifier son salaire mirobolant. Enfin, plutôt gros que mirobolant. Insignifiant même comparé aux millions que Zach rapporterait si elle parvenait à le sortir de son dernier merdier. En tout cas, son planning se retrouvait en décalage avec celui de Frankie, qui faisait des heures supplémentaires pour remplacer son collègue blessé.

Frankie : Toujours au lit les jambes écartées ?

Lucy : J'aimerais bien. Je suis encore au bureau. Ça va être un vendredi soir très long et professionnellement frustrant.

Frankie : Ils n'auraient jamais dû signer ce crétin.

Lucy : Ne t'y mets pas toi aussi, j'ai besoin d'avoir quelqu'un de mon côté.

Frankie : C'est toujours là que je suis.

Lucy : Bisou.

Frankie : On se voit à la fête de Gina et Ford samedi ?

Lucy : Avec un grand grand plaisir.

Frankie : Pendant que tu me manques, j'ai de nouvelles idées pour nos ébats.

Lucy : Tu en as beaucoup ?

Frankie : Tellement que j'ai commencé une liste. J'espère que tu es libre les prochains mois.

Lucy : C'est une excellente motivation pour faire retrouver à Zach les bonnes grâces de Harbor City.

Frankie : Bonne chance.

Lucy : Mon pack de Red Bull vient d'arriver. Armée et prête à me battre.

Tu craqueras pour moi… et mes poignées d'amour !

Frankie : Fous-leur la pâtée et laisse-les à terre.

Lucy : Toujours.

Bon, pas toujours, mais son palmarès était impressionnant.

— L'une de vos sources vous a envoyé de bonnes nouvelles ? demanda Zach depuis sa place sur ce qu'il appelait « le fauteuil du puni » dans le coin le plus éloigné de son bureau.

— Non. Pourquoi cette question ?

Elle consulta de nouveau ses messages dans l'espoir d'apercevoir une lueur dans ce nuage de merde.

— Parce que vous avez l'air heureuse comme ça quand vous avez réglé ce que j'ai merdé.

Lucy reporta son attention sur le joueur barbu et tatoué qui, malgré ce que la presse à scandale racontait, était en réalité un gros nounours – avec un méchant crochet du droit et un caractère de cochon. Bon, peut-être que le terme de nounours n'était pas approprié. Peut-être un grizzli endormi ? Très mignon jusqu'à ce que quelqu'un le réveille et là, le cauchemar commençait.

— Peut-être, Zachary Elliot Blackburn, répondit-elle en utilisant son nom complet, ce qui, en général, arrêtait net même le plus pénible de ses clients. Si vous cessiez de vous comporter comme un connard, vous auriez moins besoin de mes services.

Il enfourna un gâteau de riz au cheddar d'un seul coup.

— Je ne peux pas vous offrir des billets pour la saison, plutôt ?

Comme il avait la bouche pleine, ses paroles étaient presque incompréhensibles.

— Plutôt ?

Elle gloussa, s'esclaffa, puis renversa la tête en arrière et explosa de rire. Elle en rajoutait pour faire comprendre au défenseur à quel point son attitude l'irritait.

— Vous êtes drôle. Zach, vous allez me payer entièrement *et* m'obtenir aussi des tickets pour tous les matchs. Je vous préviens tout de suite, j'ai beaucoup d'amis, vous allez devoir me donner au moins huit billets.

— Et les gens prétendent que c'est moi le requin, répliqua-t-il en secouant la tête.

— Uniquement sur la glace, mon ami.

Son téléphone vibra : c'était un message de l'un des journalises du *Harbor City Post* qui acceptait de rédiger un portrait un peu flatteur de Blackburn à condition d'obtenir l'exclusivité sur une interview dans laquelle le joueur répondrait à des questions permettant d'avoir un meilleur aperçu de la personnalité de l'homme le plus haï de la ville.

— Je gouverne le reste de l'océan.

Le bordel créé par Zach ne fut résolu qu'à 2 heures du matin. Elle était tellement épuisée qu'elle s'endormit aussitôt que sa tête toucha l'oreiller.

Les choses avaient été plus faciles à Antioch, où les emplois du temps de Lucy et Frankie étaient toujours compatibles. À présent, elle avait repris ses journées de 9 à 5 – le matin ou le soir, selon la taille de la tempête de merde à gérer – et lui était retourné à la caserne. À partir de dimanche matin 7 heures, il serait en service vingt-quatre heures d'affilée, mais au moins, ils pourraient passer ensemble toute la journée de samedi et la fête de fiançailles de Gina et Ford samedi soir.

Cette situation et l'écho de l'histoire de ses parents, contraires qui s'étaient attirés, lui donnaient le sentiment désagréable que l'inéluctable était en marche.

Le samedi matin, elle fut réveillée par les vibrations de son téléphone portable sur sa table de nuit. Elle ne put s'empêcher de sourire. Quelqu'un était tout excité à l'idée de la voir.

Mais le message qui s'afficha sur l'écran n'émanait pas de Frankie.

Tess : Urgence absolue. Anderson a démissionné du jour au lendemain et s'est barré. J'ai un milliard de livraisons à faire aujourd'hui et je ne peux pas à la fois m'en occuper et tenir la caisse. Au secours ! ! !

C'était plus qu'une urgence. À l'idée que la très introvertie Tess soit obligée de gérer les livraisons de fleurs de sa boutique, Lucy bondit hors de son lit. Tess détestait parler aux gens qu'elle connaissait mal et elle se mettait à raconter des anecdotes extrêmement embarrassantes, comme le fait que le pénis d'un éléphant mesure près de deux mètres, ou alors, elle devenait soudain la proie d'obsessions, tel le besoin impérieux de compter le nombre de carreaux dans la cuisine de quelqu'un.

Lucy et Gina trouvaient les excentricités de Tess à la fois géniales et adorables, mais les gens qui avaient commandé des bouquets pour des enterrements ou des remises de diplômes avaient rarement envie de savoir le diamètre moyen de l'œil humain (deux centimètres et demi). Tess n'avait aucune famille pour lui venir en aide ni d'héritage, elle avait besoin que sa boutique marche pour payer son loyer.

Lucy : J'arrive. Je m'occuperai des livraisons.

Tess : Je t'adore.

Lucy : Tu m'en dois une.

Tess : Ajoute-la sur ma note.

Tout en se brossant les dents dix minutes plus tard, Lucy s'empara de son portable pour voir si Frankie lui avait envoyé un message. Il devait avoir terminé son service à présent. Rien. Heureusement qu'elle n'était pas du genre à attendre après un homme pour agir.

Lucy : Ma meilleure amie a une urgence (Tess, pas Gina). Je vais jouer les déesses de la livraison toute la journée. On se voit au barbecue ce soir !

Elle attendit, les yeux rivés sur son portable. Pas de petite bulle avec les trois points. Il dormait probablement. La nuit avait certainement été intense. Elle n'avait pas entendu parler d'incendies, mais ça ne voulait rien dire.

Elle le verrait le soir même. Tout serait exactement comme une semaine plus tôt à Antioch. Son cœur n'avait aucune raison de jouer les montagnes russes. Tout allait bien, voire très bien. Et si elle se le répétait suffisamment souvent, peut-être que ce serait vrai.

Chapitre 20

Assis au volant de Scarlett garée dans l'allée de chez lui, Frankie actionna le klaxon pour la troisième fois. Il ignorait ce que foutait Finian mais il avait intérêt à se dépêcher.

La portière du côté passager s'ouvrit à la volée et Finn se glissa sur le siège.

— Détends-toi, ducon.

Frankie se mit à reculer avant même que son frère ait attaché sa ceinture.

— On était censés être là-bas il y a dix minutes.

— Et depuis quand tu es nerveux à l'idée d'être en retard quelque part, hormis au boulot ? demanda Finn avant de se frapper le front du plat de la main. Oh ! attends. Je connais la réponse à cette question, et c'est depuis que tu es rentré de ton voyage – il mima des guillemets avec les doigts – « en tout bien tout honneur » au milieu de nulle part, Missouri.

— Ferme-la, Finn.

— Pas question, c'est trop drôle. Dis-moi, comment va – encore des guillemets – ta « on est juste potes » Lucy ?

Comme s'il allait le lui dire. Il arrivait à peine à croire en sa chance. La vérité, c'était qu'il était mort de trouille à l'idée de tout faire capoter alors il préférait ne pas en parler. Si personne ne savait quoi que ce soit sur leur relation, comment pourrait-il tout faire foirer ?

Coincé à un feu rouge, il lança un regard noir à son reflet – en version brune, sans taches de rousseur et avec un bon centimètre de moins.

— Ne t'inquiète pas, affirma Finn en haussant les épaules. Je suis le mec mystérieux – tout le monde se pose plein de questions sur moi.

Le feu passa au vert et Frankie mit le pied au plancher.

— C'est parce que personne ne sait à quel point t'es taré.

Le rire de son frère résonna durant les derniers mètres jusque chez *Marino's*. On aurait dit une hyène qui aurait inhalé seize ballons d'hélium. C'était vraiment un drôle de bruit venant de la part de quelqu'un qui donnait l'impression de passer ses journées à couper des arbres pour construire un chalet à partir de rien. Pourquoi est-ce que ça plaisait à certaines femmes ? Frankie n'en avait aucune idée, et de toute façon, il s'en foutait. Finn pouvait coucher avec qui il voulait. Une seule femme intéressait Frankie et dès qu'il trouverait une place sur le parking bondé de chez *Marino's*, il pourrait la voir.

D'habitude, il faisait plusieurs fois le tour du parking pour dénicher l'emplacement le plus sûr pour Scarlett. Ce soir ? Il se gara sur la première place venue et coupa le moteur. Ignorant le regard entendu de son frère jumeau, il descendit de la voiture et traversa rapidement le parking pour gagner le jardin qui s'étendait derrière le pub et qui avait été réservé pour la fête de fiançailles de Gina et Ford.

Il repéra immédiatement Lucy.

Comment faire autrement quand elle portait sa couleur préférée et était ultra-canon ? Bien sûr, il lui fallut plus de temps pour l'atteindre que pour faire le trajet entre Antioch et Waterbury.

Il dut d'abord saluer tous les membres de sa famille – ils étaient un million. Puis tous les membres de la famille aussi nombreuse de Gina. Même ses frères étaient sortis de leur cachette pour lui faire la surprise. Il finit par arriver à l'endroit où Lucy se tenait, accompagnée de Gina et de Tess, qui lui adressèrent un regard déconcerté avant de se mettre à chuchoter entre elles.

— Salut, toi, dit-il en se penchant vers Lucy parce qu'il ne pouvait pas faire autrement.

Elle leva les yeux vers lui en souriant.

— Salut toi-même.

Putain. Tous les nerfs de Frankie étaient alignés sur la longueur d'onde de Lucy et il avait l'impression d'être un volcan sur le point d'entrer en éruption. S'il ne faisait rien pour réduire la pression rapidement, les choses allaient devenir interdites aux moins de dix-huit ans au milieu des fiançailles de son réglo de frère.

— J'ai besoin de ton aide tout de suite, dit-il en lui prenant la main et en l'attirant vers le bar. J'ai une question à te poser sur le cadeau de mariage de Gina et Ford.

Ce n'était pas vraiment crédible, mais il s'en fichait. Il voulait juste l'emmener dans un endroit privé. Ils parvinrent juste derrière la porte de chez *Marino's*, dans un couloir sombre et désert. Frankie fit pivoter Lucy de manière à ce qu'elle se retrouve adossée contre le mur près du placard de fournitures, posa les deux mains sur le mur et se pencha pour l'embrasser. C'était du moins ce qu'il était censé faire. Mais dès que ses lèvres touchèrent les siennes, le baiser se transforma en une dizaine de pelles interminables, à couper le souffle, à faire fondre son cerveau et à durcir sa bite, qui firent disparaître le reste du monde – et il aurait voulu que ça ne se termine jamais.

Le tapotement insistant sur son épaule avait d'autres idées en tête. Il rompit le baiser, détacha à regret les yeux du beau visage un peu égaré de Lucy et s'apprêta à foutre une raclée à celui de ses frères qui avait eu les couilles de l'interrompre.

Mais la personne qui se tenait derrière lui n'était pas un de ses frères ; ce n'était même pas quelqu'un de sa famille. Shannon, la barmaid, son ancien plan cul.

— Désolée de vous interrompre, dit Shannon avec un sourire amical.

— Aucun problème, répondit Lucy en se lissant les cheveux de cette façon qu'ont les femmes quand elles essaient de se ressaisir. On était juste en train de se dire bonjour.

— Ah, répliqua Shannon sans cacher son amusement. Moi, je me contente d'un signe de la main.

Les joues de Lucy prirent une adorable teinte rosée. Elle leva les yeux vers Frankie et essaya de lui adresser un regard sévère.

— Tu ne cesses de ruiner mon rouge à lèvres, Frankie Hartigan.

Et il n'éprouvait strictement aucune culpabilité.

— Je ne peux pas m'en empêcher, répliqua-t-il en penchant la tête de telle manière que sa bouche touchait presque son oreille. Ta bouche supplie pour que je l'embrasse comme un fou.

Elle leva un sourcil et lui jeta un regard qui, il le savait, signifiait qu'ils n'allaient pas tarder à se retrouver nus.

— D'autres parties de mon anatomie aimeraient bien être embrassées, elles aussi.

Genre, la moindre parcelle de son corps ?

— On peut s'en aller ?

Elle secoua la tête en souriant.

— Certainement pas.

— Et zut, j'avais peur que tu répondes ça.

Il aimait sa famille et passer du temps avec elle était une de ses occupations préférées. Cependant, ce soir, il les aurait bien tous mis à l'eau sur un radeau pour pouvoir passer la nuit seul avec Lucy.

Bon sang. Il était bien paumé. Il était tombé amoureux d'elle quelque part entre Waterbury et Antioch. Même pas. Il était tombé amoureux d'elle entre son garage et le bout de son allée. Pour la première fois de sa vie, il était amoureux, et il n'avait qu'une envie, passer du temps seul avec elle – si possible nus, mais sinon, tant pis.

Lucy se hissa sur la pointe des pieds, position nécessaire malgré ses escarpins rouges ultra-sexy, et effleura sa joue.

— Je reviens tout de suite, dit-elle avant de se glisser dans les toilettes pour femmes.

Il se retrouva à contempler comme un idiot la porte derrière laquelle elle avait disparu. Pourquoi ? Parce qu'il était pétrifié à l'idée de tout faire foirer – il en avait les mains moites et l'estomac noué. Il avait passé toute sa vie d'adulte à protéger les gens – sa famille, les habitants de Waterbury, tous ceux qui croisaient son chemin. À quoi serait-il bon s'il se montrait incapable de protéger la seule femme à qui il ne voulait faire aucun mal ?

— Sur ta gauche, s'écria Shannon avant de se diriger vers lui avec une pile de torchons si haute qu'elle ne voyait pas son chemin.

Voilà une situation dans laquelle il pouvait se montrer utile. Il lui prit la pile des mains.

— Laisse-moi t'aider. Je dois aller chercher deux bières de toute façon, je vais dans la même direction.

Shannon lui lança un regard qui signifiait clairement qu'elle ne le croyait pas, mais elle remonta quand même le couloir en direction de la salle principale. Frankie la suivit et posa la pile de torchons au bout du comptoir.

Chez *Marino's*, on trouvait des barmen fabuleux et des clients affreux. Pourquoi ? Parce que c'était un bar de flics et que les pompiers et les policiers se livraient une guerre depuis des siècles. Son frère, Ford, avait endossé l'uniforme bleu et Frankie admettait en silence, uniquement pour lui-même, dans un endroit de sa tête où personne ne pouvait l'entendre, que tous les flics n'étaient pas horribles (il ne pouvait pas faire plus s'il voulait conserver sa carte de pompier).

— Alors, commença Shannon en tirant deux Bud pression, qu'est-ce qui se passe entre Lucy et toi ?

— Beaucoup de choses, j'espère.

S'il parvenait à ne pas tout foutre en l'air.

À présent, il fallait qu'il convainque Lucy de s'afficher avec lui en public. Cette idée le rendait nerveux. Il savait très bien comment les gens le percevaient. Il avait passé des années à encourager tout le monde à ne voir en lui qu'un mec facile. Mais avec Lucy, il espérait davantage. Il espérait qu'elle le prendrait pour un type avec qui s'engager pour la vie.

— C'est enfin arrivé, hein ? demanda Shannon en posant les deux bières sur le bar. J'aime beaucoup cette fille. Et en plus, elle laisse de bons pourboires.

— C'est grâce à toi, tout ça.

— Ah bon ? Comment ça ?

— Si on n'avait pas eu cette petite conversation, ça ne serait jamais arrivé.

— Il t'en a fallu du temps – et des femmes – pour comprendre.

— Je suis un peu lent.

— Comme tous les mecs, non ?

— Hé, on n'est pas tous des idiots.

— Non, juste toi. Et pas le nouveau patron, j'espère.

— De quoi tu parles ?

— M. Marino a vendu le bar.

— À qui ?

— Personne ne le sait. J'espère juste que ce n'est pas un gros con.

Frankie leva son verre.

— À l'espoir.

Elle brandit son verre d'eau pour trinquer avec lui.

— C'est enfin arrivé, hein, Hartigan ? demanda un connard assis sur un tabouret devant le comptoir, la bouche tordue en ce qu'il pensait certainement être un sourire. Tu t'es tapé tous les jolis culs de la ville et maintenant, t'es passé aux culs de seconde zone.

Frankie allait se faire un gant avec la gueule de cet enculé.

— Ferme-la.

Il se redressa de toute sa taille et fit un pas en direction de l'enculé, les poings serrés, mais Shannon intervint avec les réflexes rapides d'une barmaid expérimentée et posa la main sur son avant-bras.

— Il est bourré et il n'en vaut pas la peine, dit-elle.

En cet instant, lui fracasser la gueule lui paraissait en valoir la peine, quelles qu'en soient les conséquences. Mais il imagina qu'il s'apprêtait à entrer dans un immeuble en flammes plutôt que de se mettre à jouer des poings dans un bar. Il frapperait ce tas de merde, les autres flics présents dans le bar se joindraient à la bagarre et ses frères accourraient à cause du raffut. Tout se terminerait avec un bar en ruines, une caution à payer et Shannon au chômage pour avoir laissé faire.

Merde.

Parfois la vie puait comme des couilles de flics pourries.

Il agita les mains et détendit ses épaules. Shannon poussa un profond soupir et hocha la tête en signe de remerciement.

— J'espère que c'est un bon coup, poursuivit l'abruti avec un clin d'œil entendu en direction de Frankie. Tu sais ce qu'on dit sur les grosses – ce sont des panthères au pieu parce qu'elles doivent tout faire pour garder un mec. Mais, hé, si tu veux garder le secret et ne pas le dire à ta famille, je comprends très bien. Parfois un mec a juste besoin de tremper sa bite, même si c'est pas l'endroit qu'il aurait choisi.

La fureur crépita et explosa en Frankie comme si quelqu'un avait ouvert un camion-citerne plein d'oxygène au beau milieu d'un incendie.

— Ce que je fais avec Lucy ne te regarde pas, ni toi ni personne, ducon, répliqua-t-il, pratiquement nez à nez avec le flic.

Les mots se déversèrent de sa bouche suffisamment fort pour que la plupart des gens présents dans le bar tournent la tête afin de voir ce qui se passait.

Frankie imaginait très bien ce qu'ils voyaient, mais il n'en avait rien à foutre. Il était juste capable de concentrer 99 % de ses efforts à ne pas tuer le mec trop con pour ne pas comprendre quand il devait la fermer.

— Frankie.

La voix de Shannon pénétra le brouillard rouge qui bloquait tout le reste, attirant son attention.

Mais quand il posa les yeux sur la barmaid, ce n'était pas lui qu'elle regardait. Son regard était rivé derrière lui. Il jeta un coup d'œil par-dessus son épaule et son estomac ne fit qu'un tour.

Lucy se tenait au bout du bar, blanche de rage. Sauf qu'elle ne fixait pas le flic. C'était lui qu'elle fusillait du regard comme si elle s'apprêtait à dégainer un lance-flammes pour le réduire en cendres.

Lucy ne pouvait plus respirer. Ses poumons avaient cessé de fonctionner. Son cerveau s'était figé. Tout son corps était à la fois chaud et froid, et le seul bruit qu'elle entendait était celui du sang qui battait dans ses oreilles.

Certains mots résonnaient plus forts que d'autres dans sa tête.

Sexe.

Bon coup.

Et dire qu'avec Frankie elle pensait ne pas avoir à se préoccuper de ces conneries sur les grosses qui seraient des bons coups. Mais peut-être qu'il l'avait mieux dissimulé que les autres. Après tout, il s'était montré super fort pour la cacher, elle. Quand s'étaient-ils affichés en public depuis leur retour ? Même ce soir, il avait fait en sorte que personne ne puisse les voir s'embrasser. Elle attendait tellement que tout parte en couilles qu'elle ne s'était pas rendu compte que c'était déjà fait.

Il ne la sautait pas parce qu'il avait pitié d'elle. Non. Il la baisait en secret.

Frankie se tourna vers elle.

— Lucy…

Elle regarda autour d'elle, l'estomac noué à l'idée que le bar tout entier était suspendu à leurs lèvres et assistait à l'humiliation de la grosse. C'était déjà assez dur que ça se produise pendant les fiançailles de sa meilleure amie. Être la risée de tout le bar serait insupportable.

— Quelle partie était tellement bonne que ça valait le coup même si c'était avec moi ? demanda-t-elle, tellement furieuse contre elle-même d'avoir laissé la lueur d'espoir se transformer en montagne qu'elle en tremblait.

Elle retrouva automatiquement sa façon de se défendre. Par l'attaque.

— La baise à la belle étoile sur le pont flottant ? La pipe dans la bagnole pendant que tu conduisais ? Ou la fois à l'hôtel où les occupants de la chambre voisine nous ont acclamés ? Laquelle de ces folles baises est entrée dans ta catégorie des « grosses font tout ce qu'on leur demande au lit » ? Ou était-ce parce que les très très nombreuses femmes que tu as sautées avant moi étaient super ennuyeuses au pieu ?

Frankie blêmit.

— Ce n'est pas ça du tout.

Il tendit la main vers elle, mais elle recula pour l'éviter. S'il la touchait, elle s'effondrerait et c'était hors de question. Pas ici. Pas devant tous ces gens. Non, elle se battrait pour prouver qu'il ne l'avait pas blessée et qu'il ne la blesserait jamais.

— Vraiment ? C'est quoi alors ? demanda-t-elle d'une voix qui se mit à trembler sous le coup de l'émotion qui commençait à percer. C'est parce que tu étais tellement en manque pendant ta petite période d'abstinence que même une nana comme moi t'a paru séduisante ?

Frankie se figea. Puis la colère répandit une traînée rouge depuis la base de son cou.

— Qu'est-ce que tu racontes, Lucy ? Tu sais très bien que ce n'est pas vrai.

— Et pourquoi on se retrouve toujours chez moi, alors ? Pourquoi on ne sort jamais ?

— Je ne voulais pas t'effrayer. Je voulais te prouver que j'étais différent.

Il fit un pas en avant et tenta de nouveau de l'attraper. Elle repoussa sa main d'un geste.

— Ah, oui, le vœu de chasteté. Comment ça s'est passé pour toi ? Combien de temps tu as tenu ? Presque une semaine ? Ouah. Tu es super différent, maintenant.

— C'est vraiment dégueulasse de dire ça.

Sa voix était neutre, comme s'il essayait de garder son sang-froid malgré tout.

— Tu sais très bien que c'était plus que ça.

C'était trop tard pour elle. Sa fureur était en roue libre. Telle une avalanche, rien ne pouvait l'arrêter. Elle ne voulait qu'une chose : le blesser autant qu'il l'avait blessée.

— Ne te bile pas, Junior. Tu ne ressembleras pas à ton père. Tu as tellement peur de prendre un risque que tu passes ta vie entouré de gens sans t'engager auprès de personne. C'est vraiment fascinant. Tu es super pétrifié à l'idée d'être seul, pourtant tu es incapable de t'investir. Mais tu trompes tout le monde, pas vrai ? Tout le monde aime Frankie Hartigan, il faut juste faire très attention à ne pas tomber amoureuse de lui.

Il tressaillit comme si elle l'avait frappé, puis il se redressa de toute sa taille et la fusilla du regard.

— Tu n'avais pas l'air de te plaindre en jouissant sur ma queue.

— Ne retourne pas ça contre moi, répliqua-t-elle en enfonçant un doigt dans sa poitrine. Ce n'est pas ce que je suis en train de dire.

— Mais non. Tu te contentes de te balader en trimballant ton bagage émotionnel en attendant que je te largue, comme ta mère l'a fait avec ton père, asséna-t-il d'une voix dure et basse. Tu as dit que le grand amour te rendait sceptique, mais c'est faux. Tu es morte de trouille.

Il avait tellement raison qu'elle en eut le souffle coupé, mais pas longtemps.

— Oh ! c'est fort de café venant de quelqu'un qui m'avait à peine dit cinq mots et demi avant la semaine dernière.

Elle savait qu'elle avait l'air d'une salope hautaine qui gagnait sa vie en infantilisant les autres, mais elle n'en avait rien à foutre.

— Tu ne me connais même pas.

— C'est des conneries, s'emporta-t-il, son sang-froid envolé. Je te connais mieux que personne parce que tu me ressembles.

Elle lui lança un regard noir.

— Tu sais quoi ? Il y a un million de mecs qui m'ont donné des leçons sur tout, de mon poids à mes choix gastronomiques en passant par mon audace à porter des vêtements qui dévoilent mes onze mille courbes, mais tu es le premier à me donner une leçon sur mes émotions.

— Il était peut-être temps que quelqu'un s'en charge, répliqua-t-il en haussant le ton, parce que tu te mens à toi-même depuis tellement longtemps que tu finis par croire à tes foutaises.

C'était des conneries. Elle pratiquait la lucidité brutale – sur son poids, sa personnalité, ses talents, ses faiblesses, ses ambitions, ses réussites. Tout. Elle ne se mentirait jamais sur quelque chose d'aussi important. Jamais.

Oh ! vraiment ?

Elle repoussa la petite voix dans sa tête et fit face à l'homme qu'elle était assez stupide pour aimer. Vous voyez ? Une objectivité brutale sur elle-même.

— Va te faire foutre, Frankie Hartigan.

Sa voix se brisa sur son nom et ses yeux se remplirent de larmes.

Et c'est ce qui le brisa. Pas les mots. Ni ce qu'elle pensait de lui depuis le début. Ni la souffrance qui le déchirait. Ce qui le brisa fut qu'il l'avait fait pleurer. Il avait blessé la seule femme qu'il aurait dû protéger de toutes ses forces.

Il l'avait déçue.

Il les avait déçus.

Impatient de reculer du bord du précipice vers lequel ils s'avançaient, il tendit de nouveau la main vers elle, mais elle l'évita.

— Lucy.

— Arrête.

Elle leva la main pour le repousser tout en reculant d'un pas. Puis elle prit une profonde inspiration et expira lentement, ce qui sembla faire redescendre sa colère.

— Ça ne pouvait pas marcher ici. Ce qui s'est passé à Antioch était un faux lien. C'est le genre de chose qui se produit parfois en vacances quand les circonstances sont inhabituelles. Ça ne dure pas. Ce n'est pas réel. Je le savais. Et au fond de toi, je suis certaine que tu le sais aussi. Tu as un trop lourd passif et moi des attentes biaisées. Je n'ai pas l'énergie d'essayer de sauver quelque chose qui ne fonctionnera jamais.

Il se sentait broyé de l'intérieur mais il n'y avait plus rien à dire. Elle avait pris sa décision. Elle l'avait prise avant même de quitter Antioch et il était trop con pour ne pas s'en être rendu compte avant. Il croyait qu'ensemble, ils pourraient être différents. Il regarda donc Lucy s'éloigner, parce qu'il ne pouvait strictement rien y faire.

Il ignorait combien de temps il resta là, les yeux rivés sur la porte qui menait au jardin, avant que sa sœur Fallon ne se rue sur lui.

— Qu'est-ce qui s'est passé ? demanda-t-elle à voix basse, furieuse. Qu'est-ce que tu as fait ?

Il posa les yeux sur sa sœur et essaya de trouver les mots pour expliquer comment il avait royalement merdé – exactement comme leur père. Pendant tout ce temps, il avait gardé ses distances émotionnellement avec les femmes, et cette stratégie n'avait strictement rien changé. L'histoire se répétait et les péchés des pères se transmettaient à leurs fils.

Qu'avait-il fait ?

— Pas assez, répondit-il.

Et perdre Lucy était son châtiment.

Chapitre 21

Ce soir-là, *The Pink Narwhal* était plein à craquer pour la soirée réservée aux femmes. Lucy se tourna vers son compagnon et lui asséna une vérité universelle.

— Vous savez, l'une des circonstances de la vie au cours desquelles l'amitié féminine est importante, c'est quand on envisage sérieusement de tuer quelqu'un.

Zach Blackburn garda le silence comme un Yoda du hockey et haussa un sourcil.

Évidemment – comme c'était un homme, il ne connaissait pas la réponse magique aux idées meurtrières-pour-de-faux qui suivaient une rupture.

Est-ce que c'est vraiment une rupture si on n'a jamais été ensemble ? Oh ! c'est encore plus déprimant.

N'importe quelle femme au monde savait que la réponse appropriée quand on envisageait la mort d'un salopard n'était pas le silence, mais un « j'ai une pelle », avoué d'un ton de conspiratrice. C'était ce que les femmes faisaient les unes pour les autres. À la vie, à la mort. Elles se soutenaient et se défendaient. Elles n'étaient pas des mastodontes de muscles et de regards ironiques qui buvaient du whisky pur.

Pourtant, lorsque Lucy avait eu besoin d'un pote de beuverie, ses choix avaient été limités.

— Je ne peux pas appeler mes copines parce que Gina va épouser un membre de cette putain de famille Hartigan, Fallon en fait déjà partie et la pauvre Tess se retrouverait obligée de choisir entre ses deux meilleures amies.

Un autre haussement de sourcils – cette fois-ci, celui qui était orné d'une barre métallique – et une autre gorgée de whisky avant que Zach articule enfin quelque chose.

— Je suis super content de constater que vous, qui m'avez récemment engueulé pour avoir frappé un mec qui m'a littéralement *craché à la gueule* parce qu'à cause de moi on n'a pas pu jouer les playoffs, vous commencez à voir la beauté de la violence.

Vous voyez ? Une copine n'aurait jamais renvoyé à Lucy sa propre hypocrisie en pleine figure. Une excellente amie, si, mais au bon moment après que le « regarde je vais l'enterrer à poil dans une fourmilière » se serait calmé. Erreur tactique de la part de Zach.

— Oh ! ouin-ouin, grommela-t-elle. Votre connard a insulté votre orgueil. Mon salopard m'a brisé le cœur.

Elle prit une longue gorgée de son troisième (quatrième ?) verre de vodka-Red Bull en se délectant de la brûlure qu'il laissa dans sa gorge.

— Même si cracher sur quelqu'un est vraiment dégueulasse. Et antihygiénique. Pourquoi les hommes sont-ils aussi répugnants ?

Il éclata de rire. C'était ce qui le trahissait. La première fois qu'elle l'avait entendu rire, elle avait compris qu'elle était face à un grizzly tatoué, percé et grondant avec un cœur de Winnie l'Ourson et elle s'était dit qu'elle pourrait travailler avec lui.

— C'est une longue conversation qui s'annonce et je ne pense pas que vous restiez consciente assez longtemps pour y participer, vu le rythme auquel vous descendez vos verres, répondit-il.

— Quoi ? gémit-elle, assez fort pour que les gens la regardent et qu'elle se rende compte qu'elle avait peut-être bu plus que ce qu'elle croyait. Je me contente de vous suivre.

— Un, en tant qu'athlète qui fait de la muscu tous les jours, je peux en avaler cinq d'un coup.

Merde. Cinq ? Et venait-il de mettre sur le tapis le sujet du métabolisme ? Avec elle ? *Oui. Connard.*

— Allez vous faire foutre.

Il gloussa.

— Oh ! aïe. Si j'avais des sentiments, je serais blessé.

Il sirota une gorgée de whisky.

— Deux, ne vous inquiétez pas, nous n'en avons pas bu cinq. C'est mon deuxième et votre troisième. Oui, je vois bien que vous essayez de compter, je vois vos lèvres bouger en silence.

De tous les signes au monde lui conseillant de rentrer chez elle, que son pire client déclare qu'elle était ivre en public – même s'il n'avait pas utilisé exactement ces mots-là – était un énorme panneau au néon. Mais au lieu de quitter le bar, elle leva la main et fit au signe au barman.

Mais avant que ce dernier ne s'avance vers elle, il croisa le regard de Zach, qui lui adressa un signal de mec à mec. Le serveur posa les yeux sur Lucy, haussa les épaules et s'éloigna.

Elle avala d'un trait ce qui restait de son verre, le reposa sur le comptoir puis se tourna vers son voisin. Elle savait qu'il essayait de l'aider mais elle en avait ras le bol des hommes qui croyaient savoir ce qu'il y avait de mieux pour elle, à commencer par son père qui pensait depuis toujours qu'appeler sa fille en surpoids Muffin était normal, en passant par Frankie qui balançait qu'elle était un super coup à ces connards qui estimaient que les grosses étaient bonnes au lit parce qu'elles étaient obligées de donner de leur personne. Super façon d'alimenter le stéréotype. Comment aurait-elle pu rester avec un type pareil ? Elle n'avait pas peur de prendre des risques ni de finir comme son père à attendre quelqu'un qui ne voulait pas de lui mais le considérait comme un port d'attache agréable quand le reste tournait mal.

C'est vrai, ce n'est pas du tout de la projection sur Frankie que tu es en train de faire.

Ignorant la petite voix dans sa tête qui refusait de se taire depuis qu'elle était partie de chez *Marino's* deux jours plus tôt, elle fusilla Zach du regard. C'était sa faute si elle ne pouvait pas noyer cette voix dans une autre vodka-Red Bull. Les hommes. Quelle sale engeance.

— Vous savez, dit-elle en lui assénant le regard meurtrier qui faisait trembler la plupart de ses clients, le *Post* a raison. Vous êtes vraiment un connard.

Mais Zach n'était pas un client comme les autres. Il haussa ses épaules massives qui lui rappelaient Frankie et le saladier pour oiseaux qu'il avait tenu à bout de bras pendant une éternité pour l'aider à gagner une compétition idiote.

— Probablement, acquiesça Zach et jetant un coup d'œil par-dessus l'épaule de Lucy. Mais je ne suis plus en service.

— Comment ça ?

— Les renforts sont arrivés, répondit-il avant de marmonner quelque chose qui ressemblait à « pas trop tôt, putain ».

Elle pivota sur son tabouret pour comprendre ce qui avait attiré l'attention de Zach. Ce n'était pas une chose. Mais des personnes, trois, pour être exacte. Fallon était là, le visage dénué de maquillage et les cheveux noués en un chignon défait, non pas parce que c'était la mode mais probablement parce qu'elle sortait tout juste des urgences. Gina se tenait juste à côté d'elle, vêtue d'une de ses habituelles robes roses qu'elle avait boutonnée lundi avec mardi, certainement parce qu'elle devait être en train de batifoler avec Ford quand l'appel d'urgence avait retenti. Tess, comme à son habitude, se tenait un peu en retrait, les mains pressées l'une contre l'autre, regardant par dessous la frange qui recouvrait presque entièrement ses yeux. Les endroits bondés n'étaient pas du tout son truc.

Lucy reporta son attention sur Zach.

— Comment vous avez fait pour les contacter ?

— J'ai parlé avec Reva, votre assistante, expliqua-t-il avec un sourire moqueur qui avait dû lui attirer des tas d'ennuis. Elle a un faible pour les *bad boys* tatoués.

Lucy ricana.

— Si seulement elle savait la vérité sur vous.

Zach étant Zach, il ignora sa remarque – il faisait toujours semblant de ne pas entendre ce qui le dérangeait – et se leva de son tabouret. Il était en train de sortir son portefeuille de la poche arrière de son pantalon quand les filles parvinrent à leur hauteur.

— Merci de nous avoir prévenues, dit Fallon.

Elle donnait l'impression de vouloir renchérir sur ce qu'avait dit le mec que Zach avait frappé mais de se retenir par amitié pour Lucy.

— De rien, répondit-il en balançant plus de billets que nécessaire sur le comptoir. Assurez-vous qu'elle rentre bien chez elle.

— Je suis juste là, maugréa Lucy. Je vous entends très bien.

Zach haussa les épaules, porta la main à un chapeau imaginaire pour la saluer et s'éloigna – d'un pas définitivement plus léger, certainement parce que Lucy n'était plus son problème. Elle ne pouvait pas lui en vouloir. Elle n'avait pas vraiment envie de rester avec elle-même non plus.

— S'il te plaît, dis-moi que tu lui as expliqué comment se retrouver en playoffs l'année prochaine, déclara Gina.

— Amen, ajouta Fallon.

Elle était tellement soulagée de pouvoir dire ce qu'elle avait sur le cœur que ses épaules se détendirent.

Non. Elles ne la distrairaient pas aussi facilement.

— Laissez tomber Zach. Qu'est-ce que vous faites ici ?

— Où voudrais-tu qu'on aille ?

C'était exactement pour cette raison qu'elle ne les avait pas appelées.

— Je ne veux pas te mettre en porte-à-faux. Frankie est ton frère.

Fallon renversa la tête en arrière et éclata de rire.

— Tu crois que c'est la première fois que j'ai envie de lui arracher la tête ? Oh ! les douces illusions d'une fille unique.

Lucy se tourna vers Gina ; il fallait que son amie comprenne qu'elle ne voulait placer personne dans une situation gênante.

— Et c'est ton futur beau-frère.

Gina la serra brièvement contre elle.

— Mais tu es ma meilleure amie.

Pivotant vers Tess, Lucy essaya une dernière fois.

— Tu ne te sens pas bizarre, coincée entre les deux ?

— On se connaît ? répliqua Tess d'une voix basse, comme toujours quand elle était dans un endroit bondé, mais chaleureuse. Je me sens bizarre tout le temps parce que je *suis* bizarre. Sérieusement, c'est le point de départ de ma vie.

La réponse de Tess fit définitivement taire Lucy. Elle contempla ses amies, qui avaient instinctivement formé un cercle autour d'elle comme si des assaillants la menaçaient de tous côtés, et poussa le soupir qu'elle avait l'impression de retenir depuis soixante ans. Elle avait les meilleures amies du monde, têtues comme des mules et fabuleuses. Elle sentit les larmes lui monter aux yeux et ce n'était pas juste à cause de la vodka.

— Vous êtes les meilleures, les filles.

— Et un Uber nous attend devant la porte, annonça Tess en s'éloignant déjà, plus que prête à rejoindre un endroit moins bondé.

Lucy avait beaucoup bu mais ses amies avaient l'air complètement sobres.

— Pourquoi un Uber ?

Gina leva les yeux au ciel comme si la réponse était évidente.

— Parce qu'on ne peut pas transporter le corps dans une voiture qui nous appartient.

Enfin. Elle était avec des gens qui comprenaient. Bon sang, qu'elle les aimait.

— Viens, ordonna Fallon en tapotant son sac à dos. J'ai acheté une bouteille de vodka épicée qui te met la bouche en feu au bar à vodka artisanal de la 5e Rue.

— On a aussi de la glace, ajouta Tess.

— Et des pelles, acheva Gina.

Lucy se leva et les attira contre elle pour un câlin de groupe.

— Je vous aime, les filles.

— Nous aussi, répondit Fallon. Et maintenant, on y va.

Il se peut qu'elles aient effrayé le chauffeur avec leurs rires sonores et leurs plans détaillés pour éliminer la plupart des hommes de la surface de la Terre. Lucy s'en fichait car, du coup, elles atteignirent son appartement en un temps record. LeRoy, le meilleur concierge du monde, souleva son chapeau pour les saluer quand elles se dirigèrent vers les ascenseurs en une seule masse d'œstrogènes et d'alcool. Elles avaient ouvert la bouteille de vodka dans le Uber. À temps difficiles, mesures drastiques.

— Heureusement que tu as une vraie télévision, constata Tess quand elles entrèrent chez Lucy.

Elle se dirigea aussitôt vers le salon sans jeter un coup d'œil aux baies vitrées qui offraient une vue spectaculaire sur la ligne d'horizon scintillante de Harbor City de l'autre côté de l'eau.

— Quand on a fait la même chose pour Gina le jour où Ford a temporairement perdu la boule, ça avait été super chiant.

Lucy poussa un petit cri et battit des mains avant de s'affaler sur le canapé et d'ôter ses escarpins.

— Vous avez des films de nana en colère pour moi ?

— Encore mieux, répondit Gina en brandissant le pot de crème glacée comme s'il s'agissait de la Stanley Cup. On a des films de castagne de SF !

Lucy la regarda bouche bée.

— Non ? !

Elles avaient compris à quel point elle souffrait sans qu'elle ait eu besoin de le leur expliquer. Elle n'aurait pu souhaiter meilleures amies.

— Oui ! hurlèrent en chœur Gina et Tess.

— J'ai peur de demander mais, qu'est-ce qui vous met dans cet état ? demanda Fallon qui les regardait, totalement larguée.

— C'est une tradition, un peu comme les soirées Peinture et Picole, expliqua Lucy, qui se détendait pour la première fois depuis deux jours. Quand un truc merdique nous arrive, on se réunit pour regarder nos films de filles préférés.

— Et la danse de SF que vous venez de faire ? demanda Fallon.

Gina s'empara de la télécommande, afficha Netflix sur l'écran et se dirigea tout de suite dans la section « femmes fortes ».

— On garde *Aliens* et *Mad Max : Fury Road* pour les cas les plus critiques parce que, si tu peux voir Ripley et Furiosa sans avoir le sentiment que tu peux tout déchirer, alors tu ne regardes pas le même film que moi.

— Mais d'abord, la glace et des verres.

Tess glissa le bras sous celui de Fallon et l'entraîna dans le couloir qui menait à la cuisine.

— Viens m'aider à chercher la vaisselle.

Tandis que Tess conduisait Fallon hors de la pièce avec toute la subtilité d'un éléphant dans un magasin de porcelaine, Lucy secoua la tête en considérant Gina.

— Tu as perdu à la courte paille, pas vrai ?

— Elles pensent que je saurai quoi te dire.

Gina s'assit sur le canapé et posa la tête sur l'épaule de Lucy.

— C'est le cas ?

Elle entendit l'optimisme dans sa voix et se détesta pour ça.

— Peut-être, si tu me racontes ce qui s'est passé.

Ah, oui, cette partie-là. Elle n'en avait vraiment pas envie. C'était trop douloureux. Quand elle n'était pas submergée par l'embarras et le chagrin, elle était obligée de penser à la façon dont tout avait foiré. Elle repoussa cette idée et se contenta de la partie affreuse et superficielle.

— Il a dit à des mecs au bar que c'était la fête du cul avec une grosse.

Gina poussa un petit cri et écarquilla les yeux. Une tache rouge s'épanouit à la base de son cou. Elle arracha la bouteille de vodka des mains de Lucy et but directement au goulot. Puis elle poussa de nouveau un cri parce que la vodka était super forte.

— Deux choses, déclara Gina, les yeux humides en se tapotant la poitrine. Un : est-ce qu'il a dit ça en ces termes ? Deux : qu'est-ce que ça signifie ?

— Non.

Une bouffée de culpabilité noua l'estomac de Lucy et elle s'agita sur le canapé.

— Mais c'était de ça qu'ils parlaient – ils disaient que les grosses se donnent du mal au lit parce que sinon personne ne voudrait jamais les sauter.

— C'est horrible, répondit Gina en posant la bouteille sur la table basse pour serrer Lucy contre elle. Je n'arrive pas à croire que Frankie pense un truc pareil. Je ne dis pas que tu te trompes, j'ai juste du mal à l'admettre.

— Je ne l'ai pas entendu le dire, mais il n'a pas nié non plus.

Gina inclina la tête sur le côté.

— Il n'a pas dit ça et il n'a pas dit qu'il ne l'avait pas dit ?

Lucy avait rejoué la conversation dans sa tête un million de fois et elle ne pouvait se défaire de l'idée que sa réaction initiale avait plus à voir avec le fait qu'elle s'attendait à se faire larguer depuis le début qu'avec ce que Frankie avait vraiment fait. Mais si elle l'admettait, même pour elle-même, elle serait obligée de réfléchir aux reproches qu'il lui avait adressés.

— Ce n'est pas uniquement ça, poursuivit-elle avec un soupir tremblant, rongée par la culpabilité de ne pas avoir déballé toute l'histoire. Il m'a dit que je projetais mes insécurités émotionnelles sur lui.

Gina leva la tête et la regarda droit dans les yeux. Elle ne la jugeait pas mais ne la dorlotait pas non plus. Elles avaient affronté trop de tempêtes ensemble pour ça.

— Tu penses que c'est possible ?

— Non !

Elle ne lui tenait pas rigueur des péchés de ses parents. *Pas du tout.* Elle se montrait juste prudente. Intelligente. Elle avait vu les dégâts que pouvait faire l'amour. Quel genre d'idiote serait-elle si elle ne s'en protégeait pas en étant réaliste ?

— Écoute, je t'aime, affirma Gina, ce qui était le genre de déclaration qui n'était jamais suivi par « et tu as raison sur toute la ligne ». Tu es une nana géniale et je serais perdue sans toi, du coup, ne le prends pas mal… Mais tu as tendance à essayer de contrôler une situation en imaginant le pire et en pliant la réalité à tes exigences.

— Oui, c'est pour ça que je fais super bien mon taf.

— C'est vrai, acquiesça Gina avec un sourire patient. Mais ce genre de talent est contre-productif dans les relations sentimentales.

Lucy se redressa d'un bond. La colère remonta si vite le long de sa colonne vertébrale qu'elle fut surprise de ne pas la voir se déverser par ses doigts.

— Et du coup je devrais m'écraser et prendre ce qui se présente.

— Pas du tout, rétorqua Gina en secouant la tête, agitant ses boucles brunes. Tu mérites d'être avec quelqu'un qui te voit telle que tu es, c'est-à-dire un être humain magnifique, à la fois ardent et incroyable.

Merde. C'était difficile de rester fâchée quand sa meilleure amie lui disait des trucs pareils d'un air sincère, en plus. Ça ne l'empêcha pas de marmonner :

— Je ne cherche pas les compliments.

Gina leva les yeux au ciel.

— Tu veux bien me rappeler quand tu as eu besoin de faire ça avec Tess ou moi ou même Fallon ? On t'aime parce que tu es toi, comme devrait le faire toute personne en possession d'un demi-cerveau. Et je ne suis pas en train de te dire que Frankie a raison.

Elle s'interrompit, prit la main de Lucy et poussa un profond soupir avant de conclure.

— Mais voilà ma question : est-il possible que les torts soient partagés entre vous ?

Lucy fut sauvée par le retour de Fallon et de Tess, armées de verres à shot et de bols de crème glacée.

— On vous aurait bien laissé plus de temps, mais la glace est en train de fondre, constata Tess.

— Et en plus, je n'entendais rien du tout, ajouta Fallon. Ta cuisine est trop loin pour espionner.

La franchise de Fallon provoqua l'hilarité de Lucy – malgré les questions qui se bousculaient dans sa tête : les paroles de Gina faisaient écho à la petite voix qu'elle essayait de faire taire de son mieux. Mais ce soir, ce n'était pas le sujet. Elle regarda ses amies réunies autour d'elle et sut qu'il s'agissait de la seule relation sur laquelle elle pouvait compter quoi qu'il arrive – son amitié avec cette bande de nanas géniales.

— S'il y a de la glace et de l'alcool, alors je déclare que c'est l'heure du film, dit Lucy en se mettant dans l'ambiance, qu'elle soit prête ou pas.

— *Aliens* ou *Mad Max* ? demanda Gina en pointant la télécommande vers l'écran.

— Voyons voir, répondit Lucy en secouant la tête. Je peux mater Tom Hardy *et* acclamer le gang de grands-mères bikeuses le plus *badass* du monde ? Excusez-moi les filles, mais on n'a même pas besoin de réfléchir.

— Tu as raison, acquiesça Gina en choisissant *Mad Max : Fury Road*.

Elles s'installèrent toutes les quatre sur le canapé pour regarder cette merveille, mais malgré le rugissement des moteurs et le hurlement des guitares, Lucy ne parvenait pas à ignorer la question que Gina lui avait posée. Et si sa meilleure amie et la petite voix dans sa tête avaient raison, qu'allait-elle faire pour régler ça ?

Parce que si Lucy était très forte pour réparer les conneries de ses clients, elle n'avait aucune idée de la façon de s'y prendre pour régler les siennes.

Chapitre 22

Durant toutes ses années de pompier, Frankie n'avait jamais eu un seul jour d'arrêt maladie – pas un seul – jusqu'au matin qui avait suivi la dispute avec Lucy. Plusieurs jours auparavant. Depuis, il avait passé tout son temps à mater des conneries sur Netflix et à s'engueuler avec Finn : il espérait pousser son frère à se battre, ce qui lui aurait permis de canaliser un peu sa fureur.

Malheureusement, son frère était impossible à énerver. Un vrai M. D'Humeur Égale. C'était insupportable.

— Encore un jour passé assis sur ton cul à ne rien foutre ? demanda Finn d'un ton qui signifiait clairement que même s'il n'avait pas l'intention de s'énerver, il ne comptait pas non plus éviter le sujet.

Son frère jumeau était plus silencieux que lui, mais tout aussi chiant. Frankie brandit son majeur dans sa direction tout en continuant à faire défiler l'interminable liste de films d'horreur de série B.

— Tu as de la chance qu'il te reste des congés à prendre, poursuivit Finn, sans comprendre que son frère voulait qu'il la ferme.

— Hansen fait des heures sup pour compenser l'absence de Washington.

— Tant que ça roule à la caserne, commenta Finn en s'affalant sur le canapé.

Il garda le silence pendant trois bonnes secondes, assez longtemps pour renifler ostensiblement l'air autour de Frankie.

— Je suppose que tu n'as aucune raison de te doucher.

D'accord, il ne s'était pas lavé depuis un jour. Ou deux. Qui comptait et qui ça intéressait, bordel ?

— Tu as besoin de quelque chose ? Ou alors tu peux juste la fermer parce que je cherche ce que je vais regarder.

Pour une fois, Finn se tut, se rencogna contre le dossier du sofa et posa les pieds sur la table basse à côté des canettes de Red Bull vides.

Elles étaient très nombreuses. Frankie en avait acheté une caisse pour Lucy puis il avait décidé de les boire le plus vite possible pour se débarrasser de tout ce qui lui rappelait l'existence de la jeune femme. En revanche, il n'avait pas jeté les canettes vides et il avait grondé – littéralement – quand son frère avait essayé de le faire à sa place la veille. Certaines personnes y auraient vu du sens. Frankie pensait juste qu'il voulait qu'on lui fiche la paix.

— Tu comptes lever ta vieille carcasse et aller t'excuser auprès de Lucy pour ce que tu as fait ? demanda Finn.

Frankie appuya plus fort sur la flèche de la télécommande.

— Parce que tu restes assis à broyer du noir uniquement quand tu as merdé.

Il fusilla son frère du regard. Il avait raison et ça ne lui plaisait pas.

— Va te faire foutre.

Finn lui arracha la télécommande des mains.

— Vous pouvez entrer, cria-t-il en direction de la cuisine. Mais je vous préviens, il pue, alors tenez-vous aussi éloigné de lui que possible.

À ce signal, Ford et leur père pénétrèrent dans le salon. De toutes les personnes au monde que Frankie ne voulait pas voir, ces deux-là figuraient tout en haut de la liste. Ford parce qu'il était tellement amoureux, ce con, que ça le rendait difficile à supporter. Quant à son père ? C'était à cause de lui que Frankie n'arborait pas le même sourire débile que Ford. Les chiens ne font pas des chats.

— Qu'est-ce qui se passe ? Une discussion à cœur ouvert ? demanda-t-il du ton le plus sarcastique possible.

Aucun des hommes présents dans la pièce ne cilla. Ils se contentèrent de lui envoyer un regard qui disait clairement qu'ils le prenaient pour un con. C'était comme ça qu'ils voulaient la jouer ? À leur guise. Il n'en avait rien à cirer.

Ce fut Ford qui finit par briser le concours silencieux de celui qui serait le plus furieux.

— Qu'est-ce qu'il faut qu'on fasse pour que tu ailles la voir ?

Comme si c'était aussi facile.

— Elle ne veut pas de moi.

Ford croisa les bras et se balança sur ses talons, comme s'il ne parvenait pas à décider s'il voulait la jouer bon flic ou mauvais flic.

— Ce n'est pas ce que m'a raconté Gina.

— De toute façon, ça n'a aucune importance, répliqua Frankie en s'enfonçant dans le canapé et en s'abandonnant à la torture qui lui dévorait les entrailles en lui donnant l'impression d'avoir à la fois la grippe, la gueule de bois et une abominable migraine. C'est fini.

Terminé.

Game over.

Kaput.

— Tu vas juste abandonner, alors ? demanda son père.

Jusque-là, Frankie avait fait de son mieux pour ignorer la

présence de son père. Étant donné qu'il ne voyait pas l'intérêt de changer de stratégie, il fit comme s'il n'avait pas entendu.

— Fiston, insista Frank senior. Je t'ai appris à traiter les gens que tu apprécies mieux que ça.

À mieux traiter que ça ? Les mots le percutèrent comme une enclume. *À mieux traiter que ça ?* Des années de ressentiment refoulé et de colère contenue flambèrent comme un retour de flamme. Il reporta son attention sur son père mais s'obligea à rester assis sinon il ne répondait pas de lui.

— Tu es bien la dernière personne, dit-il sans chercher à cacher son dégoût, *la dernière,* tu entends, avec qui je veux avoir ce genre de conversation.

Son père ne répondit pas. Il resta assis, immobile, une expression indéchiffrable sur le visage. Frankie n'avait pas besoin d'ajouter quoi que ce soit. Son père avait très bien compris de quoi il parlait.

— Ouh là, dit Ford en les regardant tour à tour comme s'il les voyait pour la première fois de sa vie. De quoi tu parles ?

— Pourquoi tu ne lui poses pas la question ?

Frankie en avait marre de garder les secrets de son père.

Finn et Ford se tournèrent vers leur père, qui s'était penché en avant, les coudes posés sur les cuisses, dans la même position que Frankie. Tel père, tel fils.

Il finit par pousser un long soupir fatigué.

— Est-ce que tu fais allusion à Becky Rimwald ?

À sa façon de le dire, comme si c'était une bagatelle sans importance, Frankie sentit quelque chose se rompre en lui et son sang se mit à rugir dans ses oreilles. Il sauta à bas du canapé.

— Je parle du fait que tu as été incapable de garder ta bite dans ton pantalon même si maman t'aimait plus tout et que tu as toujours fait semblant de l'aimer.

Tout le monde se crispa. Une énergie sauvage et frénétique

vibrait en lui, le forçant à bouger. Il n'avait pas le choix. Il se mit à faire les cent pas dans le salon entre la porte et le mur du fond.

— Qu'est-ce. Qui. Se. Passe. Bordel ? demanda Ford d'une voix basse et meurtrière.

Finn laissa échapper un ricanement agacé.

— Papa n'a pas couché avec Becky Rimwald.

Évidemment qu'il dirait ça, vu que Frankie l'avait envoyé faire une course dès qu'il avait aperçu son père et Becky.

— Tu n'as pas vu ce que j'ai vu. Je t'ai protégé.

Finn se leva et se dirigea vers Frankie. La façade de M. Toujours D'Humeur Égale était enfin fissurée. Il serrait les poings et tout son corps exsudait la colère. Mais il ne frappa pas Frankie.

— Qu'est-ce que t'es con, asséna-t-il. Je suis étonné que tu sois capable de mâcher un chewing-gum en marchant.

— Attendez.

Ford s'interposa entre les jumeaux et les repoussa violemment dans des directions opposées.

— Rembobinez. Qui est Becky Rimwald et pourquoi Frankie a dit ça sur papa ?

— Parce que Frankie m'a vu l'embrasser, expliqua leur père d'une voix inhabituellement neutre.

Quand il était arrivé à Frankie d'imaginer que son père avouait enfin son adultère, la scène ne ressemblait pas du tout à ça. Il n'éprouva ni soulagement ni joie. Il ressentit juste une vague de déception terrible qui lui coupa les jambes et le força à s'asseoir sur l'appui de la fenêtre pour éviter de tomber. Il comprit alors qu'une partie de lui n'y avait jamais cru et avait espéré qu'il s'était trompé.

— Quand ? demanda Ford, rompant le lourd silence qui s'était abattu sur la pièce.

Finn passa la main dans son épaisse chevelure brune et se rassit sur le canapé.

— Quand on était en terminale.

— J'ai essayé de l'expliquer à cette époque et je te le redis maintenant, déclara Frank senior. Ce n'est pas ce que tu crois.

— Vraiment ? siffla Frankie. Elle n'avait pas la langue dans ta gorge ?

Son père donnait l'impression d'avoir envie de lui casser la gueule – le caractère Hartigan était aussi légendaire que leur capacité à péter un plomb –, mais il n'en fit rien. Il ferma les yeux en soupirant et reporta son attention sur Frankie.

— Est-ce que tu te souviens de la série d'incendies d'entrepôts qu'il y a eu cette année-là ? Andy Rimwald est un des pompiers qui est mort avant qu'on ait arrêté le pyromane.

Cet été avait été terrible. Dix pompiers étaient morts dans ces incendies, qui étaient préparés de manière à faire le plus de dégâts possible une fois les pompiers sur place. Durant les nuits où leur père était en service, Katie Hartigan, assise à la table de la cuisine, avait poli encore et encore l'argenterie que son arrière-arrière-grand-mère avait réussi à emporter d'Irlande quand elle avait fui, menacée par les Anglais de pendaison pour vol. Frankie avait tout organisé pour qu'un des enfants lui tienne toujours compagnie, du moins jusqu'à ce qu'elle finisse par les envoyer se coucher au petit jour. Il n'était pas certain que sa mère ait dormi lorsque son père travaillait cet été-là. Dès qu'il franchissait la porte, elle s'effondrait contre lui et se permettait de l'étreindre trente secondes avant de se ressaisir et de lui préparer un énorme petit déjeuner avec tout ce qu'il aimait. Ils étaient tous sur les nerfs.

Après quelques secondes qui avaient permis à tout le monde de se souvenir de cet été-là, son père poursuivit :

— Tu es pompier depuis un certain temps, à présent, Junior. Tu as dû voir des familles traverser un enfer après avoir vécu un truc pareil. Ils pleurent. Ils hurlent. Ils luttent contre les ténèbres. Ils deviennent un peu fous.

C'était peut-être pareil dans d'autres jobs – l'armée, la police – mais à la caserne, c'était une vraie famille. Quand l'un d'entre eux tombait, ils étaient tous en deuil. Et les femmes et les enfants des pompiers décédés ? Ils s'occupaient d'eux et, pour ça, ils franchissaient parfois quelques limites. Frankie sentit sa nuque le picoter : c'était le signal d'alarme qui l'avait sauvé plus d'une fois au milieu d'un incendie.

— Becky est venue à la caserne récupérer les affaires d'Andy alors qu'on lui avait dit qu'on les lui apporterait, poursuivit Frank senior, les épaules voûtées comme si même des années après, il voulait parer le coup de ce qui allait suivre. Elle a dit qu'elle voulait jeter un coup d'œil à l'endroit qu'il aimait tant. Et avant qu'elle s'en aille, je l'ai prise dans mes bras. C'était une veuve en deuil et j'étais un port amical dans la tempête. Elle n'avait pas prémédité son geste. J'étais en train de la repousser quand tu es arrivé.

Frankie pêcha le souvenir dans son esprit. Son père contre le mur, les mains sur les côtés. C'était Becky qui s'était jetée sur lui.

— C'est une histoire bien pratique que tu n'as pas jugé bon de partager à l'époque, constata-t-il en rejouant la scène encore et encore dans sa tête.

— Junior, répondit son père avec un soupir agacé, je t'aime mais ne crois pas une seconde que je doive me justifier auprès de toi alors que je n'ai rien fait de mal.

Peut-être qu'il n'aurait pas compris quand il avait dix-sept ans, mais après des années de service, Frankie avait expérimenté la souffrance qui suit la mort d'un collègue dans un incendie, il avait vu des épouses tellement submergées par le chagrin et la douleur qu'elles voulaient juste être soulagées pendant quelques instants. Mais il avait été si sûr de lui et n'en avait jamais démordu, même quand le doute avait commencé à s'immiscer en lui.

— Il dit la vérité, intervint Finn d'une voix aussi lasse que Frankie. Je suis tombé sur Becky devant la caserne en revenant de la course débile que tu m'avais envoyé faire. Elle était en train de discuter avec maman qui était là pour apporter le déjeuner de papa, vu qu'on était samedi et qu'elle ne travaillait pas. Becky pleurait dans les bras de maman, cramponnée à elle comme si tout son monde s'était écroulé. Elle n'arrêtait pas de dire qu'elle était désolée et qu'elle n'avait pas eu l'intention de l'embrasser. Maman l'a serrée contre elle et lui a répondu que tout allait bien et que tout finirait par s'arranger. Sérieusement, tu crois vraiment en savoir plus que maman ?

La question le percuta avec la violence d'une poutre sur la tête. Aucun enfant Hartigan n'oserait penser en savoir davantage que Katie Hartigan ; elle n'avait pas élevé des idiots. Il se tourna vers son père en essayant de comprendre ce qu'il venait d'entendre, presque effrayé d'espérer s'être trompé.

— C'est vraiment ce qui s'est passé ? demanda-t-il.

Son père ne réfléchit ni ne cilla.

— Oui.

Pendant toutes ces années, toutes ces fois où il croyait protéger tout le monde, il avait en réalité creusé un trou sous ses propres pieds parce qu'il pensait en savoir plus qu'eux. Au lieu d'en parler et de poser des questions, il avait abandonné et s'était éloigné d'un homme qui avait été son héros jusque-là.

Il s'était comporté comme un con.

— J'ai abandonné trop vite, dit-il, et cette prise de conscience lui fit l'effet d'un coup de poing dans l'estomac.

Ford ricana.

— C'est parce que tout a toujours été facile pour toi. Les études. Les amis. Les femmes. La vie. Du coup, quand quelque chose n'entre pas dans tes paramètres, tu ne sais pas comment réagir. C'est pour ça que tu as tout foiré avec Lucy, parce que tu t'es comporté comme un chevalier servant alors qu'elle n'en avait pas besoin et que ce n'était pas ce qu'elle voulait.

Frankie, Finn et Frank senior se tournèrent vers Ford, à la fois horrifiés et sidérés.

— Depuis quand est-ce que tu parles comme un psy cinglé de la télé ? demanda Finn, stupéfait.

Ford les fusilla du regard.

— Gina m'a recommandé des livres.

Qui avait pris le contrôle de son frère nul en émotions ? Frankie se rendit compte qu'il n'était pas le seul à réagir ainsi. Frank senior et Finn dévisageaient Ford comme si c'était un extraterrestre. Ford se contenta de tapoter son pouce contre son index et le bout de ses oreilles rougit.

— Le truc, poursuivit Ford en fixant Frankie, c'est que je n'ai pas tort et tu le sais.

Frankie aurait donné cher pour envoyer chier son frère. Peut-être qu'il pourrait même le pousser à se battre comme le soir où Frankie avait éclairé la lanterne de Ford en lui expliquant qu'il s'était mal comporté avec Gina. Il en tirerait quelques bleus mais ça valait mieux que la culpabilité qui le piquait comme un aiguillon électrique pour bétail.

Il avait vu quelque chose et s'était automatiquement mis en mode protecteur des années plus tôt après l'incident avec son père. Et il avait fait la même chose avec Lucy. Quand le mec du bar avait commencé à déblatérer tel un crétin, il aurait dû se barrer. Mais il avait cédé à son besoin de se comporter comme un chevalier sur son destrier. Lucy n'avait pas besoin de ça. Elle ne voulait pas d'un protecteur, elle voulait quelqu'un qui soit toujours à ses côtés. Il avait eu la possibilité de le lui prouver. Mais il avait tout foiré.

— Putain. J'ai merdé.

Il considéra ses frères et son père.

— Qu'est-ce que je vais faire à présent ?

Finn haussa les épaules.

— Ne me regarde pas comme ça, je suis célibataire et très heureux de l'être.

C'était vrai. Il se tourna vers Ford.

Son petit frère leva les yeux au ciel.

— Pour paraphraser ce qu'un gros débile m'a dit récemment alors qu'on était sur sa terrasse : va chercher ta copine.

Rien de tout ça ne l'aidait, alors il se tourna vers l'homme qui avait tous les droits de dire à Frankie d'aller se faire foutre.

— Qu'est-ce que je lui dis ?

— Tu vas devoir te débrouiller tout seul sur ce coup-là, Junior, mais quoi que tu fasses, fais-le en grand. Une femme comme Lucy ne se reconquiert pas avec de belles promesses. Tu vas devoir mouiller la chemise.

La dernière phrase de son père lui fit l'effet d'un coup de tonnerre. C'était ce que Lucy lui avait demandé sur le pont flottant à Antioch. Elle plaisantait, certes, mais pas lui – et encore moins maintenant.

— Est-ce que tu peux m'aider à arranger un truc demain et faire en sorte que Lucy soit là ? Peut-être en lui disant que c'est en rapport avec le mariage ? demanda-t-il à Ford.

— Tu as déjà organisé un mariage ?

Son frère le regarda comme si c'était lui l'extraterrestre.

— C'est super compliqué. Il y a des tableaux Excel avec des codes couleur.

— Et si ça n'a rien à voir avec le mariage ? intervint Finn. Si c'était juste la famille et les amis proches ?

Ce serait parfait.

Ford marmonna quelque chose dans sa barbe avant de répondre :

— Ça a intérêt à marcher, sinon Gina me tuera pour avoir chamboulé le planning.

Après quelques minutes de discussion, Ford et son père se dirigèrent vers la porte, mais Frankie ne pouvait pas laisser partir son paternel sans s'excuser.

— Je suis désolé d'avoir supposé le pire, papa, dit-il d'une voix nouée par l'émotion. Tu me pardonnes ?

Son père lui adressa le même sourire décontracté que Frankie voyait tous les jours dans le miroir.

— Pour avoir fait ce que tu croyais être le mieux pour la famille ? Il n'y a rien à pardonner. Tu as réagi comme un homme – tu n'as pas pensé à toi mais à ceux que tu aimes.

Il attira Frankie à lui dans une étreinte virile tout en lui assénant une claque dans le dos.

— Essaie juste de ne pas tirer de conclusions trop hâtives la prochaine fois. Et ne fais pas tout foirer avec Lucy, ou ta mère n'aura pas fini de m'en parler.

— Elle est au courant ?

Son père lui lança un regard qui signifiait clairement « évidemment ».

— C'est Katie Hartigan, pas vrai ? Cette femme sait tout.

C'était vrai. Depuis toujours. Et ça aurait dû lui faire comprendre que ce qu'il avait vu toutes ces années auparavant n'était pas ce qu'il avait cru. Mais il avait été tellement déterminé à la protéger qu'il n'y avait même pas songé. Il ne commettrait plus cette erreur, ni avec sa famille, et certainement pas avec Lucy.

Il était temps de se mettre au boulot. Numéro un de sa liste ? Persuader Fallon de participer à un kidnapping.

Chapitre 23

Ce matin-là, Lucy avait téléphoné à son père aussi tôt que possible, étant donné l'heure de décalage horaire et sa gueule de bois. Elle ne voulait plus entendre parler de vodka ni de Red Bull avant un long moment.

Il décrocha à la troisième sonnerie.

— Salut, Muf… Lucy, dit-il en soupirant. Pardon. Les vieilles habitudes ont la vie dure.

Mais il essayait de changer, et c'était déjà bien.

— Ce n'est pas grave, papa.

— Que me vaut cet appel surprise ?

Elle ferma les yeux pour se protéger du soleil qui se déversait dans sa chambre comme un rayon laser dirigé sur ses parties les plus sensibles – surtout affectives.

— J'ai besoin de ton aide.

— Tout ce que tu veux.

— J'ai merdé avec Frankie.

C'était l'euphémisme de l'année.

Après le départ de ses amies, elle était restée debout bien trop longtemps à réfléchir à ce que Gina, Zach et, plus important, Frankie lui avaient dit : elle avait arraché son attitude défensive pour comprendre ce qu'ils essayaient tous de lui faire prendre conscience. Tous les trois s'étaient concentrés sur la même chose.

Elle était tellement certaine que Frankie finirait par se lasser d'elle qu'elle avait provoqué la rupture pour rien. Sur le moment, ça lui avait paru important, mais après quelques heures de réflexion, elle s'aperçut qu'elle ne lui avait pas laissé l'occasion de s'expliquer ce soir-là. L'avait-elle jamais laissé s'exprimer ?

Elle se trouvait intelligente de se préparer au désastre. Mais en réalité, elle s'attendait à ce que tout le monde transporte son bagage émotionnel à elle.

— Qu'est-ce qui s'est passé ? demanda son père, préoccupé.

Elle prit une profonde inspiration et lui raconta tout – enfin, la version tous publics. Qu'elle avait passé son temps à attendre que tout parte en couilles, comme pour ses parents. Ils n'avaient pas perdu toute chance d'être ensemble, en réalité – elle ne leur en avait jamais laissé une.

— Tu penses que c'est à cause de toi que ta mère et moi avons divorcé ?

Elle hocha la tête même si elle savait que son père ne pouvait pas la voir.

— Lucy, reprit-il en parvenant elle ne savait comment à mettre tant d'amour dans son prénom qu'il lui fit l'effet d'un câlin. Ça ne pourrait pas être plus faux. Notre mariage n'a pas fonctionné pour de nombreuses raisons, mais tu n'en as jamais été une. Tu comprends ?

Elle renifla un peu et opina :

— Oui.

— Mais même si c'était le cas, ce ne serait pas juste d'en tenir rigueur à Frankie. Nous apportons tous notre bagage émotionnel dans nos relations et personne n'est parfait. Cependant, c'est la façon dont nos imperfections sont compatibles qui permet à une relation de fonctionner. Est-ce que tu l'aimes ?

Elle n'eut même pas besoin de réfléchir.

— Oui.

— Alors pourquoi tu perds du temps à me parler ?

— Parce que je ne sais pas comment réparer ce qui a été brisé.

Toute sa carrière était bâtie sur la gestion de crise, pourtant elle se retrouvait complètement démunie face à son désastre personnel.

— D'après toi, qu'est-ce que tu devrais faire ?

Elle ravala sa première réponse, qui était : *Si je le savais, je ne te demanderais pas de m'aider.*

— Monter dans ma machine à remonter le temps et revenir à Antioch.

Le rire de son père provoqua Gussie dont l'aboiement plaintif signifiant « viens jouer » lui parvint.

— Ce n'est pas vraiment une option.

— La science devrait se mettre à fabriquer ce dont les gens ont besoin.

Elle se renfonça dans ses oreillers ; elle se sentait déjà un peu mieux d'en discuter avec son père.

— Ou alors tu pourrais juste t'excuser et essayer de régler la situation comme une adulte.

Aïe. La vérité blessait.

— Dur.

— Il faut parfois être cruel quand on aime les gens, et je t'aime vraiment, Lucy. Tu trouveras un moyen. Comme d'habitude.

— Moi aussi, je t'aime, papa.

Ils se dirent au revoir et elle raccrocha pour aller se doucher. Elle ignorait totalement ce qu'elle ferait ensuite, mais quoi que ce soit, ça se passerait probablement mieux si elle ne sentait pas la vodka. Quand elle se sécha les cheveux, penchée en avant, elle avait déjà imaginé la moitié d'un plan.

Son père avait raison. Elle devait s'excuser pour avoir poignardé

Frankie dans le dos avec un poignard rouillé. Mais elle avait été blessée, furieuse et effrayée, et elle avait frappé là où elle savait que ça ferait le plus mal. Il l'avait bien cernée le premier soir chez *Marino's*, elle avait *peur* – pas seulement de se rendre à la réunion d'anciens élèves, mais de laisser une chance aux gens. C'était pour ça qu'elle attaquait en premier. Et pendant tout ce temps, elle avait cru empêcher les autres d'avoir du pouvoir sur elle, alors qu'elle se privait elle-même de ce pouvoir. Et Frankie en avait payé le prix, parce qu'elle avait déversé toutes ses insécurités sur lui alors qu'il n'avait rien fait pour mériter une telle chose. Bien au contraire. Il avait tout fait pour lui montrer qu'elle comptait pour lui et qu'il la respectait telle qu'elle était.

Elle devait arranger les choses.

Une demi-heure plus tard, vêtue de sa robe préférée et de sandales à brides, elle était bien résolue à entreprendre tout ce qui serait nécessaire pour trouver Frankie et le forcer à l'écouter. Elle s'empara de son sac à main, ouvrit la porte de son appartement et se figea.

Fallon, Gina et Tess se tenaient dans le couloir, l'air également coupable. Gina avait une housse de coussin rose dans les bras.

— Que se passe-t-il et pourquoi cette housse de coussin ? demanda aussitôt Lucy.

— On n'a pas trouvé de sac à patates, rétorqua Tess, comme si sa réponse expliquait tout.

Fallon leva les yeux au ciel.

— On est là pour te kidnapper.

Sans surprise, les choses ne s'éclaircirent pas davantage. À un autre moment, elle aurait joué le jeu, mais pas maintenant.

— Je vous aime, les filles, mais je dois trouver Frankie.

— Oh ! dit Tess, les épaules voûtées par le soulagement. Ça nous facilite la tâche.

— À moins qu'elle ne le cherche pour le frapper, contra Gina avec un rire diabolique et théâtral.

— Ce ne serait pas la première et je ne parle que pour moi *et* mes frères et sœurs, ajouta Fallon.

Lucy les dévisagea l'une après l'autre. Elles avaient complètement perdu la tête.

— Vous avez bu combien de bloody mary aujourd'hui ?

Le visage de Gina s'éclaira.

— Aucun, mais c'est une excellente idée.

Fallon et Tess hochèrent la tête.

Bon, hors de question de se laisser entraîner dans leurs manigances. Elle avait une mission.

— Allez-y sans moi. Je dois trouver Frankie.

Elle adorait ses copines mais elle ne leur permettrait pas de la ralentir. Elle referma la porte derrière elle, esquiva les trois femmes et se dirigea d'un pas pressé vers l'ascenseur.

— Tu n'iras nulle part sans nous, déclara Gina.

Cette femme se déplaçait comme un ninja, ce à quoi Lucy ne s'attendait pas.

Les nerfs à vif, elle pivota du côté de ses amies, qui l'accompagnaient vers l'ascenseur. Elle compta jusqu'à vingt et expira tout en se rappelant à elle-même qu'elle aimait beaucoup ces femmes très chiantes.

— Sérieusement, je dois rejoindre Frankie.

— On le sait, c'est pour lui qu'on te kidnappe, annonça Tess. Et on ne t'en dira pas davantage avant qu'on soit arrivées chez *Marino's*. Ne t'inquiète pas, Frankie est là-bas.

Et ce fut la dernière chose que le trio infernal accepta de lui dire, même si elle demanda, supplia et menaça. Et même si elles durent faire trois fois le tour du pâté de maisons pour trouver une place.

Quoi qu'il se trame, le bar était bondé à 10 heures un dimanche matin. En entrant, entourée de ses amies, elle scruta la foule et vit un million de personnes mais pas le pompier roux et sexy en diable dont le seul regard consumait ses petites culottes.

Frankie était sur le point de gerber.

Bon, pas tout à fait – il n'avait rien mangé depuis la conversation à cœur ouvert sur le thème « Frankie est un con » de la veille – mais son estomac roulait d'un côté et tremblait de l'autre. C'était la première fois qu'il redoutait autant l'idée de parler à une femme. Ford avait raison, tout avait toujours été facile pour lui. Mais convaincre Lucy de lui parler et plus encore, de lui donner une deuxième chance ? Il allait vraiment devoir mouiller la chemise.

Shannon passa la tête dans l'entrebâillement de la porte de la réserve. Se cachait-il pour que Lucy ne s'enfuie pas dès qu'elle l'aurait aperçu ? Absolument.

— Elle vient d'arriver. Tu es prêt ? demanda Shannon.

Il essuya ses paumes moites sur son jean.

— Je n'en sais rien.

— Frankie Hartigan, tu as trébuché et tu es tombé, pas vrai ?

Oui. De tellement haut qu'il avait certainement une commotion cérébrale, voire douze.

— Mais si tu avais raison et que j'étais le mec que personne ne veut épouser ?

— Chéri, tu n'es peut-être pas le type qui pourrait me rendre heureuse pour la vie, moi et une dizaine d'habitantes de la ville, mais avec Lucy, c'est une autre histoire.

C'était plutôt rassurant sauf qu'il avait encore du mal à se débarrasser de l'idée qu'il finirait par tout faire foirer.

— Comment tu le sais ?

— Tu as peur avant d'entrer dans un bâtiment en flammes ?

— Non.

Pourquoi les gens lui posaient-ils toujours cette question ? Avec le bon entraînement, la peur n'existait pas.

— Je sais ce que je dois faire et je le fais, c'est tout.

— Ah, répondit Shannon en repoussant ses longues tresses brunes qui étaient retombées en avant quand elle avait hoché la tête. Et quand tu utilises cette énorme scie qu'on appelle les « dents de la vie » ?

— C'est rien du tout.

C'était juste un outil. Qui pouvait trancher un membre, d'accord, mais juste un outil quand même.

— Et te pointer à cette folie totale qu'est la version de ta famille d'un repas dominical ?

Ce n'était absolument pas dangereux.

— En quoi c'est une folie totale ?

— Exactement. Tu ne réfléchis à rien à deux fois.

Elle lui adressa un sourire compatissant ; elle avait dû deviner qu'il était complètement perdu.

— Mais quand tu dois dire à Lucy que tu veux sortir avec elle, tu es terrorisé. C'est comme ça qu'on sait que c'est important. C'est comme ça que tu sais que tu feras tout ce qu'il faudra pour la rendre heureuse à jamais – parce que tu l'aimes.

Il laissa les sages paroles de Shannon se déverser sur lui et s'imprégner dans son cerveau. Elle avait raison. Il était totalement flippé, mais pour les bonnes raisons, pas parce qu'une partie de lui-même était toujours à moitié convaincue qu'il n'était pas le genre d'homme à pouvoir s'engager dans une vraie relation. Et, encore plus important, il participerait au bonheur de Lucy.

Il fallait juste qu'il réussisse à la convaincre qu'il était l'homme de la situation.

Cette prise de conscience balaya l'idiote inquiétude qui encombrait son cerveau et sa crise d'angoisse cessa.

— Tu es prêt, Frankie ? demanda Shannon en ouvrant grand la porte de la réserve.

Oui. Enfin.

— Tu veux bien me rendre un service ?

Il brandit son téléphone.

— Qui est-ce ? Et je vois bien un chien en train de se frotter contre un animal en peluche ?

— C'est le père de Lucy. Je veux juste que tu tiennes mon portable pour qu'il puisse regarder. Le chien, c'est Gussie et la peluche… c'est une conversation que je ne peux pas avoir sans bière.

Shannon secoua la tête en gloussant.

— Tout ça n'est pas du tout bizarre.

— Il est parfaitement naturel pour toutes les créatures du règne animal d'avoir des pulsions sexuelles, commenta la voix de Tom s'échappant du téléphone. Et le conseil que vous avez donné à Frankie était très pertinent. J'ai toujours dit que les barmen étaient les meilleurs psys.

Shannon écarquilla les yeux mais hocha la tête en direction de Frankie et le suivit dans le bar bondé.

Lucy était tellement occupée à chercher Frankie des yeux qu'elle ne se rendit pas compte tout de suite que *Marino's* n'était pas comme d'habitude. Elle examina attentivement le bar et son cœur se mit à battre de plus en plus vite jusqu'à ce qu'elle ait l'impression qu'il menace de se faire la malle. Intégrer les informations qu'elle voyait était presque trop pour elle.

— C'est Frankie qui a fait tout ça ? demanda-t-elle.

Elle connaissait déjà la réponse mais elle était trop impressionnée pour ne pas manifester sa surprise.

— Oui, acquiesça Fallon.

— Pour toi, ajouta Tess avec un soupir rêveur.

Gina passa le bras sous celui de Lucy et l'entraîna vers le comptoir.

— Tout pour toi.

Et c'était énorme. Elles se frayèrent un chemin dans la foule. Lucy était bouche bée. Il y avait un jeu d'adresse dans un coin. Un concours de mangeurs de tartes au bar. Une course en sac sur la scène. C'était le décathlon. Il l'avait reconstitué à Waterbury.

Elle pivota vers Gina.

— Comment ?

Son amie lui adressa un regard entendu et se pencha pour que personne d'autre n'entende sa réponse.

— Sache que les Hartigan ne reculent devant rien quand ils déclarent leur flamme.

Un tourbillon d'émotions enfla en elle et elle faillit s'effondrer sur la chaise qui portait son nom face à une table vide devant l'estrade désertée par les concurrents de la course en sac.

— C'est ce qu'il va faire ?

— Ne pleure pas, dit Tess en lui tapotant gentiment l'épaule avant de s'asseoir à côté d'elle.

— Pleurer ? Je ne…

Elle porta les mains à ses joues : elles étaient couvertes de larmes.

Merde. Elle ne pleurait jamais. C'était pourtant bien ce qu'elle faisait ; elle pleurait parce que Frankie Hartigan était amoureux d'elle.

Ce fut à ce moment-là que toutes ses alarmes la prévenant que la situation allait mal tourner se mirent à rugir. Elle ouvrit la bouche pour poser d'autres questions mais les lumières du bar diminuèrent et un projecteur illumina la scène. Elle était toujours en train d'essayer de comprendre ce qui se passait lorsque Frankie se plaça dans le cercle lumineux.

Il était tellement canon. Était-ce mal que ce fût la première pensée qui lui vint à l'esprit en le voyant ? Tant pis, parce que c'était le cas. Il portait le même costume que le soir du bal sauf qu'il avait ajouté un gros badge rond sur le revers de sa veste sur lequel elle lut « Candidat n° 1 ». Son pouls s'accéléra et les papillons dans son ventre s'affolèrent et se mirent à faire des loopings.

— Ne t'inquiète pas, dit-il en la regardant droit dans les yeux. Je ne compte pas chanter.

Quelqu'un à la table des Hartigan hurla d'un ton bon enfant :

— Merci mon Dieu !

Frankie n'adressa même pas un rapide regard aux gens derrière elle. Il ne la quittait pas des yeux.

— Je suis ici pour un entretien d'embauche.

En entendant ces mots, elle serra les dents si fort que ses molaires lui firent mal : il était hors de question de pleurer devant tous ces gens. Mais ce n'était pas la tristesse qui la faisait ciller à toute allure pour refouler ses larmes. C'était la prise de conscience que si Frankie était sur le point de faire ce qu'elle croyait avoir deviné, alors l'histoire – ni la sienne à elle, ni la sienne à lui – ne se répéterait pas. Ils écriraient la leur.

Frankie traversa l'estrade, ses longues jambes dévorant la

distance qui les séparait. Mais au lieu de sauter à bas de la scène et de la rejoindre, il lui tendit une feuille.

— Voici mon dossier de candidature pour être ton mec, le bon numéro, qui ne te quittera jamais, qui te sera fidèle et qui sera toujours là pour gagner des décathlons ridicules avec toi. Celui qui se déclare totalement et complètement amoureux de toi devant Dieu et le reste du monde. Je sais que mon CV est un peu maigre en expériences passées.

Comme elle n'était pas encore prête à parler et qu'elle n'était pas certaine de pouvoir articuler autre chose qu'un croassement tant sa gorge était serrée, Lucy baissa les yeux sur le papier. Il était blanc à l'exception de trois mots de sept lettres au total qui signifiaient plus que n'importe quelle profession de foi.

— C'est parce qu'il n'y a jamais eu qu'une femme pour moi et que je ne l'avais pas encore rencontrée.

Il sortit un autre morceau de papier de la poche intérieure de sa veste. Celui-ci était froissé et ses bords étaient déchirés de manière irrégulière, et même de là où elle était, elle devinait que quelque chose avait été écrit, raturé et recouvert.

— Voilà quelles sont mes qualités. Je suis honnête. Loyal. Je peux tenir une mangeoire à oiseaux de vingt kilos à bout de bras aussi longtemps que tu en as besoin. Je comprendrai toujours tes sarcasmes. J'apprécie ta capacité à aller toujours droit au but. Ton addiction au Red Bull m'inquiète mais je te promets de ne jamais exiger que tu passes au Gatorade.

Il leva les yeux de sa feuille et les plongea dans les siens.

— Et je t'aimerai le reste de ma vie et je ne cesserai jamais d'essayer de te rendre heureuse par tous les moyens – parce que être le mec qui provoque ce sourire magnifique sur ton visage sera mon job le plus important.

Les mains tremblantes, Lucy se leva de son siège. Elle avait oublié Gina, Tess et Fallon, la famille de Frankie et le bar plein de monde. La seule personne qui comptait vraiment dans toute la salle était l'homme sur la scène. Il avait organisé tout ça pour elle. Une partie d'elle ne pouvait s'empêcher de penser qu'elle ne le méritait pas, ni ça ni lui, mais cette voix fut réduite au silence par un sentiment étrangement nouveau, un mélange d'optimisme et d'espoir qu'elle n'avait jamais ressenti auparavant.

Avant Frankie, elle s'attendait toujours au pire et n'était jamais surprise quand il se produisait. Mais à présent ? Elle ne pouvait qu'imaginer les possibilités et les promesses du lendemain et de tous les jours qui suivraient, quand elle cesserait enfin de se mettre des bâtons dans les roues toute seule comme une grande et de brandir des menaces de catastrophe. Elle avait le pouvoir de changer. Et elle était certaine que tous ses rêves se réaliseraient à condition qu'elle ose les rêver.

Elle parvint devant la scène avant que la réalité ne la rattrape. Elle ne pouvait pas monter dessus de ce côté. Mais deux mains puissantes s'emparèrent d'elle et la soulevèrent jusqu'à l'estrade. Heureusement, Frankie ne la lâcha pas, sinon elle se serait liquéfiée à ses pieds. Sa proximité lui mettait les nerfs à vif et elle n'avait qu'une envie : se jeter à son cou pour l'embrasser. Cet homme avait un effet mortel sur ses sens et elle passerait avec joie les prochains siècles à essayer d'apprendre à ne pas être aussi troublée en sa présence.

— Je ne sais pas quoi dire.

Ce qui, pour une fois dans sa vie, était la vérité.

Il lui adressa un sourire radieux en effleurant sa joue du bout du pouce.

— Tu as oublié la question la plus importante dans un entretien d'embauche.

Comme si elle pouvait songer à une question maintenant, en

dehors de : « Quand est-ce qu'on se barre d'ici pour se réconcilier correctement ? »

— Laquelle ?

— Mes points faibles. J'en ai plein.

Il la touchait à présent, et son pouce caressait le pourtour de son oreille.

— Mon incapacité à chanter, évidemment.

Il porta la main de Lucy à ses lèvres et embrassa doucement la peau sensible à l'intérieur de son poignet.

— Le fait que je suis distrait quand je suis avec toi parce que tu es la plus belle femme, moralement et physiquement, que j'aie rencontrée de ma vie.

Il l'attira à lui jusqu'à ce que leurs corps se touchent des hanches aux épaules, et elle leva les yeux vers l'homme qu'elle aimait.

— Frankie, dit-elle en se rappelant soudain qu'ils n'étaient pas seuls. Il y a des gens autour de nous.

— Oui.

Il opina et pencha la tête jusqu'à ce que ses lèvres atteignent presque les siennes.

— Et il faudrait leur dire que plus je vais continuer, plus la situation va devenir embarrassante, mais je suis prêt à tout. Pour te prouver que je t'aime, rien ne m'arrêtera. Je veux être ton bon numéro, ton mec pour toujours.

Il lui embrassa tendrement le coin de la bouche, mais ce n'était pas assez.

— Depuis aussi longtemps que je me souvienne, ce que je voulais le plus au monde, c'était être pompier. Et puis je t'ai rencontrée. Et maintenant, je ne peux pas imaginer autre chose qu'être l'homme auprès de qui tu te réveilles.

Elle pouvait l'imaginer aussi. Ce ne serait pas parfait, mais qu'est-ce qui l'était ? Ce serait parfait pour eux, et c'était tout ce qui comptait.

— Je suis désolée, dit-elle avec une entière sincérité. Pour tout. Tu avais raison. J'ai essayé de te faire porter mes insécurités alors que j'aurais dû m'en débarrasser il y a longtemps. Est-ce qu'on peut recommencer à zéro ?

— Certainement pas, répondit-il en effleurant ses lèvres des siennes. Sinon on aurait raté tout ce qui a mené à cet instant et je n'aurais manqué ça pour rien au monde – même si j'aimerais passer rapidement la semaine qui vient de s'écouler.

— Je t'aime, Frankie Hartigan.

— Et tu es tout ce que j'ai toujours voulu sans savoir que j'en avais besoin, et je veux que le monde entier – y compris ton père en FaceTime – le sache.

Il l'embrassa enfin, un vrai baiser, le genre qui promet tant et – encore mieux – qui contient du bonheur pour l'éternité.

Épilogue

Deux ans plus tard…

La patinoire des Ice Knights était pleine à craquer de fans surexcités prêts à voir leur équipe démarrer une nouvelle saison d'enfer. Lucy n'avait déjà plus de voix à force de hurler et on n'en était encore qu'à l'échauffement.

— Ça vous ennuie si je reste un peu ici pour regarder ? demanda un homme qui arborait les couleurs des Ice Knights des pieds à la tête (même ses chaussures de tennis étaient aux couleurs de l'équipe).

Puisque Frankie était dans le hall et que son siège était libre, Lucy n'y voyait pas d'inconvénient.

— Pas de problème.

— Merci.

Le type s'assit à côté d'elle au premier rang derrière la vitre.

— Vous avez un abonnement à l'année pour ces sièges ?

— Oui, on est de très grands fans.

Et c'était le cadeau de Noël habituel de son client préféré, qui n'avait presque plus besoin de ses services.

Le mec se rapprocha un peu d'elle et prit une profonde inspiration.

— D'habitude vous venez avec une autre femme qui a une longue tresse.

Elle se tourna vers lui, attentive : ce qu'il venait de dire était flippant.

Il dut en prendre conscience parce qu'il rougit tellement qu'elle s'en rendit compte malgré son maquillage aux couleurs des Ice Knights.

— Désolé, je suis toujours six rangs derrière et je ne manque jamais un match.

Il lui tendit la main.

— Alex.

— Lucy.

Elle la serra.

— Enchantée.

— Je me demandais, dit-il à toute allure, comme s'il était nerveux, si ça vous dirait d'aller prendre un verre après le match.

— Oh ! quelle bonne idée, répondit une voix masculine familière dans son dos. Vous ne connaîtriez pas une bonne baby-sitter par hasard ?

Le regard d'Alex se posa sur quelque chose – ou plutôt quelqu'un – derrière elle, et il déglutit violemment.

— Non, désolé.

Tout en luttant pour réprimer son rire, Lucy pivota pour regarder ses deux hommes préférés au monde. Frankie portait un pull aux couleurs des Ice Knights et un porte-bébé contenant un petit garçon d'un an à l'abondante chevelure rousse. Elle aperçut du coin de l'œil Alex enjamber un siège pour gagner la rangée derrière eux.

— Dommage, constata Frankie en haussant les épaules avant de sortir l'enfant du porte-bébé pour le poser à terre entre eux.

Ça fait une éternité qu'on n'est pas sortis tous les deux. C'est la première fois depuis la naissance de ce petit bonhomme.

Alex considéra tour à tour Lucy, Frankie et le mini-lui pressé contre la vitre qui les séparait de la patinoire.

— Le match va commencer. Je ferais mieux d'y aller.

Lucy jeta un coup d'œil à l'énorme horloge qui annonçait qu'il restait encore dix minutes d'échauffement.

— Ravie d'avoir fait votre connaissance, s'écria-t-elle, mais Alex était déjà trois rangées plus haut.

Elle se tourna vers Frankie en levant les yeux au ciel.

— Une baby-sitter ? Vraiment ? Tu n'étais pas obligé de l'effrayer comme ça.

— De quoi tu parles ? répondit-il en écarquillant ses yeux bleus comme s'il ignorait vraiment de quoi il était question. Je suis juste un mec sympa. Tu peux demander à tous mes collègues, ils sont super contents de m'avoir pour lieutenant. Et tu devrais vraiment discuter avec les gens que tu connais dans l'équipe. Changer un bébé dans les chiottes des mecs est un cauchemar. Il faut qu'ils installent plus de nurseries.

— Je vais demander à Zach de faire ajouter ça à son prochain contrat.

Vu comme il jouait, l'équipe accepterait certainement.

Frankie pencha la tête et leurs visages se touchèrent presque.

— Ton sarcasme est bien noté.

— J'espère que ça aussi.

Elle se pencha vers lui et l'embrassa de telle manière que ses orteils se recroquevillèrent.

Un coup sur la vitre la ramena à la réalité. Zach Blackburn se tenait de l'autre côté, un sourire niais aux lèvres et il agitait la main en direction de Trey – alias Frank Hartigan III. Trey poussa un irrésistible gloussement de bébé et frappa la vitre de la paume de la main. Puis Zach adressa un clin d'œil à Lucy et un geste du menton à Frankie avant de s'éloigner vers le tunnel afin de se préparer au coup d'envoi.

Frankie grimaça. Il lui tenait encore rigueur des playoffs manqués quelques années plus tôt.

— Ce mec…

— Ne va pas tarder à faire partie de la famille.

Elle se frappa la bouche du plat de la main, mais c'était trop tard. *Merde.* Elle était censée ne rien dire.

— De quoi tu parles ? demanda Frankie en ébouriffant les cheveux de Trey, qui continuait à frapper la vitre et à agiter la main en direction des joueurs.

— Eh bien, répondit-elle en faisait appel à tous ses talents de gestionnaire de crise pour rattraper sa bourde, c'est pratiquement un membre de ma famille, donc il fait aussi partie de la tienne.

Frankie haussa un sourcil et poussa un petit ricanement incrédule.

— Ce n'est pas ce que tu as dit. Qu'est-ce que tu sais ?

Merde. Pour quelqu'un qui gagnait sa vie en gérant crise après crise, elle était très forte pour se mettre toute seule dans le pétrin. Il était temps de penser vite. Heureusement, elle avait une nouvelle pour le distraire.

— Ça veut dire que tu ne veux pas qu'on donne au bébé le prénom de l'ancien Homme Le Plus Haï de Harbor City ?

Il ouvrit grand la bouche.

— Le bébé ?

Elle hocha la tête et posa sans réfléchir la main sur son ventre tandis que son cœur palpitait. Elle n'avait pas prévu de le lui annoncer comme ça, mais avec Frankie Hartigan, les choses ne se déroulaient jamais comme prévu. Quels que soient ses rêves, la réalité était toujours meilleure que ce qu'elle imaginait.

Frankie poussa un hurlement de joie suffisamment fort pour attirer l'attention de pas mal de fans, prit Trey dans ses bras et attira Lucy à lui pour un câlin familial.

— Je t'aime tellement que tu peux appeler ce bébé comme tu veux.

— Je m'en souviendrai, répondit-elle en refoulant des larmes de joie.

Il déposa un baiser léger sur son front.

— Tout pour te rendre heureuse.

— C'est facile. C'est toi qui me rends heureuse.

Elle baissa les yeux sur le sourire de Trey, puis les leva de nouveau sur le visage rayonnant de son mari. Elle ne pouvait imaginer être plus heureuse qu'à présent avec sa famille.

— Toi, et notre famille. Tu sais vraiment ce que signifie être « heureux à jamais ».

— Uniquement avec toi, Lucy, répondit-il. Uniquement avec toi.

Remerciements

Tout d'abord, merci infiniment d'avoir lu *Tu craqueras pour moi… et mes poignées d'amour !* J'espère que vous avez aimé Frankie et Lucy autant que moi. Je me suis beaucoup amusée à écrire leur histoire et ce, en grande partie grâce aux gens merveilleux avec qui j'ai travaillé sur ce roman. Mon éditrice, Liz, qui se trouve être un vampire, est quelqu'un de génial pour le brainstorming et la correction de manuscrit. Merci ! Toute l'équipe d'Entagled qui s'est emparée de la série des Hartigan et a fait fonctionner ses muscles pour les mettre en rayon, vous êtes FABULEUX ! Robin Covington et Kimberly Kincaid, mes deux amies à la vie à la mort (qui m'ont beaucoup inspirée pour décrire l'amitié entre Gina, Lucy, Tess et Fallon), merci pour le chocolat virtuel en période difficile et le coup de pied au cul quand j'en avais besoin. Je n'y serais pas arrivée sans vous. Aucun livre n'est jamais écrit dans un environnement totalement silencieux (si ça arrive, je ne veux pas le savoir au risque de mourir de jalousie), mais un énorme merci au fabuleux M. Flynn et aux enfants Flynn pour votre patience et votre compréhension quand je ne suis pas douchée, en pantalon de yoga et (encore) en retard sur la *deadline*. Et pour les fans de Gussie, sachez qu'il m'a été inspiré par un vrai clébard (Gus), appartenant à Andie J. Christopher, qui m'a raconté comment il s'était mis à se frotter alors qu'elle était en conférence vidéo. J'ai failli en mourir de rire. Merci de m'avoir permis d'utiliser Gus.

La vérité, c'est que ce roman ne serait pas ce qu'il est sans certaines personnes merveilleuses qui ont accepté de partager leurs histoires avec moi – surtout Riki, qui a été assez aimable pour me permettre d'utiliser son histoire d'un connard qui a prétendu se faire du souci pour elle au restaurant comme scène d'ouverture. Merci infiniment. Et aussi ? Que ce mec aille se faire foutre. Tu es géniale.

Bisous,

Avery.

Vous avez aimé
Tu craqueras pour moi…
et mes poignées d'amour ?

Découvrez les autres comédies
romantiques d'Avery Flynn

Tournez vite la page
pour découvrir un extrait de
Je te séduirai en baskets…
et sans paillettes !

1

— Un million de dollars. Sous la table. Net d'impôt. S'il te plaît, pour l'amour de Dieu, rends-moi ce service.

Le téléphone pressé contre l'oreille, Fallon Hartigan marchait dans l'air froid de cette nuit d'octobre après avoir fini son service aux urgences de l'hôpital St Vincent, service qui avait duré approximativement soixante ans. La voix à l'autre bout du fil appartenait à l'une de ses meilleures amies, Lucy Kavanagh, qui – par un curieux hasard – ne tarderait pas à devenir sa belle-sœur si Frankie, l'un des frères de Fallon, parvenait à ses fins. Fallon les aimait tous les deux mais elle avait mal aux pieds et au dos, et sa patience – qui n'était pas sa plus grande qualité – s'était réduite à un murmure dans le vent.

— Nous savons toutes les deux que tu ne possèdes pas un million de dollars, répondit-elle en fouillant dans la poche frontale de son sac à dos à la recherche de ses clés de voiture.

— Mais *lui*, si, répliqua Lucy.

Le « lui » en question était Zach Blackburn, défenseur de l'équipe des Ice Knights et fléau universellement reconnu de tout Harbor City. Comme le savaient les fans des Ice Knights – et Fallon en était une pure et dure —, il avait été acheté bien trop cher et, à cause de son jeu merdique et de son attitude à chier, il était devenu l'homme le plus haï de la ville.

Extrait

Fallon vivait à Waterbury, la banlieue populaire où tout le monde le détestait aussi.

Blackburn était un joueur égoïste. Il ne pensait qu'à lui. Il frappait les fans. Il ignorait son coach. Il ne parlait pas aux autres joueurs de l'équipe en dehors de la patinoire – et parfois même pas sur la glace. Mais c'était aussi le plus gros client de Lucy, ce qui n'était pas surprenant étant donné qu'elle était la meilleure gestionnaire de crise et la seule capable de mater les durs à cuire de la ville. Ce qui signifiait que lorsque Blackburn merdait Lucy se débrouillait pour arranger les choses comme par magie.

Sauf cette fois.

Pourquoi ? Parce que cette fois ce gros baraqué geignard avait la grippe et personne pour éponger la sueur sur son front trop payé. Cette fois, il avait besoin d'une infirmière.

— Et il est prêt à me payer un million de dollars pour prendre sa température tout le week-end ? demanda Fallon en déverrouillant sa voiture.

— Eh bien… Il n'a pas encore accepté, mais laisse-moi un peu de temps.

D'accord, Fallon n'allait pas se retrouver millionnaire dans la nuit. Tant mieux. Ce n'était pas comme si elle avait un prêt étudiant et des factures sur le dos.

Elle ouvrit brusquement la portière de sa Nissan bosselée et balança son sac à dos sur le siège du passager avant de se glisser derrière le volant.

— Je viens de passer mon service à gérer une meute de connards mégalos dont les noms sont précédés du titre de « Docteur ». Pourquoi aurais-je envie de passer un week-end, chose incroyablement rare et par conséquent précieuse, durant lequel *je ne suis pas censée bosser* pour filer du bouillon de poulet à l'homme le plus haï de Harbor City ? Hostilité, d'ailleurs, qu'il a bien méritée.

— Parce que tu ne ferais pas ça *pour lui*, répliqua Lucy. Mais *pour moi*.

C'était profondément injuste.

Fallon laissa tomber sa tête sur le volant et son front heurta le klaxon. Elle sursauta et jeta un coup d'œil autour d'elle pour voir qui avait été témoin de sa bêtise. Son regard se posa sur deux ambulanciers debout à côté de leur véhicule. Et bien sûr, l'un des deux était Hank Moran. L'homme dégingandé qui faisait tourner à lui tout seul les usines de déodorant Axe lui envoya un baiser. Fallon parvint à se retenir de vomir de justesse.

— Tu joues vraiment la carte de l'amitié ? demanda-t-elle.

— Oui, répondit Lucy. Frankie et moi sommes en route pour le Missouri afin de rendre visite à mon père. Même si on faisait demi-tour tout de suite, je n'arriverais pas avant demain après-midi au mieux.

Elle ne pouvait pas laisser Lucy faire ça. Celle-ci ignorait la véritable raison de ce voyage : Frankie comptait la demander en mariage sur le pont flottant du lac appartenant à la famille de Lucy. Fallon ne comprenait pas pourquoi il fallait absolument que la demande ait lieu là-bas, ce qui ne l'avait pas empêchée d'aider son frère à choisir la bague. Et elle ne voulait surtout pas gâcher l'événement.

Il restait encore une solution.

— Ce mec n'a pas de groupies ou un agent ou quelqu'un pour le nourrir à la cuillère ? Je suis certaine qu'il n'a rien de grave, mais qu'il geint, en bon mec.

— Si c'était le cas, je ne t'aurais pas appelée. S'il te plaît. Tu es la seule à pouvoir m'aider. Gina est allée rendre visite à ses frères en Jamaïque et Tess est tellement anxieuse et introvertie qu'elle exploserait. Crois-moi, s'il y avait une autre solution, je ne t'aurais pas téléphoné.

Fallon ferma les yeux et s'adossa à l'appuie-tête de son siège.

Extrait

Son séduisant programme du week-end était tout entier organisé autour du sommeil, le genre de sommeil ininterrompu tellement réparateur qu'en se réveillant on ne savait plus en quelle année on se trouvait. Elle en avait vraiment besoin, bon sang. Elle travaillait à plein temps à l'hôpital St Vincent, l'établissement de santé le plus trépidant de Waterbury, qui voyait défiler plus de blessures dans ses urgences que tous les autres hôpitaux de la région. Et, en plus, elle était bénévole dans une clinique de son quartier qui était l'incarnation du « on se débrouille avec les moyens du bord ». Elle était certes parvenue à force de belles paroles – ou plutôt d'intimidation – à contraindre les administrateurs de St Vincent à financer environ la moitié des fournitures de la clinique, mais cet effort ne suffisait pas à soigner tous ceux qui en avaient besoin.

Nombre d'entre eux finissaient aux urgences de St Vincent parce qu'ils n'avaient pas les moyens de se payer des soins préventifs ou de faire traiter tout de suite une blessure encore bénigne. Or, c'était exactement le genre de soins que proposait le dispensaire – quand il disposait de suffisamment de fournitures. Elle adorait ses deux jobs – le salarié et le bénévole —, mais elle était épuisée de brûler la chandelle par les deux bouts.

Un week-end entier à ne rien faire ? C'était mieux que du chocolat, un marathon d'émissions de télé-réalité pourries et des piles neuves dans son vibro combiné.

Malheureusement, elle allait devoir y renoncer.

Pourquoi ? Parce qu'elle avait des amies géniales pour qui elle était prête à tout, même si elles étaient super chiantes et elle, super fatiguée.

Elle poussa un soupir en se traitant de tous les noms, mit le contact et dit :

— Donne-moi son adresse.

Quitte à mourir, Zach Blackburn préférait être seul.

La nana à l'air furax qui se tenait de l'autre côté du portail de la maison que les Ice Knights avaient louée pour lui avait manifestement d'autres idées en tête.

Transpirant comme s'il venait de jouer trois prolongations en finale, il s'assit péniblement à son bureau et appuya sur l'interrupteur du haut-parleur de la grille.

— Barrez-vous.

La femme en uniforme bleu d'infirmière et aux cheveux attachés en une longue tresse ne tressaillit même pas. Elle lança un regard fatigué en direction de la caméra.

— Non.

Il poussa un gémissement qui fit frémir son ventre sensible.

— Et pourquoi pas ?

— Lucy m'a envoyée, répondit-elle.

Merde.

Lucy était la chargée de communication qui lui sauvait régulièrement la mise et une sorte d'amie – pour autant qu'un mec dans son genre ait des potes. Elle l'avait menacé de lui envoyer une infirmière pour s'assurer qu'il ne meure pas. Il avait rétorqué qu'il n'en avait pas besoin et qu'il pouvait très bien s'occuper de lui-même, comme d'habitude. Puis, comme un con, il s'était mis à gerber alors qu'elle était toujours au bout du fil.

Il savait qu'elle lui enverrait des secours et c'était pour cette raison qu'il s'était mis à surveiller son appli de vidéosurveillance dans l'attente qu'un bon samaritain se pointe – afin de pouvoir le renvoyer immédiatement d'où il venait.

Il n'avait pas besoin de s'interroger sur l'identité de la femme qui le fusillait du regard par caméra interposée.

Fallon Hartigan. Il l'avait rencontrée quelques mois plus tôt lorsqu'il s'était laissé embobiner par Lucy qui avait besoin d'une épaule sur laquelle pleurer après une dispute avec son mec. Fallon faisait partie du trio qui l'avait relevé de ce devoir très embarrassant. Il avait oublié les noms et les visages des deux autres. Mais Fallon ? Sa longue tresse avait occupé un, voire trois de ses fantasmes, de même que son expression qui signifiait clairement « va te faire foutre » et qu'il avait imaginée se transformer en « baise-moi plus fort ».

Il n'en avait rien fait ce soir-là. Il était bien trop soulagé de voir Fallon et ses copines se pointer. Il aimait Lucy comme une sœur mais les larmes, ce n'était pas son truc. De manière générale, les sentiments, ce n'était pas vraiment sa came. Bien sûr, jusqu'à tôt ce matin, être tellement malade qu'il se sentait obligé de demander de l'aide, ce n'était pas son genre non plus.

Mais quand même. Ce n'était pas parce qu'il aurait plus ou moins accepté que Lucy vienne qu'il était d'accord pour faire entrer quelqu'un d'autre dans son espace personnel. Il fallait qu'il se débarrasse de Fallon. Vite. Et le meilleur moyen de le faire ? Bousculer son ego.

— Comment je sais que c'est vrai ? Vous pourriez être une fan qui me harcèle, répondit-il d'un ton qui ressemblait davantage à un croassement qu'à une accusation puisque son estomac choisit ce moment pour faire une embardée.

— Je suis Fallon Hartigan. On s'est déjà rencontrés.

Fallon leva les bras et le geste mit en avant l'uniforme informe qu'elle portait.

— Est-ce que j'ai l'air de ressembler à une pétasse qui viendrait vous sauter comme si vous valiez vraiment le salaire que les Ice Knights vous versent ?

Non. Mais même si elle avait ressemblé au canon en minirobe qu'il avait flanqué à la porte le matin même avant de tomber malade, il était trop près des portes de la mort pour admirer la vue.

— Cassez-vous. Je préfère mourir seul que devoir me taper une chieuse dans votre genre.

Extrait

— Vraiment ? C'est comme ça que vous voulez la jouer ? Oh ! attendez deux secondes.

Elle commença à farfouiller dans son sac à dos.

— Ah, voilà.

Elle leva une main vide, paume en l'air et l'examina avec un sourire attendri comme si elle contemplait un truc super mignon.

— Voilà combien j'en ai à foutre de vos désiderata.

Elle reporta son attention sur la caméra fixée à l'extérieur du portail et plissa ses yeux bleus.

— Lucy veut que je m'occupe de vous le temps que vous vous remettiez de votre rhume et je lui ai dit que je le ferais. Maintenant, ouvrez-moi.

Quelque chose dans ses intestins bouillonna et se tordit, et des gouttes de sueur lui maculèrent le front. Il ne désirait rien, il *fallait* qu'elle s'en aille.

Prenant manifestement son silence pour un refus, Fallon dégaina son téléphone et se mit à pianoter.

— Qu'est-ce que vous faites ?

— Comme vous refusez de m'ouvrir, j'appelle Lucy pour qu'elle interrompe ses vacances afin de venir vous tenir la main, espèce de geignard.

Il se cramponna aux accoudoirs de son siège et adressa une prière à celui qui écoutait, qui que ce soit : s'il vous plaît, *s'il vous plaît*, permettez-moi de survivre aux soixante prochaines secondes.

— Ou alors, poursuivit Fallon, une lueur diabolique dans le regard, visible malgré la mauvaise qualité de l'image, vous m'ouvrez ?

Une vague glacée le submergea, du genre à indiquer que le destin répondait par un gros « Va te faire foutre » à sa requête pressante de ne plus gerber.

— Je ne veux pas.

Fallon ricana.

— Bienvenue dans le monde réel dans lequel on n'obtient rarement, voire jamais, ce qu'on veut.

Comme s'il n'était pas au courant.

Il aurait aimé avoir des parents qui ne détournent pas sa fortune, une carrière de joueur de hockey qui ne soit pas entachée de scandales, vivre dans une ville qui ne le déteste pas, des coéquipiers qui ne le considèrent pas comme une merde et cesser de jouer comme un pied, ce qui était son lot depuis qu'il avait signé pour les Ice Knights. Mais, plus que tout, il aurait aimé que ce qui était dans son estomac y reste.

Une pellicule de sueur froide recouvrit sa nuque. Fallon Hartigan était peut-être une chieuse mais elle n'avait pas tort. Il n'obtiendrait pas ce qu'il voulait.

Poussé par une urgence stomacale puissante, Zach éteignit l'écran, appuya sur le bouton qui déverrouillait la grille pour laisser entrer Fallon, pianota le code qui ouvrait la porte d'entrée, puis se rua vers la salle de bains la plus proche pour vomir tripes et boyaux.

Encore.

Ce n'était certainement pas la vie dont il avait rêvé en laçant ses patins pour la première fois, à l'époque où il croyait encore que ses parents voyaient en lui plus qu'un chèque.

Une femme avec une tout autre profession aurait pris ses jambes à son cou. Mais quand on dit que rien n'effraie une infirmière, c'est vrai. Il faudrait davantage que les hauts-le-cœur de Zach Blackburn pour faire fuir Fallon en criant vers les sorties. Oui, les sorties au pluriel. La maison de Zach était gigantesque et tristement spartiate. On aurait dit qu'il avait emménagé la semaine précédente et non sept mois auparavant – juste à temps pour gâcher la chance des Ice Knights de jouer les play-off. Non pas que Fallon soit toujours amère à ce sujet, mais en fait, si.

Après l'avoir séparé des toilettes, elle l'avait déplacé dans la cuisine, histoire de profiter d'un décor un peu moins malodorant. C'était l'une de ces cuisines sophistiquées avec un coin pour cuisiner, un ilot de la taille de sa salle de bains, un coin repas assez grand pour contenir une table de dix couverts mais dans lequel se trouvaient uniquement une table et une chaise pliantes et une partie salon aménagée d'un canapé en cuir marron foncé et d'un énorme téléviseur. Zach était assis au milieu du sofa, enroulé dans une couverture à carreaux verts.

La situation était presque comique. Cette montagne de muscles avec une fossette sexy au menton, un piercing au sourcil et un tatouage coloré sur l'avant-bras qui dépassait un peu du plaid était pelotonnée comme un bébé emmailloté. Mais le fait qu'il soit en nage et que sa peau ait une teinte terreuse et l'éclat de celui qui a vomi plus que de raison lui coupait l'envie de rire.

Le pauvre.

Bon, il demeurait toujours l'abruti dont le jeu égoïste avait mis fin aux rêves de play-off de son équipe l'année précédente, mais il était manifestement mal en point et elle ne pouvait pas cesser d'agir comme une infirmière. Ce métier faisait partie de sa nature : quand elle était enfant, elle obligeait ses frères et sœurs à jouer à l'hôpital avec elle.

Elle s'empara de la chaise pliante et la transporta vers la partie salon avec une tasse de thé à la menthe. Elle lui tendit la tasse et installa la chaise en face de lui avant de s'asseoir.

Il considéra le mug aux couleurs des Ice Knights qu'il avait en main comme si c'était une grenade dégoupillée. Si Fallon avait vomi autant qu'il semblait l'avoir fait, elle hésiterait elle aussi avant de boire ou manger quoi que ce soit.

— C'est du thé à la menthe, expliqua-t-elle. Ça va apaiser les nausées.

Il souleva la tasse pour renifler les effluves parfumés qui s'en échappaient.

Extrait

— Vous n'êtes pas le genre d'infirmière gnangnan à pratiquer les médecines alternatives, j'espère ?

— On utilise la menthe pour soigner les nausées depuis des siècles, répondit-elle en sortant le petit carnet à spirales et le stylo qu'elle conservait dans la poche de son pantalon d'hôpital. Si vous ne voulez pas le boire pour la simple raison que ce n'est pas un cachet qui sort d'un petit flacon marron avec un couvercle à sécurité pour enfant, ne vous gênez pas.

Il porta de nouveau le mug à son nez et inspira. Puis il but une gorgée. Il n'alla pas jusqu'à sourire, mais grimaça un peu moins. Pas de problème. Elle s'en fichait.

— Quand est-ce que les symptômes ont commencé ?

Elle ouvrit son carnet. Ce n'était pas parce qu'elle n'avait pas de dossier à son nom qu'elle n'allait pas conserver une trace de ses symptômes et de ses constantes.

— Ce matin.

— Est-ce que vous vous êtes senti mal avant ?

— Non.

Il ferma les yeux et laissa retomber sa tête contre le dossier du canapé.

— Tout allait bien et puis d'un coup j'ai eu envie de mourir.

Ça pouvait être la grippe, mais Fallon commençait à soupçonner autre chose.

— Avez-vous été en contact avec des gens malades ?

— Pas que je sache, répondit-il comme s'il s'en foutait éperdument.

Fallon jeta un coup d'œil dans la cuisine. Elle était plus que propre et bien rangée, stérile. Pas de vaisselle dans l'évier. Pas de bananes ou autres fruits dans le saladier. Elle ne vit qu'un panier orné d'un nœud doré et rempli de papier de soie, de rubans et de muffins posé au beau milieu de l'ilot comme s'il s'était perdu en se rendant chez Martha Stewart.

Extrait

Elle se tourna vers Zach qui buvait son thé comme s'il n'avait émis aucun doute sur cette boisson quelques instants plus tôt.

— Vous avez mangé quelque chose d'inhabituel ou dans un nouvel endroit ?

— Je ne vais jamais au restaurant.

— D'où viennent les muffins ? C'est vous qui les avez faits ?

— Une femme les a apportés.

Il pivota pour regarder l'ilot derrière lui.

— J'en ai mangé trois.

Fallon entendit presque la sonnette d'alarme retentir dans sa tête : elle gribouilla « intoxication alimentaire » puis des informations pertinentes sur son carnet.

— Vous avez commencé à vous sentir mal combien de temps après ?

— Quelques heures.

Il se tourna de nouveau vers elle, gémit – certainement à cause de la rapidité de son mouvement – et ferma les yeux.

— Vous pensez qu'elle les a empoisonnés ? Elle avait un tatouage Cajun Rage.

En dehors de sa famille, de son travail et des trois femmes qui étaient ses meilleures amies, Fallon n'aimait rien de plus au monde que les Ice Knights. Elle n'était pas une simple fan. C'était une super fan. Elle connaissait toutes les stats et toutes les anecdotes, elle savait même que l'entraîneur, Peppers, possédait un sixième orteil. Quant aux Rage ? Il n'existait pas de plus grande rivalité dans le monde du sport qu'entre les Ice Knights et les Rage. Les Rage étaient des tricheurs et leurs fans, les personnes les plus détestables.

Elle referma son carnet d'un coup sec.

— Vous avez couché avec une nana qui avait un tatouage des Rage ?

— Eh bien, répondit Zach en retroussant les lèvres en un sourire sexy qui était sa marque de fabrique et lui avait valu de décrocher un énorme contrat publicitaire, vu qu'il ne pouvait pas se servir de son jeu sur la glace. On n'a jamais été vraiment couchés.

Mais pourquoi les mecs se sentaient-ils toujours obligés d'exhiber leur bite métaphorique pour prouver qu'ils en avaient une grosse ? Que ce soit les joueurs de hockey ou les médecins avec qui elle travaillait, Fallon en avait ras le bol de leur ego masculin.

— Oui, eh bien, si la rumeur se répand que vous sautez des fans des Rage, toute la région fera la queue pour vous empoisonner.

Elle se leva et rapporta sa chaise jusqu'à la table pliante plantée sous un véritable lustre en cristal. Petit, certes, mais quand même.

— Comme si les gens avaient besoin d'une raison supplémentaire, grommela Zach. Qu'est-ce que je dois faire pour me remettre ?

— Malheureusement, répondit-elle en souriant histoire de lui montrer que sa situation ne lui faisait ni chaud ni froid (il avait couché avec une fan des Rage, la goutte d'eau !), il faut attendre que votre corps fasse le boulot tout seul. C'est probablement une légère intoxication alimentaire. On va s'assurer que vous buvez beaucoup et vérifier que votre état n'empire pas.

— On ? demanda-t-il en se levant péniblement pour gagner l'îlot.

Telle la diva qu'il était, il laissa le mug vide sur la table basse.

— Oui. « On ». J'ai promis à Lucy de rester jusqu'à ce que vous soyez tiré d'affaire et je compte bien tenir parole.

Contrairement à d'autres, elle ne possédait pas grand-chose, mais elle mettait un point d'honneur à honorer ses promesses.

Il garda ses distances mais quelque chose dans son attitude changea ; il lui parut soudain plus grand et plus imposant que le mètre quatre-vingt-dix et les cent huit kilos officiels.

— C'est quoi votre prénom, déjà ? demanda-t-il en baissant la voix. Felicia ?

— C'est ma sœur.

Extrait

Fallon n'en croyait pas ses oreilles : il essayait de la faire partir. Elle reconnaissait les signes. Elle avait grandi entourée d'hommes qui auraient été incapables d'exprimer le moindre sentiment même si on avait tenté de les faire sortir d'eux à coups de batte de base-ball. Les Irlandais n'étaient pas du genre à analyser et discuter leurs émotions.

— Faith ?

— C'est mon autre sœur.

Le nombre de prénoms commençant par un F était certes limité, mais il était tombé sur ceux de ses sœurs alors qu'il prétendait avoir oublié le sien ? Elle n'était pas dupe un instant.

Il se dandina.

— Fiona ?

Elle fit appel à tout son sang-froid pour ne pas sourire.

— C'est ma sœur numéro trois.

— Vous êtes quatre filles ?

Comme s'il ne le savait pas. Il avait dû se renseigner auprès de Lucy avant d'accepter qu'elle lui demande de venir s'occuper de lui.

— Et trois garçons.

Elle acquiesça et s'interdit de réagir.

— Et je suis flattée que vous ayez retenue la bio que Lucy vous a fournie.

Il la fusilla du regard en silence. Ses yeux étaient si sombres qu'ils en étaient presque noirs et ils la clouaient sur place comme s'il comptait lui faire peur. Il pouvait toujours essayer. Primo, ses patients enfants étaient plus effrayants que lui. Deuxio, Lucy avait confiance en Zach et Fallon en Lucy. Tertio, c'était une Hartigan, et les Hartigan ne reculaient jamais devant rien.

Il finit par briser le silence.

— Il y a des couvertures et des oreillers dans le coffre près du placard de l'entrée, Fallon Hartigan. Choisissez une chambre avec un lit. Je vais me coucher.

Extrait

Sans même la remercier pour avoir sacrifié son week-end afin de jouer les infirmières, il tourna les talons et se dirigea vers le couloir sombre. L'homme le plus détesté de Harbor City ? Elle validait. Intoxication alimentaire ou pas, Zach Blackburn était un connard de première catégorie. Elle baissa les yeux sur le panier de muffins et sourit. Fallon n'aurait pas été surprise que la pétasse ait *réellement* essayé de l'empoisonner – elle était tentée de le faire elle-même.

Au lieu de ça, elle sortit son téléphone.

Fallon : Il ne va pas mourir et tu me dois une fière chandelle.

Lucy : Ça se passe si bien que ça ?

Fallon : Qu'est-ce que tu lui as raconté sur moi ?

Lucy : Juste que tu es ma BFF, la sœur de Frankie, peut-être un ou deux trucs sur ta famille et que tu es une infirmière épatante. L'essentiel.

Fallon : Ça fait beaucoup.

Lucy : Il est très méfiant. Il avait besoin d'informations. Il a ses raisons. Promets-moi que tu ne le laisseras pas t'énerver.

Fallon : Je peux te jurer de ne pas le tuer, mais c'est tout. C'est le mec le plus détestable que j'ai croisé et je bosse avec des toubibs qui se prennent pour Dieu – pas un dieu mais Dieu le Père.

Lucy : Laisse une chance à Zach. Tu vas l'adorer.

Voilà qui ne risquait pas d'arriver – pas même dans un univers parallèle.

Composé et édité par HarperCollins France.

Achevé d'imprimer en avril 2020.

FIRMIN-DIDOT

à Mesnil-sur-l'Estrée (Eure)

Dépôt légal : mai 2020.

Pour limiter l'empreinte environnementale de ses livres, HarperCollins France s'engage à n'utiliser que du papier fabriqué à partir de bois provenant de forêts gérées durablement et de manière responsable.

Imprimé en France